NAGEL & KIMCHE

Maria Broberg

Und Nilas sprang

In Erinnerung an Leif

Die Kosten für diese Übersetzung wurden
durch einen Zuschuss des Swedish Arts Council
gedeckt, für den wir uns herzlich bedanken.
The cost of this translation was defrayed by
a subsidy from the Swedish Arts Council,
gratefully acknowledged.

KULTURRÅDET

1. Auflage 2021

Titel der Originalausgabe: *Bakvatten*
erschienen 2020 bei Norstedts

in der MG Medien Verlags GmbH, München
Herstellung: Verlag Nagel & Kimche AG, Zürich
Umschlagestaltung: buxdesign | Daniela Hofner
unter Verwendung von Motiven von plainpicture/
noa-mar
Druck und Bindung: CPI Books GmbH

ISBN 978-3-312-01250-3

Printed in Germany

MIX
Papier aus verantwortungsvollen Quellen
FSC® C083411
FSC www.fsc.org

Maria Broberg

Und Nilas sprang

Roman

Aus dem Schwedischen von
Hedwig M. Binder

NAGEL & KIMCHE

Verborgen

Wenn sie dahinterkäme, würde sie ihn dann verlassen? So wie alle anderen.

Petra lag so dicht bei Håkan, dass sie genauso gut hätten eins sein können. Kleine warme Atemstöße an seinem Kinn. Füße zwischen den seinen, Finger, die ihm über den Bauch tasteten. Ihre Konturen in dem dunklen Schlafzimmer, vertraut nach all den Nächten, die sie zusammen verbracht hatten.

Er lag da und prägte sie seinem Gedächtnis ein.

Vergessen war unverzeihlich, das wusste er.

Schon im ersten Sommer nach Nilas' Tod hatte er das meiste vergessen: wie Nilas' Füße über den Fußboden plumpsten, wenn er nachts zu Håkans Bett gelaufen kam. Das Lachen, das Schreien, das nie versiegende Geplapper über Traktoren, über den roten David Brown 880 vom Eliasson, das Lasso, mit dem er übte.

Das Vergessen rührte nicht daher, dass er nie an Nilas dachte, das tat er durchaus. Aber diese Gedanken huschten vorüber, schnell und flüchtig, mehr wie ein Gefühl.

Wie dann, wenn er von fern einen Traktor hörte. Wenn er ein Kind mit einem kleinen, zerknuddelten Kuscheltier in der Hand vorbeilaufen sah. Wenn er unterm Wasserspiegel Seegras hin und her schwanken sah.

So hatten Nilas' Haare ausgesehen. Im kupferfarbenen Wasser wogend, tänzelnd.

Es war auch nicht so, dass er noch nie jemanden hätte sterben sehen. Wohl deshalb war ihm damals der Fuchsbau eingefallen, der verlassene Ort, wo er Hebbe das Zeitliche hatte segnen sehen. Als Nilas triefend zu seinen Füßen lag, da hatte er Hebbes Stelle vor sich gesehen, an einem Höhenrücken voller Kiefernnadeln und weichem Moos und sprenkeligen Sonnenflecken.

Er hatte Nilas aus dem Wasser gezogen, Klein-Nilas, so mager, dass er durch den Stoff der Jacke seine Rippen spüren konnte, und schwer, als wäre er aus Blei.

Das Weißhaar, Lichthaar, wie braunes Seegras unter Wasser.

»Ich halte es nicht mehr aus hier.«, hatte Mama zu ihm gesagt, bevor sie kurz darauf ging. »Hier zu Hause sehe ich immer nur Nilas. Und ich sehe dich, Håkan.«

Dass er allein war, hatte er erst einige Zeit später begriffen, im zweiten Sommer nach Nilas' Tod. Er hatte draußen etwas gehört und gedacht, Mama wäre zurückgekommen, oder Lars, egal wer, er wollte ihnen entgegengehen. Aber da war niemand, nackt und bibbernd stand er auf dem Hof, und das Licht stach ihm in die Augen.

An diesem Morgen war alles anders, obwohl es so aussah wie immer und wie es die nächsten vierzig Jahre aussehen würde. Der Morgen glänzte in den Fensterscheiben, und um die Vortreppe surrten grünschimmernd die Fliegen. Wann immer Håkan an diesen Tag zurückdachte, sollte er sich daran erinnern, wie er, zwischen Hühnerstall und Kuhstall, auf die Knie sank und ihm der kühle, taufeuchte Kies nahezu in die Haut drang. Das rundliche Kartoffelkraut war aus der Erde gedrungen. Und wie er weinte, als er es entdeckte. Wer würde ihm auf dem Kartoffelacker helfen?

Er konnte sich die Aussicht vom Olsberget vorstellen. Von dort oben nähme er sich mitten in allem wie ein heller Punkt aus, umgeben von verlassenen Höfen und überwucherten Waldpfaden und nackten Schneisen, wo einst Bäume gestanden hatten. Und mittendrin streckte der Vindelälven seine nasse, dunkle Zunge aus. Von dort oben gesehen, war es nicht weit bis zu der Stelle, wo Nilas unter seiner Moosdecke lag.

Håkan hatte sich nie so einsam gefühlt wie an diesem Morgen.

Einsam fühlen sollte er sich danach immer, zumindest bis er Petra kennenlernte, dem Himmel sei Dank für Petra! Nicht aber hatte er gedacht, dass er sie verdiente, als sie die erste Nacht neben ihm lag, das allererste Mal, dass er eine schlafende Frau neben sich im Bett hatte.

Jetzt lag er da und dachte wieder so. Er verdiente sie nicht. Jetzt würde sie es begreifen. Håkan versuchte sich Petra einzuverleiben, mit Haut und Haar, sie in sein Inneres zu tätowieren.

Er wollte sie nicht vergessen.

Er hatte Nilas nicht vergessen wollen.

Es war nicht so, dass er nie versuchte, sich an ihn zu erinnern, dass er es sein ließ, an Nilas zu denken. Aber wenn er an ihn dachte, schlug die Schuld zu, so fest, dass ihm die Luft wegblieb, und er schob diese Gedanken, so gut er konnte, beiseite. Es war auch nicht so, dass er noch nie jemanden hätte sterben sehen. Aber da war er nicht schuld gewesen.

Er wusste nicht, dass alles schon viel früher angefangen hatte.

Am Anfang

Mein Freund ist mein und ich bin sein,
dies Band ist unvergänglich.

Schwedisches Gesangbuch (1937), Lied 476

Assar

1948

Das Dorf machte nicht viel her. Assar würde es nicht einmal ein Dorf nennen, eher eine Ansammlung einzelner Hauswesen, die sich an den Sandhügel klammerten, der zum Fluss hin abfiel. Da gab es nichts. Nur kleine Höfe beiderseits eines Waldarms und Nachbarn, die aus Gründen, an die sich niemand mehr erinnern konnte, einander kaum grüßten. Das Einzige, was sie vereinte, war der Sommerweg, der sich unter den Wagenrädern, aus Protest gegen das Erwachen aus dem Winterschlaf, jedes Jahr in Matsch verwandelte.

In Olsele war es schon immer karger, an allem. Die Holzhäuser waren dürftiger und die Kühe glanzloser als andernorts. Aber die Aussicht war schön und die Lage günstig, um Kartoffeln anzubauen. In kleinlichen Momenten dachte Assar, seine Eltern lebten nur der Kartoffeln wegen noch hier. Sie kannten nichts anderes als Kartoffeln und Gerstenbrei.

Assar hatte zarte Hände und einen jungenhaften Pony, den er mit der flachen Hand immer zur Seite strich. Er war auf eine Art neugierig, wie er sie von seinen Eltern nicht kannte. Die wollen nichts, dachte er. Er wollte alles.

Assar war kein bisschen darauf gefasst, als er sie zum ersten Mal sah. Sie war ihm unbekannt, ein ebenso neuer und strahlender Anblick wie die Missionskapelle vor einigen Jahren, als diese gerade erst errichtet worden war. Er sah sie flüchtig, als sie zu Sigurd hineinging, ihr im Wind flatterndes Kleid, ihr Haar, das in der Sonne wie ein frisch geputzter Kupferkessel aufblitzte. Das Licht stach ihm in den Augen. Dass das Gras auf den Heuwiesen schon so hoch war, dass es gemäht werden musste, bemerkte er überhaupt nicht, erst hinterher dann.

Bei Sigurd war es leicht schummrig. Der Raum, in dem er sein Ladenlokal hatte, lag am Ende eines langen Flurs, wo stets die Lampen gelöscht waren. Die Wände waren mit Regalen und Waren bedeckt, und er hatte eine ordentliche Kaufmannstheke. Es sah wie ein richtiger Dorfladen aus, auch wenn er in einem gewöhnlichen Wohngebäude untergebracht war. Es roch eigen dort. Nach Wurst und Veilchenpastillen.

Sie stand mitten im Raum. Obwohl es dunkel war, konnte Assar sie deutlich sehen. Als er eintrat, schaute sie kurz zu ihm, aber ihr Blick huschte nur über ihn hinweg, bevor sie sich wieder zu Sigurd umdrehte, der ihm einen Gruß zunickte. Nett war er, der Sigurd. Hatte ihm immer ein oder zwei Bonbons zugesteckt, wenn er vorbeigekommen war. Es war noch nicht lange her, dass Sigurd aufgehört hatte, ihm Bonbons anzubieten, Assar hielt sich für zu alt dafür und lehnte dankend ab, wenn er es versuchte.

Sie war auffallend groß, fast so groß wie Assar, der in den letzten zwei Jahren ziemlich in die Höhe geschossen war. Ihr Haar lockte sich im Nacken. Er betrachtete die weiche Linie ihres Kinns, den langen Hals, den Schatten des Schlüsselbeins, der im Ausschnitt des Kleids verschwand, die Rundung ihres Busens. Als sie Sigurd anlachte, erschien auf ihrer linken Wange ein tiefes Grübchen. Es war ein Leuchten um sie herum, ein Strahlen im Raum.

Assar konnte den Blick nicht von ihr wenden. In dem hellen Flaum auf ihrer Oberlippe saßen kleine Schweißperlen. Er wusste noch nicht, wer sie war, aber er wollte diese Perlen mit der Zungenspitze ablecken.

»Ja also, es ist jedenfalls schön, Hebbe wieder hier zu haben«, sagte Sigurd und nahm das nächste Paket in Angriff. »Man hat ihn vermisst.«

Sie sah Sigurd abwartend an, nickte nahezu unmerklich, wie um ihn zum Weiterreden aufzufordern.

»Wir haben schon alle gedacht, dass der Hof nicht überlebt, nachdem der Anders sich umgebracht hat. Haben Sie ihn gekannt, Margareta?«

Als sie den Kopf schüttelte, geriet der Rotschimmer in Bewegung, sie verlagerte das Gewicht von einem Bein aufs andere. Lange, weiße Beine waren das. Sie trug keine Strümpfe unter ihrem gewöhnlichen Baumwollkleid.

Assar flatterte innerlich so sehr, dass es fast unangenehm war. Jetzt wusste er, wer sie war. Die neu zugezogene Nachbarin. Vater hatte früher viel von ihnen gesprochen: Den Geschwistern, die den elterlichen Hof und das Heimatdorf verlassen hatten, um ihr Glück woanders zu suchen. Zwei von ihnen waren ausgewandert, der dritte in den Süden des Landes gezogen. »Der war doch ein Träumer«, sagte Vater immer, und dann war da noch der vierte, der starb. Der Hof war seither heruntergekommen, weil Anders die Arbeit nicht schaffte. Das hat jetzt getaugt, sagte sein Vater und schnaubte, nachdem Anders sich im Schuppen erhängt hatte. Vater hatte nicht viel übrig für sie. Ihm rückte das zu nahe: Bei ihnen war nur noch Assar da, dessen Eltern beide kränkelten.

»Nein, das hat sich nicht ergeben.« Sie hatte eine dunkle und tragende, aber angenehme Stimme. Eine Stimme, der man lange zuhören wollte. »Wir sind erst kurz nach der Beerdigung hergekommen.«

»Ach so, wir freuen uns jedenfalls. Dass da jemand weitermacht«, sagte Sigurd und verschnürte das Paket vor sich.

Wenn sie lächelte, tanzten ihre Grübchen. Im Unterschied zu Assar hatte sie noch eigene Zähne und zwischen den Schneidezähnen eine Lücke.

»Strömsund sagten Sie?« Diesmal sah Sigurd nicht auf.

»Ja, stimmt. Aufgewachsen bin ich aber in Hoting.«

»Und wie sind Sie in Strömsund gelandet?«

»Papa ist gestorben.« Sie brach ab und presste die Lippen zusammen. Die Grübchen verschwanden.

Im Gespräch trat eine Pause ein, und das Einzige, was man hörte, war das Geraschel des Wachspapiers, in das ihre Sachen eingeschlagen wurden. Assar tat einen Schritt zurück und trat gegen irgendetwas, das zu Boden fiel. Wieder huschte ihr Blick zu ihm, blieb diesmal aber an ihm hängen. Ein forschender, abschätzender Blick, hinter dem etwas aufschien, was Assar erst viel später deuten konnte: ihr Hunger. Sigurd warf beiden einen raschen Blick zu und beugte sich dann über die Quittung, die er ihr ausstellte. Er schrieb langsam und umständlich.

»Jedenfalls«, sagte Sigurd und wies auf Assar: »Nehmen Sie sich vor dem in Acht. Er ist einer von den Sjögrens. Das waren noch nie Freunde von den Larssons.«

Assar schritt normalerweise weit aus, diesmal aber war es zu warm, und sie holte ihn gleich hinter Saxnäsby ein. Sie sagte nichts, hielt nur mit ihm Schritt. Er streckte die Hand aus, und sie gab ihm die Tasche mit den Einkäufen und der Post. Sie sahen einander an, und sie lächelte. Er hatte das Gefühl, alles würde sich von selbst lösen, wenn sie nur lächelte.

»Danke, dass ich mich dir anschließen darf«, sagte sie. Sie sagte tatsächlich Du.

»Ich dachte, Sie wollten das vielleicht nicht. Nach dem, was Sigurd gesagt hat«, erwiderte er und artikulierte die Worte sorgfältig. Sie sprach gepflegtes Schwedisch.

»Ich habe nichts damit zu tun«, sagte sie und zuckte die Achseln. »Außer es macht dir etwas aus, meine ich.«

Er schüttelte entschieden den Kopf, traute sich aber den Mund nicht mehr aufzumachen. Er befürchtete, dass ihm die Stimme versagte. Diese hatte zwar schon ihre tiefe Lage gefunden, doch kam es immer noch vor, dass sie instabil und hell wurde. Wenn da etwas war, was er unbedingt haben wollte. Wie jetzt.

Assar spürte, wie ihre Körperwärme ihn durch den karierten Kleiderstoff hindurch betatschte. Hin und wieder stieß ihre Hüfte mit seiner zusammen, weich gegen seine kantige. Einmal streifte ihr bloßer Arm den seinen, sodass er, trotz der Hitze, eine Gänsehaut bekam. Mag sein, sie gingen etwas zu dicht nebeneinander, aber das sagte er nicht.

Acht Kilometer, so weit hatten sie zusammen zu gehen. Sie gingen langsam und still nebeneinander her, so nahe sie konnten, ohne dass es unanständig wurde. Die Luft flimmerte vor Hitze, und die Schotterstraße staubte. Die Kiefern wuchsen hoch, schienen sich über sie zu beugen, wie sie da so gingen. Kein Vogel zwitscherte, sie versteckten sich wohl in den Schatten im Wald, dafür zirpten die Grillen am Grabenrand.

Die Straße war verschlungen, führte rauf und runter, schlängelte sich in sanften Kurven dahin wie eine sich windende Kreuzotter, es war unmöglich vorherzusehen, was kommen würde.

So warm, obwohl es noch früh im Juni war. Und dieser Schotterstaub. Assar machte der Geruch durstig.

»Wie alt bist du?« Sie sah ihn nicht einmal an, stellte die Frage einfach so ins Blaue.

Assar räusperte sich.

»Ich bin gerade siebzehn geworden, bin seit ein paar Jahren mit der Schule fertig«, sagte er, stolz, vor allem um ihr zu zeigen, dass er, obwohl noch flaumig und mager, erwachsen war. Er hatte die Volksschule mit guten Zensuren durchlaufen, und die Lehrerin hatte ihn zum Lesen ermuntert, ihm hin und wieder Bücher zugesteckt, die er leihweise mit nach Hause nehmen durfte. »Aus dir kann etwas werden«, sagte sie immer. Er vermisste die Lehrerin. Er wünschte, er hätte weiterlernen können. Dafür gebe es weder Geld noch Raum, sagte Vater.

»Du bist nicht fort von hier?« Ihre Stimme weckte ihn aus seinen Überlegungen.

»Nein, es war wohl immer vorgesehen, dass ich hierbleibe«, sagte er.

Sein Vater war kränklich, aber das sagte er nicht. Vater fiel das Atmen von Tag zu Tag schwerer. Er schwand dahin, seine Arme und Beine waren zu schwach, als dass er noch hätte anpacken können. Assar wurde auf dem Hof gebraucht. Er musste Vater bei der schwereren Arbeit helfen, mit der Mutter nicht zurande kam. Sie hatten einige Kühe, ein Pferd und ein paar Schweine sowie einen guten Kartoffelacker. Aber sie hatten nicht viel Land, die Heuernte im Moor war mühsam, und wenn das Vieh im Sommer auf der Alm war, musste er sich auch darum kümmern.

Seine Familie war die einzige im Dorf, die ihre Kühe noch hinaustrieb. Er fand das altmodisch, aber auch das sagte er ihr nicht.

»Ich war jünger, als ich von zu Hause fort bin. Als ich mich mit Hebbe zusammengetan habe, war ich so alt wie du«, sagte sie und lächelte schief.

Assar sagte nichts. Es gab nicht viel zu sagen, auch wenn er unversehens ein Fünkchen Neid verspürte. Es war nicht ungewöhnlich, dass junge Mädchen sich mit älteren Männern zusammentaten, so wie etliche seiner Tanten auch. Nicht selten mit jenen Männern, bei denen sie untergekommen waren, dachte er gehässig. Sie schien seine Gedanken zu lesen und erklärte:

»Ich habe Hebbe getroffen, als er auf einer Tanztenne Ziehharmonika spielte. Ich war zum Tanzen dort. Ich habe nie jemanden so Ziehharmonika spielen hören wie ihn. Ich bin dorthin gefahren, um mit einem netten jungen Mann zu tanzen, und bin mit einem Musiker nach Hause gekommen!«, sagte sie und lachte aus dem Bauch heraus.

»Wie kommt es, dass du ihm so jung begegnet bist?«, fragte Assar. Es kam unvermittelt, brach aus ihm heraus, bevor er die Frage zurückhalten konnte, und nicht weniger mutig war es von ihm, sie einfach zu duzen. Aus den Augenwinkeln bemerkte er, wie sie ihn ansah. Die Luft zwischen ihnen verdichtete sich, und noch bevor sie antwortete, reute es ihn.

»Mein Vater ist gestorben. Er war Forstmeister, und wir wurden vor die Tür gesetzt, hatten nur einen Monat Zeit, um etwas anderes zu finden«, sagte sie. »Mutter schaffte sich uns vom Hals, dann war es wohl einfacher. Hebbe hat sich meiner angenommen«, sagte sie gedankenvoll. »Es hat seine Vorteile, und es hat seine Nachteile. Ich habe viel Musik im Leben. Aber vielleicht nicht viel anderes«, fuhr sie nach einigem Schweigen fort.

Ihre Offenherzigkeit erstaunte Assar. Er war es nicht gewohnt, mit Mädchen umzugehen, und schon gar nicht mit Frauen wie ihr. Die Mädchen, denen er begegnet war, kamen ihm schlicht vor. Sie waren so vorhersehbar wie die Hofarbeit. Frühjahrsbestellung, Sommerbestellung und Herbsternte, melken und lammen und mähen, zuerst die Wiese, dann die Moore. Und winters der Wald. Seine Mutter lag ihm in den Ohren, er solle ein nettes Mädchen kennenlernen. Eine, mit der er sich häuslich niederlassen und, irgendwann, den Hof ganz übernehmen könne.

»Habt ihr Musik zu Hause?«, fragte sie unvermittelt, so als hätte sie diese Frage eigentlich gar nicht stellen wollen, es aber trotzdem getan. Er schüttelte den Kopf. Sie hatten kein Radio, kein Grammofon, und niemand spielte ein Instrument. Sie reagierte mit einer Grimasse, die alles Mögliche bedeuten konnte. Missfallen. Bedauern, möglicherweise etwas Wütendes.

»Es ist elend, ohne Musik zu sein«, sagte sie schließlich. Assar fühlte sich nicht sonderlich elend, jedenfalls nicht aus diesem Grund. Er lief neben ihr her, ohne darauf einzugehen.

»Findest du mich seltsam?«, fragte sie, nachdem zwischen ihnen eine Weile Schweigen geherrscht hatte.

»Seltsam nicht, nein«, sagte er, »aber du bist nicht wie andere.«

»Ich mache gern Dinge, die andere nicht erwarten«, sagte sie und lachte auf. Das weckte in ihm den Wunsch, sie zum Lachen bringen zu können.

»Aber ich glaube, du bist genauso«, fuhr sie fort, ohne eine Antwort zu erwarten. »Auch wenn es immer vorgesehen war, dass du hierbleibst. Entschuldige –«, als er seinen Schritt verlangsamte, legte sie ihre Hand auf seinen Arm, » – jetzt erschrecke ich dich. Das wollte ich nicht.«

Mit einem Mal fühlte er sich wieder klein. Wo er doch eben noch erwachsen gewesen war.

Sie gingen weiter. Der Olselevägen bog vom Saxnäsvägen ab, sah aber nicht bemerkenswert aus, er war nicht so bucklig wie der von Saxnäsby her. Lediglich ein paar Reifenspuren und harte Grashuckel, die im Sommer hochwuchsen. Sie gingen jeweils in einer Spur und plauderten. Sie erzählte von ihrer Kindheit in Hoting, sparsam, aber eindeutig liebevoll, erzählte vom Vater und von den Schwestern. Ihre Mutter erwähnte sie kaum. Er erzählte von Fräulein Aslög, die wollte, dass er weiterlernte.

Als er sich umsah, merkte er, dass sie die Straße verlassen hatten und schon halbwegs in Annersudden waren, halbwegs bei ihr zu Hause. Na gut, dachte er, wenn sie es nicht merkt, dann will ich auch nichts sagen. Aber er hörte ihr nicht mehr zu und schaute stattdessen – wie sie mit den Händen zeigte, den Kopf neigte, ihr Haar, das allmählich ungebändigt war.

»Wie viele Kinder habt ihr?«, unterbrach er sie plötzlich. Wieder dieser Stich Eifersucht.

Ihre Lippen schlossen sich auf genau dieselbe Weise wie zuvor bei Sigurd. Sie runzelte die Stirn. Assar versuchte, den Straßenstaub hinunterzuschlucken, den er immer noch auf der Zunge hatte, obwohl sie jetzt in der Kühle des Waldes waren.

»Entschuldige. Ich habe damit nichts zu tun.«

»Nein, damit hast du nichts zu tun.« Es schimmerte etwas auf, etwas Verschlossenes, das in ihr vorüberzog.

Sein Herz klopfte heftig, sehr heftig. Sie glitt ihm aus den Händen, noch bevor sie überhaupt darin gewesen war.

Sie ging jetzt schnell, obwohl sie schon etliche Meter voraus war. Assar lief ein bisschen flotter, bis er wieder an ihrer Seite war. Er wollte diese wohlige Nähe zu ihr haben, Haut spüren, die seine Haut streifte. Zu spät. Er war siebzehn, gleichwohl brannten ihm Tränen in den Augen, während sich in seinem Mund ein Fluch wälzte. Assar sah, wie die zerbrechliche, ungewöhnliche Bekanntschaft zwischen ihnen sich aufzulösen und zu verschwinden drohte. Noch nicht, dachte er.

»Ich heiße übrigens Assar.«

»Ich heiße Margareta«, sagte sie nachdenklich, als ob er ihren Namen eigentlich nicht erfahren sollte. »Und ich bin fast so lange mit Hebbe zusammen, wie es dich gibt.«

Håkan

1956

Hebbe. Nicht Papa, nicht Vati, nicht einmal Vater. Bloß Hebbe, Hebbe, der warm nach Zigarillos, *Old Spice* und Harz roch und so knochig war, dass Håkan der Hintern wehtat, wenn er auf seinen Knien reiten durfte.

»Noch mal, Papa!«, rief Håkan, wenn Hebbe aufhörte.

»Nicht, solange du mich Papa nennst. Sag Hebbe«, sagte er ernst und fing erst wieder an, nachdem Håkan sich korrigiert hatte.

»Hebbe, noch mal, Hebbe!«

Dann schnalzte er mit Hebbes Hosenträgern mit den hellbraunen Lederschlaufen, bis Hebbe lachte und ihn wieder reiten ließ. Nein, er durfte es gar nicht erst lernen, Hebbe Papa zu nennen.

Manchmal dachte Håkan, dass es eigentlich nichts machte. Trotzdem schmerzte es ihn, wenn Mama Hebbe als *dein Papa* bezeichnete, wie da, als sie Håkan einige Zeit nach Hebbes Beerdigung das Sparbuch zeigte. Sie saßen nebeneinander auf der Küchenbank, das dünne Büchlein voller Marken und Stempel, die Håkan nicht begriff, vor sich auf dem Tisch.

»Guck«, sagte sie, »schau her, was dein Papa getan hat.« Sie zeigte auf die unbegreiflichen Schnörkel und geraden Kolumnen. »Wir haben so viel, dass wir fürderhin zurechtkommen, Håkan.«

Hebbe war meistens wählerisch, nicht geizig, aber beherrscht. Wohl deswegen war er wie eine Fjällbirke, gertenschlank und zäh. Er rauchte einen Zigarillo am Tag, rührte aber keinen Schnaps an. Einzig in der Musik, da war Hebbe ausschweifend, und darin, Håkan auf seinen Knien reiten zu lassen. Er spielte Ziehharmonika, Gitarre und Orgel, letztere aber nur, wenn sie in der Gebetsversammlung waren, obwohl in der Stube ein altes Harmonium stand und Staub fing.

Håkan hatte ein paarmal versucht, darauf zu spielen, obwohl er in den Beinen, selbst im Stehen, kaum Kraft genug hatte, dem Instrument einen Ton zu entlocken. Es war alt und mit Bierlasur gestrichen, und ein paar Registerzüge saßen locker: Cornett und Viola. Es pfiff und rauschte abwechselnd, wenn er ihm nach einigem Kämpfen doch Töne entlockte. Als Hebbe ihn erwischte, versetzte er Håkan mit der flachen Hand eins auf den Hintern, es tat nicht sehr weh, aber er hatte fest genug hingelangt, damit es brannte.

»Vom Harmonium hier lässt besser die Finger«, sagte er. Als er sah, wie Håkan sich mit der flachen Hand die linke Hinterbacke rieb, und hörte, wie er die Nase hochzog, wo ganz hinten die Tränen brannten, fügte er schleppend hinzu:

»Kömmts nochmals vor, brennts ärger.«

Orgel spielte Hebbe in den Gebetsversammlungen, die Ziehharmonika dagegen holte er nur hervor, wenn sie allein zu Hause waren. War er guter Laune, konnte er den Küchentisch beiseiteschieben, die Ziehharmonika aus ihrem Koffer nehmen und nur für sie drei fröhliche Melodien spielen. Dann hob Mama Håkan hoch, um mit ihm im Arm herumzutanzen. Er legte ihr seine Arme um den Hals und spürte ihren warmen, schnellen Atem im Ohr. Sie wirbelten durch die Küche, während Hebbe taktfest mit dem Fuß stampfte und spielte, und sie lachten einander an. Das waren die besten Momente, die Håkan kannte. Er glaubte, dass Hebbe und Mama das genauso empfanden, aber Hebbe sah traurig drein, wenn er die Ziehharmonika wieder in ihren Koffer packte.

Hebbe spielte für sie drei nur, wenn auch Mama guter Laune war, wenn sie sich an einer schmalzigen Mahlzeit so richtig hatten satt essen können und ein paar Extrascheite im Herd lagen. Bei solchen Gelegenheiten konnte Hebbe ihr sogar einen Kuss auf die Wange geben. Ansonsten berührten sie einander kaum.

Das einzige Mal, dass Håkan das Harmonium ordentlich spielen hörte, war in Hebbes letztem Winter, vor Håkans sechstem Geburtstag und lange nachdem Hebbe aufgehört hatte, ihn auf seinen Knien reiten zu lassen. Es war im Spätwinter, als die Rentiere auf ihrer Wanderung in die Fjälls durchs Dorf kamen und etliche Rentierhirtenfamilien sich ringsum im Dorf auf Backhäuser und andere Räumlichkeiten verteilten. Für Håkan war das jedes Mal ein Fest, das warme Backhaus mit den ausgebreiteten Rentierfellen auf dem Fußboden und dem knackenden Feuer im Herd. Mit den anderen Kindern aß er dann immer Blutpfannkuchen, so richtig knusprige, und auf seinen Backen verbreitete sich das Schmalz aus dem Rentierfett. Diesmal war es eine andere Familie als sonst, die bei ihnen nächtigte, und sie klopften an, kurz bevor Håkan ins Bett musste.

»Das ist jetzt der Jonsson«, sagte Hebbe. Mama trocknete ihre vom Spülwasser nassen Hände an der Schürze ab und zog sie aus, bevor sie die Tür öffnen ging. Draußen warteten zwei Männer, Brüder, wie es schien, beide mit Haaren wie getrocknetes Schuhheu.

»Ah ja, seid alle zwei kömmen«, sagte Hebbe. »Das geht an«, sagte er und gab ihnen die Hand. »Ist zeitig worden.«

Sie waren gekommen, um zu spielen. Der Jonsson – Ante – war der Orgelspieler, sein Bruder Lars sah zu. Er spielte eine fromme Musik, der Jonsson, so viel verstand Håkan, auch wenn es keins der Gemeindelieder war, die er konnte, wie *Bereit' dem Herrn die Wege* oder *Die klare Sonn' geht wieder auf.* Dies waren vibrierende, sonderbare Töne, ungeheuer in die Länge gezogen, man hörte kaum, dass die Orgel knackte und rauschte. Der Jonsson spielte mit mehr Gefühl, als er Hebbe in der Missionskapelle je hatte spielen hören.

Håkan saß neben seiner Mama, die Hand in der ihren. Je länger Ante spielte, umso fester wurde ihr Griff. Ihre Lippe zitterte. Håkan zerrte schließlich an seiner Hand, um Mamas Griff zu lockern, da sah er, wie der Bruder vom Jonsson an die Wand gelehnt stand und unverwandt zu ihnen herschaute. Håkan erstarrte. Er gab sich Mühe, sich nicht mehr im Geringsten zu bewegen, und richtete seine ganze Aufmerksamkeit auf den Orgelspieler. Er dachte, er verärgere Lars bestimmt, weil er nicht aufmerksam genug war. Hebbe schlug sich im Takt der Musik aufs Bein. Er war so dünn und alt, verglichen mit den beiden.

Als er wieder zu Lars hinschielte, stierte der her, obwohl Håkan nicht einmal den kleinen Finger gerührt hatte. Da ging es völlig mit ihm durch. Er riss den Mund auf und weinte so klagend und laut, wie er nur konnte, heulte Rotz und Wasser. Ante hörte auf, mit den Pedalen zu pumpen, und die Orgeltöne erstarben.

Mama wurde zunächst verlegen.

»Aber Håkan, was machst du denn?«, schimpfte sie. »Spiel bitte weiter«, sagte sie zum Jonsson und nickte zur Orgel hin, »es war sehr schön. Du hast was drauf.«

»Ist bessers wohl, wir machen uns aufn Weg«, sagte der Jonsson und stand auf. »Weißt doch, ist ein langer Tag auch morgen.«

»Ja, es ist bedauerlich, dass es so endet«, sagte Mama, während sie Håkan an den Schultern hielt. »Es war wirklich schön«, fuhr sie an Ante gewandt fort.

»Könnten morgen vielleicht reinschaun«, schlug Lars vor. Mama ging zunächst nicht darauf ein. Håkan schluchzte noch immer, und zwischen Hebbes Augenbrauen bildete sich eine tiefe Falte, die wahrscheinlich niemand außer Håkan sah.

»Das wäre nett«, sagte sie dann und strahlte ihn an, wie Håkan sie sonst nur strahlen sah, wenn Hebbe für sie spielte und sie in der Küche zusammen tanzten.

Hebbe schloss sorgfältig den Deckel der Orgel. Mama entschuldigte sich ängstlich, während Ante und Lars Jonsson sich anzogen und gingen. Und dann legte sich Hebbes Schweigen über das Haus.

An diesem Abend gab es von Mama Haue.

Es war das erste und einzige Mal, dass dies vorkam. Von ihr, die sonst nie Hand an ihn legte.

Und die Orgel, die ließ Hebbe in den Schuppen bringen.

Hebbe zeigte Håkan in diesem letzten Sommer seine Welt, nachdem er sich ein Lastenmoped von *Norsjö Mekaniska* gekauft hatte. Es war fast so, wie auf Hebbes Knien zu reiten, wenn er auch jetzt auf der Ladefläche des Lastenmopeds saß, die härter und glatter war und nicht so warm wie Hebbe. Sie fuhren zusammen mal hierhin und mal dorthin, während Håkans Haare im Fahrtwind flatterten und er so viel lächelte, dass er unwillkürlich Mücken und kleine Fliegen verschluckte, die ihm in den Mund stoben.

Immer wenn Håkan zu krächzen und husten anfing, lachte Hebbe und ermahnte ihn, den Mund zu schließen. Aber er, Hebbe, lächelte doch selber viel.

Hebbe hatte aus seiner Bereitschaftszeit noch einen großen Rucksack mit Lederriemen, und den packten sie mit belegten Broten und Thermoskaffee voll. Er gab Håkan ein kleines Messer, das dieser, so wie er selbst, am Gürtel tragen konnte. Wenn Håkan sich bewegte, schwang es und knuffte ihn leicht an der Hüfte. Er stolperte, weil er mehr auf das Messer sah als auf den Boden vor sich. Dann lachte Hebbe. Meistens lachte er freundlich, aber manchmal war es ein Lachen, das bei Håkan ganz hinten in der Nase ein Brennen auslöste.

Sie konnten einige neu angelegte Straßen befahren, ansonsten mussten sie sich an alte Wagenspuren und Trampelpfade im Wald halten. Sie fuhren mit dem Moped so weit, wie es möglich war, und dann gingen sie zu Fuß, Hand in Hand miteinander. Als sie einmal zusammen am Feuer saßen, wurde Hebbe traurig. Nicht, dass er weinte. Er wurde nur ganz ruhig und still.

»Mein Vater hat mir nie was beigebracht«, sagte er. »Mein Bruder durfte viel lernen. Alles, was ich weiß, habe ich mir selber beibringen müssen«, sagte er und legte Håkan den Arm um die schmächtige Schulter. »Ich will dir was beibringen, verstehst du?«, fuhr er fort. Håkan nickte.

»Bist du sicher? Dass dus verstehst?«

»Mhm, ich versteh schon.« Håkans Stimme war dünn. Es widerstrebte ihm, nein zu sagen, wenn Hebbe feierlich war.

Hebbe hatte viel Ahnung vom Wald und allem, was darin lebte. Er wies auf die Stellen hin, wo es für die kommenden Winter gutes Holz zum Feuermachen gab. Er zeigte auf Ameisenhaufen, und wies auf die Teermeiler und Gräben hin, die er ausgehoben hatte. In einer trockenen Lichtung mitten im Wald kratzte er ein paar Kohlebrocken aus der Erde. Er erzählte, dass auf der Kohle die zwei schönsten Häuser des Dorfes gestanden hätten. Sein Vater habe sie abtragen lassen, nur um sie im Zweiten Weltkrieg zu verkohlen. Er habe Geld machen wollen, sagte Hebbe, habe aber nichts davon gehabt. Mit einem derartigen Geiz habe er sich nur unbeliebt gemacht.

Einmal stießen sie tief im Wald auf eine Scheune, von der Hebbe behauptete, sie gehöre ihnen. Er wies auf eine Birke hin, die der Blitz gespalten hatte, ein großer Ast war auf das Dach der Scheune gestürzt.

Das Dach sah eingedrückt aus und hatte ein Loch, in das die Schindel gefallen war. Als sie in die Scheune traten, weil Hebbe sehen wollte, wie schlimm es war, überwältigte sie beißender Teergeruch. Håkan mochte den Geruch, obwohl er ihm in der

Nase juckte. Drinnen war es schummrig. Licht drang einzig durch die Ritzen zwischen den dünnen Stämmen herein und machte sichtbar, dass die Luft voller Staub war, der aufwirbelte, sowie sie sich bewegten. Zuerst sah Håkan nichts, dann sah er die Konturen einiger Tonnen, die in einer Ecke der Scheune standen. Hebbe klopfte an einer. Sie gab einen dichten Ton von sich, als wäre sie voll. Mit dem Messer untersuchte Hebbe das Holz unter dem Loch im Dach, indem er mit der Klinge hineinstach. Zufrieden stellte er fest, dass es nicht so schlimm war, wie er befürchtet hatte, es würde reichen, ein neues Stück Holz einzusetzen.

»Das müssen wir uns vornehmen. Aber nicht heute«, sagte Hebbe und nahm Håkan am Hemdärmel, um ihn mit hinauszuziehen.

In diesem Sommer lernte Håkan das Fischen. Hebbe hatte oft die kleinere Rute und die Fliegen dabei, die Håkan benutzen sollte. Hebbes eigene Fliegenrute war lang und imposant. »Das ist nicht irgendeine lumpige Rute«, sagte Hebbe, »die habe ich bei Leidesdorff bestellt.« Håkan wurde damit betraut, dafür zu sorgen, dass die Ruten auf ihren Fahrten nicht zu Schaden kamen. Hebbe schien es zwar Vergnügen zu machen, Håkan den Wald zu zeigen, noch mehr Vergnügen aber schien es ihm zu machen, Håkan zu zeigen, wie man auswarf, wo die besten Wasserläufe waren, wie man eine Fliege band und wie man die Stellen wiedererkannte, an denen es Hechte, Äschen und die schön gefleckten Seeforellen, Hebbes Lieblingsfisch, zu fangen gab. Erst sehr viel später sollte Håkan verstehen, dass es eigentlich nicht das Fischen war, was er lernte, sondern wie es war, etwas gemeinsam zu haben.

Im Unterschied zu Hebbe war Mama nicht musikalisch, aber sie hatte eine eigene Art zu spielen, die erzählte, wie es ihr ging. War draußen schönes Wetter und ging es den Kühen gut, dann sang sie leise vor sich hin und spielte mit den Instrumenten, die ihr zur Verfügung standen. In Kaffeetassen und Untertassen klirrte es heimelig, in der Milchzentrifuge sang und surrte es und in der Spülschüssel summte es. War sie fröhlich, hallte gleichsam das ganze Haus von munteren Klängen wider. War Hebbe verärgert, dann fluchte er weder noch drohte er noch schlug er zu, vielmehr verfiel er in Schweigen, in ein Schweigen, das sich über das ganze Haus legte und Håkan dazu brachte, sich in der Küche im dunklen, warmen Bereich neben der Brennholzkiste zu verkriechen. Waren beide ärgerlich, dann verfiel Hebbe in Schweigen, während Mama achtlos mit Geschirr und Herdringen schepperte.

Sie stritten fast nie.

Sie taten es jedoch an dem Abend, als Håkan seine erste Forelle gefangen hatte, eine Bachforelle, die aufschimmerte und mit der Fliege im klaren Bachwasser dahinsauste, bevor Håkan sie herauszog. Obwohl Håkan die Brust schon genug schwoll, war Hebbe noch stolzer, er nahm die Mütze ab, warf sie in die Luft und sang dazu, dass es ringsherum hallte. Es hörte sich an wie im Radio, und Håkan war glücklich und erstaunt darüber. Wenn er das nachher Mama erzählte! Aber daraus wurde nichts. Mama schickte ihn hinaus, als sie nach Hause kamen, und er strolchte eine Weile mit einem Stock, den er beim Brennholzschuppen gefunden hatte, auf dem Hof umher. Er stocherte in den Beeten und zwischen frischen Hühnerköteln und hörte bis nach draußen, wie Mama auf Hebbe einschrie. Er ließ den Stock fallen und ging zum Haus, Schritt für Schritt. Das Geschrei hörte nicht auf. Er wollte Hebbe helfen, wollte Mama dazu bringen, nicht weiter auf ihn einzuschreien, und ging immer schneller. Er schlich sich ins Haus. Leise, damit sie ihn nicht hörten und stattdessen auf ihn böse würden.

Als Håkan ins Haus trat, standen sie in der Küche und waren wieder ruhiger. Sie sahen ihn nicht.

»Ich mag es nicht, wenn du so viel Zeit mit ihm allein verbringst«, sagte Mama. Sie hatte sich beruhigt, aber ihre Stimme klang wie ein rostiger Nagel, kaputt und trocken. Håkan konnte nicht verstehen, warum sie das nicht mochte.

Es roch nach der gekochten Bachforelle, die es zum Essen geben würde. Hebbe murmelte irgendeine Erwiderung. Håkan schlich näher an die halb offene Tür und spähte hinein. Hebbe stand mit dem Rücken zu ihm, es war ein abwehrender Rücken. Ein Rücken, der wie ihre Katze das Fell gesträubt hätte, wenn er denn ein Fell gehabt hätte. Stattdessen war da Hebbes blau kariertes Baumwollhemd. Die Manschetten waren vorn am Rand blutig, nachdem er den Fisch ausgenommen hatte.

»Ich war immer für dich da, Margareta, all die Jahre. Glaubst du, ich lasse ihn verkommen?«

»Nein, nein, natürlich nicht. Es ist nur, weil – er ist ja nicht deiner«, antwortete Mama, und Håkan konnte nicht verstehen, was sie meinte. Er gehörte doch Hebbe, ganz und gar Hebbe und sonst keinem.

Da nahm Hebbe ihr Kinn in die Klemme, mit dem Daumen auf der einen Seite und den übrigen Fingern auf der anderen, ganz so, als wollte er ihr den Mund zusammendrücken, bis sie eine Schnute hatte wie ein Fisch.

Håkan hörte ihn klar und deutlich.

»Das sage ich dir, dass dieser Junge… der wird so sehr der Meinige sein, wie er bloß kann.«

Mama sagte nichts. Sie stand nur da und ärgerte sich schwarz. Hebbe ließ sie los und ging hinaus, und in seiner Aufregung übersah er Håkan, der einfach dasaß. Håkan lief ihm nach und rief hinter ihm her. Doch Hebbe hatte das Lastenmoped angelassen und war mit einer derartigen Geschwindigkeit davongeknattert, dass er im Kies Reifenspuren hinterlassen hatte. Håkan wünschte sich sehnlichst, er hätte mitkommen dürfen.

Sie hielten sich oft am Måckavan auf, diesem seichten Flussbett mit Gegenströmung, einem Seitenarm des Vindelälven, der sich weit in den Wald schob und in die entgegengesetzte Richtung des Flusses strebte. Das ganz Besondere am Måckavan waren seine Steine, die aussahen, als hätten ein paar Riesen mit gerundeten Granitbrocken, groß wie kleinere Felsblöcke, im Kugelstoßen gewetteifert. Stein um Stein standen sie in gleichmäßigem Abstand voneinander über dem Wasser und in den Måckavan hinein aufgereiht. Ihn mit dem Boot zu befahren, war unmöglich.

Hebbe sagte hin und wieder, dass sich dort niemand so gut auskennen werde wie Håkan, wenn er mit ihm fertig wäre. Für Håkan war es ein Abenteuer, tief im Wald, wohin kaum Sonnenstrahlen reichten, zwischen Moos und Farnen herumzurennen, das Gepäck auf dem Rücken und in den Händen Birkenzweige, um die Mücken zu verscheuchen. Die Bäume, an denen sie vorbeikamen, waren groß und schwer und wischten ihnen mit dunklen Bartflechtensträngen übers Gesicht.

Hebbe zeigte ihm alle Stellen, an denen er als Kind oft gewesen war. Er wies ihn darauf hin, wo der Biber sich aufhielt, der die kleinen Bäume durchnagte und die Bäche dämmte. Er zeigte ihm Baue und Höhlen. Manche waren alt und verlassen, andere boten ihnen die Möglichkeit, sich hinzusetzen und nach Jungtieren Ausschau zu halten, die sich in die Sommerhitze herausgetraut hatten.

Diese Tage. Sie prägten Håkan eine Karte ein samt aller Bäume und Höhlen, von denen Hebbe erzählte, samt der Bulten und Steine, auf die er sprang.

Dieses Springen machte Hebbe nervös. Håkan hüpfte von einem großen Stein zum nächsten, hopste wie ein Zicklein immer weiter in den Måckavan hinein.

»Du hast wirklich Talent zum Springen«, sagte Hebbe einmal, als Håkan zu ihm zurückgekehrt war. »So habe ich nie springen können, nicht mal in deinem Alter. Aber das ist unser Geheimnis«, sagte er und stieß Håkan vertraulich mit dem Ellbogen. »Sag Mama nichts davon, dass ich dich so springen lasse.«

Håkan schüttelte den Kopf. Er werde es nie sagen.

Wenn Håkan als Erwachsener auf diese Tage zurückblickte, aus denen Wochen und Monate wurden, dachte er, dass es darum gegangen war, Kenntnisse zu vermitteln. Dass Hebbe ihm die Welt zeigen wollte, wie er sie sah.

Es war nicht so, dass Hebbe alt war. Eigentlich nicht. Wohl war er tatsächlich schon in die Jahre gekommen, denn die Familie war erst spät in sein Leben getreten, besonders Håkan. Aber so mager er war, so sehnig war er auch. Unvermutet stark. Er hatte einen federnden Schritt, der jüngeren wie auch gewichtigeren Männern als ihm abging, und was er nicht an Körperkraft besaß, glich er mit Geistesstärke aus.

Nein, Hebbe war eigentlich nicht alt. Und trotzdem war es, als beeilte er sich in diesem Sommer, er arbeitete mit nie versiegender Energie. Er legte beiseite. Schaffte und werkelte zu Hause. Er reparierte den Weidezaun und sorgte dafür, dass der Brennholzvorrat und der Torfraum gut gefüllt waren. Hebbe war wie ein frenetisch arbeitendes Eichhörnchen, das merkt, wenn Schnee in der Luft liegt. Und er war mit Håkan unterwegs, einem kleinen Jungen, der seine Lektionen erhielt. In nur wenigen Monaten eine ganze Lebenszeit davon. Wie man am besten einen Fällschnitt setzt, und wie man an Baumstämmen erkennt, in welche Richtung man gehen muss. Wo er Federwild finden würde und wie er Elche aufspürte.

Hebbe sprach mit ihm in einem nie versiegenden Redefluss über früher und heute und die Zukunft.

An einem Spätsommermorgen nahm Hebbe Håkan mit zum Holzlager am Gidnicken, um die Männer zu besuchen und ihm zu zeigen, wie alles vor sich ging. Hebbe konnte sich nichts anderes vorstellen, als dass Håkan, so wie er auch, im Wald arbeiten würde, Erwartungen, die er deutlich zeigte. In der Landwirtschaft sah er keine Zukunft. Sie koste mehr, als sie schmecke, sagte er, auch wenn Margareta ihre Kühe noch so liebe.

Von seinem Zuschauerplatz aus konnte Håkan die großen Steinkästen wie viereckige Inseln aus dem Wasser ragen sehen und dazwischen Scherbäume, aneinandergekettete Stämme, die einen Kanal für das Holz bildeten. Die Sonne brannte Håkan auf den Scheitel, und in der Wärme klebte ihm das Hemd unangenehm am Leib. Einige der Flößer hatten ihr Hemd ausgezogen, ihre Körper glänzten. Während Hebbe mit seinen Freunden lachte und schwatzte, richtete Håkan seine Aufmerksamkeit auf ein Platschen und Lachen, das er in einiger Entfernung hörte. Es kam von ein paar Jungen, nicht viel älter als er, die in den offenen Stellen zwischen dem Holz spielten und tauchten. Manchmal balancierten sie auf den Stämmen. Das Wasser sah kalt aus. Obwohl er ein Stück von ihnen entfernt stand, konnte Håkan sehen, dass die Kinder blaue Lippen hatten.

»Das ist strengstens verboten, weißt du«, hörte er Hebbe hinter sich sagen, und er fühlte sich ertappt.

»Mhm.«

»Wenn sie unter das Holz geraten, können sie ertrinken. Das Holz kann über ihren Köpfen zusammenschlagen.« Håkan schielte zu Hebbe hoch und nickte.

»Ich kann dich springen lassen. Das schon. Aber ich kann dich nicht hier baden lassen«, sagte Hebbe. Er sah ernst drein, und Håkan wusste nicht, was er sagen sollte. Er wollte doch. Unter der Mütze klebten ihm die Haare an der Stirn, und das Wasser glitzerte. Es wäre angenehm, mal einzutauchen.

»Ich weiß, wo wir stattdessen baden können«, sagte Hebbe. Håkan lächelte, dass ihm die Backen schmerzten.

Hebbe fuhr mit ihm ein Stück zu einem Waldsee, und sie zogen sich beide fröhlich aus.

Håkan konnte schon Schwimmzüge machen – er demonstrierte es eifrig –, doch Hebbe schüttelte nur den Kopf. Er konnte nicht schwimmen. Das war seltsam, hatte er doch lange in der Flößerei gearbeitet, sogar vom Fluss gelebt.

Das Bad war das erste und letzte Mal, dass Håkan Hebbe völlig nackt sah. Seine Unterarme waren sonnengebräunt, ansonsten aber war sein Körper ganz blass, er schien niemals der Sonne ausgesetzt gewesen zu sein. Über den Rücken zog sich ein Netz feiner, silbriger Linien. Håkan fand es schön, aber der Anblick erschreckte ihn auch, und er fragte nicht danach. Über dem spitzen Brustbein saß ein grau und braun schillerndes Haarbüschelchen.

Dieses Büschel hatte Håkan vor Augen, als Hebbe dann im Sarg lag, obwohl er ein weißes Hemd trug, das bis oben zugeknöpft war, und seinen guten Anzug. Seine Hände ruhten würdevoll auf der Decke. Nach dem Bad hatte Hebbe sie gerieben, damit sie wieder warm wurden, und dabei übers ganze Gesicht gelacht und gesagt, dass er so was mindestens fünfzig Jahre lang nicht gemacht habe. Die Nägel so blau wie an dem Waldsee, auf der Unterseite nur schwärzer.

Als sie badeten, war Hebbes Haar nass und vom Wind zerzaust. Im Sarg war es ordentlich gekämmt, und sein Mund stand offen. Håkan weinte. Er trat zu Hebbe und umarmte ihn, so gut es ging. Hebbe roch nicht mehr nach *Old Spice* und Harz. Håkan hatte geglaubt, er würde sich zerbrechlich anfühlen, noch zerbrechlicher, als er aussah, aber er fühlte sich fest an. Schwer und ruhend in seinen Händen. Es war ungewohnt, ihn zu umarmen. Håkan hätte ihm noch so gern das Schwimmen beigebracht.

Mama hatte es nie gern gesehen, wenn Hebbe allein unterwegs war, sei es, weil er in der Stromschnelle fischen wollte, sei es, dass er sich die Skier anschnallte, um im Wald zu arbeiten.

»Aber *falls*, Hebbe. Denk daran.« Dieses *falls*.

Hebbe blaffte meistens zurück.

»Als wäre es nötig, ständig an falls zu denken!«, sagte er, und der Spott sprühte. Aber letztlich kam *falls* doch. Als Håkan von Stein zu Stein gesprungen war, während Hebbe geduldig seine Angelrute umhergetragen hatte, damit sie nicht ruiniert würde. Als sie mal hierhin, mal dorthin getrottet waren, Beeren von Blaubeersträuchern gegessen hatten, bis Håkans Finger und Hosen ganz fleckig waren. Als Håkan in einer Wolke des Schweigens und Verdrusses umherlief, weil bei ihm nichts, aber auch gar nichts angebissen hatte, während Hebbe eine Äsche hatte herausziehen können. Als Hebbe mit Håkan zu einem nahen Fuchsbau gezogen war, um sich junge Füchse anzugucken. Genau da schlug *falls* zu.

»Müssen nach Haus«, sagte Hebbe nur. Er hatte Schatten unter den Augen und griff sich an die Schulter.

»Wir sind doch gerade erst hergekommen!«

Håkan hörte sogar selbst, dass er quengelte. Hebbe mochte es nicht, wenn er quengelte. Manchmal kam es einfach von allein.

»Ich erstick gleich. Müssen gehn jetzt.«

»Ach Mensch! Und die Füchse? Ich mag die Füchse sehen!«

Hebbe packte Håkan fest am Handgelenk, mehr brauchte es nicht. Leise schniefend half er, ihre Sachen zusammenzuraffen. Er starrte auf den Boden, der stachelig war vor Kiefernnadeln. Keiner sagte etwas. Hebbe rieb sich den Oberarm. Håkan hörte ihn ab und zu stöhnen. Hebbe war schweißig und grau im Gesicht. Als Håkan ihn sah, wollte er schneller gehen, oder überhaupt nicht gehen. Hebbe trieb ihn an. Es klang angestrengt. Håkan biss die Zähne zusammen und ging weiter, so gut er konnte.

Nach einer Weile merkte Håkan, dass neben ihm niemand mehr ging. Er wurde langsamer und drehte sich um.

»Hebbe …?«

Hebbe hatte sich neben den Pfad gelegt. Er hielt sich noch immer den Oberarm.

Er reagierte nicht. Håkan räusperte sich und versuchte es noch einmal. Es wurde nicht viel mehr als ein Flüstern.

»Hebbe.«

Ein Schritt nach vorn. Noch einer. Er hob die Stimme. »Hebbe!«

Ein dritter Schritt. Dann flossen auch schon die Tränen und brannten ihm auf den Wangen. »Hebbe, bitte, Hebbe. Papa?«

Ihm versagte die Stimme. Der Wald mit seinen vielen Geräuschen. Das Rauschen der Baumkronen und die knackenden Zweige. Das Vogelgezwitscher und das Summen der Insekten und Mücken. Nichts davon hörte Håkan, er sah nur Hebbe, der mit der Hand um seinen Oberarm dalag, obwohl Håkan ihn nun anschrie, er solle aufwachen.

Hebbe lag einfach da, und Håkan drehte sich um und rannte davon. Wie ein junges Häschen. Nicht wie der Vielfraß, als den Hebbe ihn bezeichnet hatte.

Assar

1948

Er sah sie hin und wieder. Sie erschien flüchtig in Sigurds Laden, und manchmal sah er sie zusammen mit Hebbe. Der war alt. Er war ein hagerer alter Mann mit schütterem Haar, der sie um die Taille fasste, die Hand mitten in der anziehenden, sanften Kurve zwischen Brustkorb und Hüfte. Er fasste sie um die Taille, und Assar wünschte, es wäre seine Hand.

Sie sah ihn nie. Es war genau wie bei ihrer ersten Begegnung: Ihr Blick huschte über ihn hinweg, leer und unberührt, als wäre er gar nicht da.

Als die Sehnsucht zu groß wurde, radelte Assar einmal zu ihr. Von Weitem sah er, dass sie frisch gewaschene Laken aufhängte. Sauber und nass hingen sie schlaff herab, und weil sie so schwer waren, streckte sie in regelmäßigen Abständen den Rücken.

Der Hof war gut in Schuss. Hinter dem Backhaus war der Kartoffelacker zu sehen, ein heller Sandboden und ordentliche, gerade Reihen, aber sie hatten die Kartoffeln wohl zu spät gesetzt. Es lugten nur wenige Pflanzen aus der Erde.

Abends träumte er von ihr. Sie roch nach Luxseife und warmem Geschlecht, lag neben ihm, geschmeidig, zitternd. Er biss sie in die Wange, wenn es auch seine eigene war, rieb sich selbst bis zur Befriedigung und stellte sich vor, wie sie über ihm zusammensank. Mutter sagte nichts, obwohl sie öfter waschen musste. Manchmal hörte er sie mit Vater über ihre Sorge um ihn reden.

Mutters ängstlichem Gesicht und ihres angespannten Körpers wegen bemühte er sich, an jemand oder etwas anderes zu denken. Manchmal fuhr er in die Nachbardörfer zum Tanzen, hauptsächlich, weil Mutter zu ihm gesagt hatte, er solle ein nettes Mädchen finden, dass er freien könne, und weil er ihre Kummerfalte zwischen den Augen glätten wollte. Er konnte gut Polkett tanzen, und sie standen deshalb Schlange bei ihm, mit roten Wangen und sternenglänzenden Augen. Hinter der Tenne küsste er sie auf den Mund und wurde an frischen Sommerabenden zwischen gespreizten, warmen Beinen eingelassen. Aber das waren Mädchen zum Üben, in seinen Gedanken waren nicht die, mit denen er schlief.

Assar fuhr jetzt jeden Sonntag zur Missionskapelle. Er nahm an den Versammlungen teil, sang die Lobgesänge mit, und er betete, aber er gab nie Zeugnis. Vor allem betete er darum, dass seine Mutter sich um seine Seele keine Sorgen machen möge; sie war selbst zwar nicht besonders gottesfürchtig, nicht wie sein Vater, aber sie war um sein Seelenheil besorgt. Er fühlte sich dort nicht zu Hause. Zuinnerst hielt er sich für zu gut, um an einen allmächtigen Gott zu glauben. Für ein bisschen zu rational, so wie die belesenen Philosophen, von denen er gehört hatte. Aber er liebte seine Mutter und konnte es nicht ertragen, sie besorgt zu sehen. Sie sollte sich um Vater Sorgen machen, nicht um ihn.

Einmal kam er zur Versammlung dorthin. Es war voll, und auch Margareta war da; sie hatte das Haar zu einem Knoten aufgesteckt, etwas zu nachlässig, denn eine Strähne hatte sich gelöst und hing ihr in den Nacken. Hebbe war ebenfalls da. Er stand ganz vorn, neben dem Prediger, und hatte ein gemütliches Lächeln im Gesicht, das Assar die Fäuste in den Taschen ballen ließ. Assar navigierte zwischen den Menschen im Gang hindurch, um geschwind genug durch den Raum zu kommen, kreuzte zu Margaretas Bank und drückte sich neben sie. Er legte seine Jacke neben sich, wollte niemanden in der Nähe haben. Sie registrierte ihn, ganz kurz, dann richtete sie ihre Aufmerksamkeit wieder nach vorn, grüßte nicht. Diesmal trug sie Strümpfe, hatte die Beine übereinandergeschlagen und die Arme vor der Brust gekreuzt, als wollte sie sich klein machen. Er betrachtete sie von der Seite. Die gerade Nase, die vollen Lippen, die Linien. Den Flaum. Er umklammerte seinen Hemdstoff, wie um dem Blut darunter zu sagen, dass es sich beruhigen solle.

Draußen gewitterte es. Noch regnete es nicht, aber die Luft war aufgeladen, verdichtet und dunkel. Hebbe rieb sich die Schläfen, und hie und da waren während der Gebetsversammlung Ausbrüche von Nervosität zu vernehmen. Die Dorfleute mochten Gewitter nicht, sie konnten Brände bedeuten und verbreiteten nach wie vor Schrecken. Das Unwetter kam immer näher, wie sie merkten, als sie die Sekunden zwischen Blitz und Donner zählten. Bald wurde die Luft draußen schwarz, und der Regen schlug hart gegen die Fensterscheiben und die dünnen Masonitwände. Es war jetzt genau über ihnen. Der Prediger versuchte die Gemeinde zu beruhigen. Er sprach sanft und überzeugend zu ihnen, kehrte die Handflächen nach unten, um sie dazu zu bewegen, sich wieder zu setzen. Mehrere Gemeindemitglieder hatten das Gesäß ein paar Zentimeter über die Bank erhoben und waren halb stehend und mit angespanntem Körper bereit zu laufen, falls es nötig würde.

Und dann. Der Blitzschlag.

Es krachte. Ein paar Frauen schrien im Falsett, und die Missionskapelle lag im Dunkeln.

Die Musik verstummte, und das Gemurmel, das leise Gemurmel, das mit dem Geprassel des Regens wetteiferte, schwoll zu einem aufgeregten Stimmengewirr an. Er hatte sich erhoben, so wie alle um ihn herum.

Da spürte er sie.

Er sah sie nicht, er hätte nicht einmal seine Hand vor Augen gesehen, aber er spürte sie. Federleicht. Wie sie ihn vorsichtig streichelte, von seiner Handfläche über die Schwielen des Sommers, die feine Haut an der Handwurzel. Langsam folgte sie den Adern in seinem Unterarm bis zur Armbeuge, weiter nicht. Er stand neben ihr und atmete atemlos, alles andere ringsum verschwand, während das Stimmengewirr immer aufgeregter wurde und ein paar Gruppen sich anzogen, um nach Hause zu gehen. Sie standen da, Schulter an Schulter, niemand konnte sie sehen, aber weiß Gott, was er fühlte! Er sang voll Jubel, als es wieder Strom gab. Seine Seele brach aus in Lobgesang.

Håkan

1957

Håkan schrie, lange nachdem Hebbe so unversehens gestorben war. Er schrie und plärrte und schlug sich durch ihren hebbelosen Alltag. Er konnte auf der Brennholzkiste sitzen und mit der Ferse dagegen schlagen, ein rhythmisches und hohles Bumbum-bum, während Mama am Herd stand und kochte. Schweigend und beharrlich saß er da, machte Krach und beobachtete seine Mutter, deren Bewegungen immer fahriger wurden.

»Tut dir da nicht die Ferse weh, mein Freundchen?«, fragte sie schließlich. Sie klang ruhig, aber Håkan sah, dass sie im Grunde angespannt war. Er sah ihre gerunzelten Augenbrauen und den Mund, der nicht mehr war als ein harter Strich. Ihre Augen sahen aus, als hätte sie Veilchen, obwohl es nichts als Müdigkeit war, die sich in den blauen Ringen bemerkbar machte. Er antwortete ihr, indem er schneller und fester zutrat. *Bumbumbumbum.* Mama sudelte mit der Kelle, auf dem Gusseisen spratzelte es und roch verbrannt nach dem Essen, das sie verschüttet hatte.

»Jetzt reicht es!«, schrie sie. »Ich halte das nicht aus mit dir! Raus hier!«

Bumbumbum. Er sah Mama an, ihre zerzausten Haare und roten Wangen und glänzenden Augen, den Brustkorb, der sich senkte und hob wie bei einem gestressten Tier. Er ahnte die Trauer in ihr und ließ die Ferse an der Brennholzkiste zur Ruhe kommen. Er hob die flache Hand, nach oben, nach hinten, sah Mama vor ihm zurückschrecken, als hätte sie Angst. Dann klatschte er mit der Hand auf den Herd, wo es immer noch qualmte und stank. Er verbrannte sich. Als Erwachsener sollte er manchmal die Narbe betrachten, die ihm von der Brandwunde in der Hand geblieben war. Mama sagte, es sei ein Unfall gewesen, als der Doktor fragte. Dass er gestürzt sei und sich mit der Hand abgefangen habe. Er selbst war still, bis er wieder zu schreien anfing.

Wäre ihm die Wut anzusehen gewesen, hätte man gesehen, wie sie herauszischte. Wie sie ihm aus allen zugänglichen Öffnungen drang, aus Augen, Ohren, Mund, und ihm wie eine Wolke um Füße und Hände stand. Es war, als machte ihn all dieser Dampf stärker und schneller. Manchmal hatte es den Anschein, als könnte der Dampf ihn zum Explodieren bringen, dazu, in tausend Stücke zu zerspringen und nie wieder heil zu werden.

Wenn ihn etwas reizte, dann die Tiere auf dem Hof. Das leiseste Gerassel aus dem Viehstall, schon zuckte er zusammen, als hätte ihn jemand geschlagen. Und Geräusche gab es reichlich. Keine angenehmen Geräusche wie im Wald, Geräusche, die von Bäumen und Ästen und dem weichen, mit einem Teppich aus Blaubeersträuchern und Moos bedeckten Erdboden gedämpft wurden. Auf dem Hof war der Boden hart, und die Geräusche kamen wie Gewehrschüsse daher. Nicht einmal im Blöken der Lämmer, die zwar nicht mehr ganz jung waren, aber noch helle Stimmen hatten, konnte er etwas Versöhnliches hören.

Den Hahn ertrug Håkan am schwersten. Er war schön, ein stolzer Vogel mit schillernden, stattlichen Schwanzfedern und einem Harem an Hennen und Nachkommen, für die er zu sorgen hatte, als wäre er ein Gentleman. Mama merkte gern an, dass er die feinsten Brocken immer seinen Damen überließ. Allmählich wurde es auch wieder dunkel, was dazu führte, dass der Hahn nicht mehr fast die ganze Nacht zugange war. Trotzdem weckte er Håkan viel zu früh am Morgen und verteidigte seine Hennen fast den ganzen Tag tapfer und laut mit tragender

Stimme, die jeden anderen Gockel neidisch gemacht hätte. Håkan gellten die Ohren, obwohl er sich das Kissen krampfhaft auf den Kopf presste. Eines Morgens ging er, in Unterhosen und Gummistiefeln, mit langen Schritten zum Hühnerstall, der ganz hinten auf dem Hof gleich vor dem Haus lag. Er trat vor den Hahn, und die Küken und Hennen, die ihm dabei vor die Füße kamen, drängte er beiseite, allerdings ein bisschen arg heftig.

Und er schrie.

Er näherte sein Gesicht dem Hahn, ohne Angst, von dem spitzen Schnabel oder den Krallen angegriffen zu werden, und brüllte, so laut er nur konnte.

Er schrie und schrie.

Schließlich kam Mama heraus, unbekleidet wie er, und aufgeschreckt von dem Radau.

Håkan schrie, bis sie ihn an seinen schmächtigen Schultern packte und schüttelte, dass ihm die Zähne klapperten. Er kniff die Augen zusammen und begann um sich zu schlagen, nur zu schlagen, und zu treten. Mag sein, dass er etwas treffen wollte. Mag sein, dass er nur loskommen wollte. Los kam er aber erst, als er derart zutrat, dass ihm ein Stiefel vom Fuß flog und den Hahn traf, der einen gebrochenen und kläglichen Schrei von sich gab. Als er merkte, dass Mutter ihn losließ, rannte er, nur noch einen Stiefel am Fuß, hinkend ins Haus.

Der Hahn erholte sich nie mehr. Er krächzte sein Morgenkikeriki, und es war ganz so, als verspotteten ihn die Kuckucke ringsum wegen seiner elenden, gebrochenen Stimme. Schließlich warf Mama ihn in den Kochtopf und sagte, es gehe nicht an, einen Hahn ohne Selbstvertrauen zu haben. Er, der so prima für seine Hennen gesorgt habe.

»Das bist doch nicht du«, sagte Mama später mit leiser Stimme zu Håkan. Sie klang müde und traurig. »Du bist doch ein lieber Junge.«

Die Ringe unter ihren Augen waren dunkler als sonst. Oder aber sie war durchsichtiger als sonst, sodass diese deutlicher hervortraten. Håkan schniefte, weinte aber nicht. Und er öffnete den Mund, nicht, um etwas zu sagen, nicht, um etwas zu erwidern, sondern um zu schreien.

Die Kälte senkte sich auf sie herab, sodass das Holz der Wände knackte und krachte. Draußen übernahm das Winterdunkel. Es war wie ein eigenes Wesen. Håkan hatte sich nie vor der Dunkelheit gefürchtet, jetzt aber war sie wie ein gigantisches Maul, das alles, was ihm in den Weg kam, verschlang, sie kroch ins Haus und breitete sich in allen Ecken aus. Zum Schlafen versteckte er sich unter der Decke, verkroch sich darunter, um die Dunkelheit nicht sehen zu müssen, die das Maul nach ihm aufriss und es in seinem Kopf schreiend laut und wüst werden ließ, bevor er schwitzend und erschöpft einschlief.

Immer öfter konnte er Mama durch die Wände weinen hören. Einige Male sah er sie über Hebbes kleine Bücher mit den Schnörkeln gebeugt weinen. Am meisten aber, glaubte er, weinte sie über ihn. In diesem Winter wurde ihr Gesicht immer blasser, und Håkan stellte sich vor, wie er eines Tages aufwachte und entdeckte, dass sie wie auf einem der Porträts aussah, die sie an den Wänden hängen hatte, ganz im Grauton, jedenfalls alt und nicht mehr jung.

Als er in die Schule kam, wurde Håkan wortlos. Still und stumm saß er in einer Schulbank und übte Lesen und Schreiben. In seinem Innern purzelten die Buchstaben und Wörter umher, herrenlos und ebenso laut, wie er sich fühlte, und ohne dass sie ihm über die Lippen kamen. Und wenn er mal etwas sagte, war es, als vibrierte seine Stimme von der vielen Zurückhaltung. Fragen der Lehrerin beantwortete er im Flüsterton, obwohl er innerlich brüllte.

Seine Klassenkameraden lasen zu guter Letzt, alle. Selbst diejenigen, die jünger waren als er, und diejenigen, die langsamer waren als andere. Håkan musste immer öfter vor den anderen laut vorlesen, eine Aufgabe, durch die er sich hindurchstammelte und -stotterte, während die Lehrerin ihn durch ihre dicken, runden Brillengläser anstarrte. Schläge mit dem Lineal auf die Finger bekam er nicht. Er hätte sie jedoch der Erniedrigung vorgezogen, der er Tag für Tag ausgesetzt war und die ihn immer mehr verstummen ließ. Frustriert hämmerte er sich mit den Fäusten an die Stirn und sein dummes Hirn, das nicht gefügig sein wollte.

Es war schwer zu sagen, ob Håkan sich von den anderen fernhielt oder ob sich die anderen von ihm fernhielten. Am liebsten saß er, von einer Bank verborgen, mit dem Rücken zur Außenwand und leierte im Stillen das Alphabet herunter, um es seinem geräuschvollen Schädel einzuprägen, als ob die Litanei in seinem Innern alles ordnen und in säuberliche Reihen bringen würde. In diesem ersten Schuljahr machte er sich keine Freunde.

Im Spätwinter nahm Mamas Gesicht wieder Farbe an. Ihre Küchenmusik schien fröhlicher zu werden. Im Winter hatte die Kaffeekanne gequält gepfiffen. Jetzt kochte sie wieder heimelig. Håkan hörte nicht mehr so oft Mamas Schluchzen durch die Wand, es war, als wäre jemand hergegangen und hätte ihr Leben eingeblasen. Nicht sehr viel. Nicht so viel, dass sie alles bewältigte. Aber ausreichend, damit die Schreie in Håkan sich beruhigten, und sie beruhigten sich ausreichend, sodass Håkan lernte, Buchstaben zu Lauten, Wörtern und Sätzen zusammenzusetzen und in einen flüssigen, ordentlichen Zusammenhang zu bringen.

Später dann, nachdem sie sich an einem Kloßgericht satt gegessen hatten, das Mama vor allem deshalb zubereitet hatte, damit ein paar alte Kartoffeln aus dem Erdkeller wegkamen.

Nachdem Håkan aus dem ABC-Buch vorgelesen hatte, stolzer als der Hahn, den sie sich vom Hals geschafft hatten. Später dann, nachdem Mama ihn auf den Schoß genommen hatte, obwohl er dafür schon viel zu groß war, und nachdem sie die Nase in seinem Haar gerieben und ihm einen Kuss auf den Scheitel gedrückt hatte, sagte sie:

»Mein Herzchen. Mein Prinzchen. Vielleicht kommen wir ja doch zurecht.«

In ihm stürmte es, wenn auch nicht auf die übliche Art, sondern glücklich und strahlend, in ihm stürmte es, und die Schreie verstummten, und er saß eine Weile bei Mama und freute sich auf das Morgen mit ihr. Der Sturm hielt an, bis er sah, wie tief sich die Linien in ihr Gesicht gegraben hatten. Der Sturm hielt an, bis er sah, und begriff, dass ihr Glück zerbrechlich war wie eine Nacht altes Eis, ein Eis, das zerbräche, sobald man nur leicht daran rührte.

Assar

1948

Der Sommer neigte sich dem Ende zu. Schleichend war der August gekommen, hatte warme, sanfte Tage und dunkle, behaglich kühle Abende gebracht. Er hatte ihnen auch einige unerwartete Nachtfrostbisse beschert und Kartoffelkraut, das weich und schwarz wurde und sich nicht mehr anfassen ließ.

Bei der Uferwiesenmahd, da hörte er Margareta. Hörte ihr weiches, dunkles Lachen aus dem dichten Morgennebel am Flussufer kullern. An solchen Morgen standen sie auf, um schon bei grauem Dämmerlicht und Tau zu arbeiten, während der Hunger im Magen nagte, bis es nach ein paar Stunden Arbeit Zeit war, Waffeln mit eingemachten Beeren zu essen.

Assar balancierte auf den Knittern im Boden. Margaretas Lachen drang zwischen aufmunternden Zurufen und dem Geräusch eines über Sensenschneiden gezogenen Wetzsteins zu ihm. Er zuckte innerlich vor Freude, als er es hörte. Er versuchte sie zu sehen, aber es war zu dunkel, es war zu dicht, ihre Konturen waren zu verschwommen. Alles, was man sah, war Gras, dieses verhasste, kurzwüchsige, büschelige Borstgras, das zu mähen sie in aller Herrgottsfrühe aufgestanden waren. Er fror, obwohl ihm warm war und er schwitzte. Das Borstgras war nass und rau und stach ihn, wo immer er ging. Irgendwo auf der anderen Seite des Flusses klagte ein Prachttaucher. Margaretas Lachen, dieses blubbernde, brausende Lachen, war das letzte, was er für lange Zeit von ihr hörte und sah.

Die Erinnerung an Margareta verblasste, so wie eine Fotografie, die zu lange an der Sonne gelegen hatte. Dieses starke

Gefühl, dass sie die Person sei, die ihn zu etwas anderem machen würde, als das, was er unausgesprochen sein sollte, schwand dahin. Und ihre Finger, die ihn berührt hatten. Er glaubte, es habe sich eigentlich gar nicht zugetragen, sei nur Einbildung. Für sie war er nichts als ein Grünschnabel, obwohl er gar kein Grünschnabel mehr war. Obwohl er zum Mann geworden war.

Er war kräftiger geworden im Sommer, wie er im Spiegel sehen konnte. Die Hofarbeit hatte ihn stark gemacht. Seine Schultern und Arme waren mächtiger als die von Vater. Mutter hatte ihm neue Leinenhemden genäht. Aus den alten war er herausgewachsen, er war breiter geworden, doch sein Bauch war nach wie vor flach und glatt.

Die Mädchen sahen ihn jetzt anders, das merkte er. Sie kicherten und zierten sich. Mit ein paar von ihnen schlief er mehrmals, sie machten sich Hoffnungen, die er ihnen schnell austreiben musste.

Er achtete peinlich darauf, sie nicht zu schwängern. Das hatte ihm sein Vater vor einigen Jahren, als er noch gesund gewesen war, beigebracht. Assar wusste sich zurückzuziehen und die Sache mit der Hand zu Ende zu bringen.

»Ich werde nie heiraten«, sagte er zu ihnen.

Manchmal hörte er Mutter mit ihren Freundinnen über Margareta reden.

»Die da! Ist arg hochnasig. Haltet sich für was Bessres als wie uns andre.« Diese Verachtung konnte Assar nicht verstehen. Er hatte bei Margareta immer nur gesehen, dass sie zu allen, denen sie begegnete, freundlich war. Seine Mutter hatte er nie als kleinlich und klatschsüchtig wahrgenommen. Es war ihm zuwider, sie so zu sehen. Eins aber war klar, Mutter würde sie nie zu ihnen einladen, obwohl sie nur ein paar Jährchen trennte. Und die Kinder. Keine Kinder. Das fuchste.

»Wärs eine Kuh, hätt mans geschlachtet«, sagte Mutter und schnaubte, während sie den Kaffee auftrug. Mutter bildete sich mächtig was ein, hatte sie doch Lebensmittelmarken eingetauscht, und den Kaffee trotzdem mit Feuerkrautwurzel gestreckt.

»Sünde kanns sein, wenns auch ein jung Ding ist, mit dem sich eins eingelassn hat«, fuhr sie fort, und die Frauen aus der Gemeinde machten »hm« und sagten »oje«, während Assar seine Kaffeetasse – die dünne, feine, englische, mit Rosen – mit einem Knall auf den Küchentisch stellte. Er hatte nur noch den Henkel in der Hand. Mutter sah auf, überrascht und erschrocken.

»Seid garstig. Zerreißt euchs Maul über eins, was nichten da ist«, sagte Assar und redete zwei Tage nicht mehr mit seiner Mutter.

Assar betrachtete den Herbst. Er sammelte die Heureiterhölzer ein und versorgte die immer größer werdenden Kälber. Auf der anderen Seite des Flusses sah er die Bäume flammen, und er scharrte mit den Schuhspitzen im Birkenlaub auf der Erde. Bald würde es nass und verklebt sein. Mit dem Tanzen war jetzt Schluss, mit Trunkenheit und undeutlichen Leibern hinter der Tenne und warmen, lachenden Lippen auf den seinen. Zu Hause machten sie abends die Küchenlampe an. Sie saßen in ihrem Lichtkreis zusammen und aßen Brei und Heringshappen. Eine Zeit lang schien Vater gesund zu werden.

Assar ging fort. Es waren viele, die im Winter im Wald arbeiteten, Familienväter und junge Kerle. Manche von ihnen würden den Rest ihrer Tage dort arbeiten, für andere war es nur eine Episode in ihrem Leben, wenn auch eine besonders spannende. Assar wusste nicht, was kommen würde. Für ihn war es eine Notwendigkeit, ein Alltag, den er für lange Zeit als solchen vor sich sah, zur unentbehrlichen Versorgung.

Die Hütte teilte er mit einer barschen Köchin, die in der Küchenkammer ein eigenes Kabuff hatte, und fünfzehn weiteren Zimmerleuten aus der Gegend. Insgesamt vier Trupps. Drei Leute sägten, einer war Pferdeführer. Ihr Pferdeführer war ein älterer Mann, der immer schnarchte, sich aber mehr als um alles andere um das Pferd kümmerte. Wenn er morgens aufstand, um es zu füttern, schoss wie ein wütender Speer die Kälte herein und weckte sie. Assar zog die Decke dann extra dicht um sich, obwohl er wusste, dass er gleich aufstehen musste, um in die Vadmalhosen und die warmen Filzstiefel zu steigen und die Wangen mit Brennspiritus einzureiben, damit er dort keine Erfrierungen bekam.

In seinem Trupp kam er mit Asper aus Gargnäs besonders gut aus, und die Älteren flachsten gern, dass sie wie Brüder seien, die beiden, deren Namen sich sogar glichen. Meistens schliefen sie, von der Arbeit erschöpft, ein, sobald sie sich hingelegt hatten, aber sie unterhielten sich auch über so manches, wie sie da mit dem Kopf zueinander in zwei der grob gezimmerten oberen Stockbetten lagen. Die Hütte war klein, hatte an der Längswand einen eisernen Ofen, und Assar dachte selten an Margareta. Er erzählte auch nicht von ihr, obschon sich die anderen gern mal leise über Frauen unterhielten, leise, damit die Köchin es nicht hörte. Instinktiv spürte Assar, dass es Margareta und dem Fünkchen Gemeinsamkeit gegenüber, das er sich vielleicht, vielleicht aber auch nicht eingebildet hatte, verkehrt wäre.

Assar und Asper arbeiteten im Wald Seite an Seite, beide mit Säge und Axt, um Fällschnitte anzubringen. Es war eine harte und schweißtreibende Arbeit, und sie legten kurze Essenspausen ein, wobei es meistens belegte Brote und ein Stück Speck gab. Wenn sie zu lange saßen, wurden ihnen die Gelenke kalt und steif, aber sie wechselten immerhin ein paar Worte. Assar erzählte von seinem Vater und dessen Magenkrebs, so groß, dass er von außen zu sehen war. Asper redete am liebsten über den Frühling und den Sommer, wo er in der Flößerei arbeitete.

Manchmal war Assar geistesabwesend, dann schubste Asper ihn mit dem Ellbogen. Er dachte an etwas anderes, während Asper Fragen stellte, die er dann gar nicht mehr hörte.

»Es ist gerade so, als ob du verschwinden würdest, obwohl du da bist«, sagte Asper, und Assar gelobte sich selbst, aufmerksam zuzuhören, wenn Asper mit ihm redete.

Manchmal hielt er nur dank Asper durch. Wenn sie draußen im Tiefschnee standen, redeten sie nicht viel miteinander, sie wurden im Akkord bezahlt. Aber sie hatten ihre knappen Zurufe. Scherzende, informierende Rufe, die verhinderten, dass sie sich einsam fühlten.

Zusammen lachten sie über die Rentiere, magere Gestelle, die von den Sägegeräuschen angelockt wurden und sich um sie versammelten, um die Bartflechten von den gefällten Bäumen zu fressen. Ein ums andere Mal mussten sie zu ihnen hinstapfen, um sie zu verscheuchen. Ein ums andere Mal kehrten die hungrigen Rentiere zurück. Etliche von ihnen kamen um, wenn Bäume auf sie fielen. Starben sie nicht sofort an den Verletzungen, die sie sich zugezogen hatten, dann später. Manche kamen davon, blieben aber in den Ästen hängen. Asper und Assar halfen so einigen, sich zu befreien. Sie konnten einem leidtun, stellten sie fest, waren ja nur Haut und Knochen.

Assar fühlte sich manchmal ganz genauso, dürr und dünnhäutig, blaugefroren, obwohl er ordentlich angezogen war und sich mit Arbeit warm hielt. Es war, als würde der Wind ihnen Wangen und Nasenspitze mit einer dünnen Eisschicht überziehen, die Nase erstarrte vor Kälte, und die Wimpern verklebten.

Asper war nur wenige Jahre älter als Assar, hatte aber schon lange Erfahrung sowohl in der Waldarbeit als auch in der Flößerei. Das hänge zusammen, wie eine Kette, sagte Asper. Das Holz werde auf dickes Eis verfrachtet, dann nähmen rauschende Stromschnellen sich seiner an und dazwischen passierte es ruhig fließendes Wasser. Asper arbeitete normalerweise bei der Bachflößerei am Gargån. Er beschrieb seine Wachnächte, in denen er darauf wartete, dass der Fluss aufbrach, die gestohlenen Schlafstunden, in denen er unter einer dichten Fichte auf der Erde lag, das Geräusch der Stämme, die aneinanderschlugen, und die Holzstauungen, an deren Auflösung sie arbeiteten. Er sprach liebevoll vom »Hau ruck!« der Männer und von den Frauen, die an den Telefonen die Verbindungszentrale stellten.

»Hast nie was andres wollen, Asper?«, fragte Assar einmal, als sie mit einem Wurstbrot ihre paar Minuten Pause machten. Asper formte eine Prise Snus und holte sich dabei tabakkrümelige Finger. Assar musste sich vom herben Geruch des Snus die Nase reiben.

»Wie meinst das denn?«

»Ich mein, ob denkst, das ist alles, was tun wirst? Waldarbeit und Flößen?«

»Hab mir nix andres gedacht.« Asper drückte sich den Snus unter die Oberlippe und rieb die Hände aneinander ab. »Mag es, das Flößen. Mit den Kerlen. Und gibt gut Geld. Und du?«

Assar nahm einen Bissen von seinem Wurstbrot und kaute umständlich.

»Weiß nichten. Hab immer schon das Gefühl, bin für was andres bestimmt.«

»Na was, hast Großes vor? Findests öd, das hier?«

»Nä, eigentlich nichten. Ist schon spaßig«, sagte Assar. Er lächelte Asper an, der zurücklachte.

»Machst Dummheiten jetzt!«

»Aber hast denn nie das Gefühl, es gibt noch viels mehr? Zum Lernen? Zum Tun?«

»Bist närrisch, Assar. Mag dich ja. Aber närrisch bist.«

»Bist dorten?«, fragte Asper manchmal, wenn sie nach einem Tagwerk mit ihrer Tasse satztrübem Kaffee und einem Stück Wurst in der Hütte saßen und Assar so müde war, dass er den Kopf hängen ließ und ihm die Muskeln wehtaten.

»Nä, nichten mehr jetzt«, antwortete Assar, und sie lachten, während die anderen die beiden fragend ansahen, den großen und schlaksigen jungen Mann mit den roggenblonden, halblangen Haaren, die er über den Kopf nach hinten strich, und den anderen mit dem ernsten Gesicht und einem weichen braunen Pony, der ihm manchmal in die Augen hing.

Håkan

1959

Fragte man danach, konnte Håkan nicht sagen, wie es zuging, als der Lars Jonsson bei ihnen einzog. Eines Tages war er einfach da, und er blieb.

Anfangs sagte Mama, Lars habe als Knecht bei ihnen angefangen. Er wohnte im Backhaus, aß mit ihnen und half, wo er konnte, bei der Hofarbeit. Meistens nicht bei der alltäglichen, sondern bei der schweren, mit der Mama nicht zurande kam, wie das Schindeldach der Scheune unten am Fluss neu zu decken, den Zaun zu reparieren und den Kartoffelacker umzupflügen.

Håkan begegnete ihm wie allen anderen in seiner Welt, ohne einen Ton. Lars ließ sich nicht wie andere Erwachsene davon provozieren, die tausend Fragen stellten oder ihn zum Reden verleiten wollten. Lars redete ebenfalls nicht, er ließ Håkan danebensitzen und einfach zugucken. Hatte Håkan nach der Schule frei, begleitete er Lars überallhin und half ihm bei den Aufträgen, die dieser erledigte, um den Hof in Schuss zu halten.

Alles schlich sich sozusagen ein. Wie Lars immer mehr Zeit mit ihm und Mama im Haus verbrachte statt im Backhaus. Bei immer mehr mithalf, nicht nur draußen. Mama fing an, ihn zum Dank für seine Hilfe zu umarmen. Zuerst waren es kurze, hölzerne Umarmungen, mit denen Lars nichts anzufangen wusste, bald aber erwiderte er ihre Umarmungen, die immer länger dauerten. Håkan war still, doch wenn dabei zu viel Zeit verging, trennte er die beiden, indem er sich nach etwas hinter ihnen streckte.

Er hatte Albträume, wachte mit dem Gefühl auf, schnell und weit gerannt zu sein, und mit einem nassen Fleck unterm Hinterteil, mitten im Bett. Das passierte viele Male, immer derselbe Traum, immer Hebbe, der ihm entglitt und zerfiel, wenn Håkan ihn irgendwo zu fassen bekam. Anfangs war der Fleck immer warm, wurde nach einer Weile aber kalt und unangenehm.

Wie so viele andere Male lief Håkan auch dieses Mal zu Mama ins Schlafzimmer, um neben sie zu kriechen. Sie lag normalerweise in der Kuhle, in der Hebbe einst gelegen hatte, und Håkan hatte seinen Platz neben ihr, an ihren Brustkorb geschmiegt. Da war es jetzt nicht wie sonst. Als er zu ihr ins Bett kriechen wollte, lag Lars im Weg. Auf seinem Platz. Håkan stand eine Weile da und wusste nicht, was er tun sollte, und weil niemand aufwachte, tappte er in sein Zimmer zurück. Das Brüllen in seinem Innern wurde lauter. Um trocken zu liegen, drehte er die Schaumstoffmatratze um und wendete die feuchte Zudecke, dann legte er sich hin und glaubte, ihm würde das Herz zerspringen.

Niemand sagte etwas am Morgen. Håkan saß stumm bei seinem Frühstücksbrei und Heringshappen. Er saß stumm beim Mittagessen, beim Nachmittagskaffee und beim Abendessen. Und als Lars endlich ins Backhaus gegangen war, fragte er zu guter Letzt:

»Wohnt Lars jetzt hier?«

Mama räumte weiter den Tisch ab. Die Teller klirrten, als sie sie in den Händen aufeinanderlud. Ebenso das Besteck. Sie stellte die Milch und die Butter in den Kühlschrank, den Brotkorb in die Speisekammer und goss erwärmtes Wasser ins Spülbecken, und bei allem vermied sie, Håkan anzusehen. Schließlich ruhten ihre Hände. Sie drehte sich um und antwortete:

»Ja, ich glaube, er wohnt jetzt hier.«

Es hörte allmählich auf, als Lars ihn samt Teertonnen, um das Dach zu reparieren, zu der Scheune mitnahm, jener Scheune, die Håkan zusammen mit Hebbe im selben Sommer untersucht hatte, in dem dieser starb. Lars nahm den Schaden genau unter die Lupe, stach mit dem Messer ins Holz, machte »hm« und sagte »oho« und redete – vor allem für sich selbst, denn von Håkan bekam er immer noch keine Antwort – ununterbrochen davon, welche Reparaturen er an der Scheune vornehmen werde.

Håkan hörte zu, zunehmend schläfrig. Seine Lider wurden immer schwerer, und er sah Lars aus schmalen Augenschlitzen an. Lars nahm Maß, plante. Schließlich kroch Håkan auf den großen Stein an der Längsseite der Scheune. Der Stein war schattenkalt, aber weich, und er bettete den Kopf auf die raue, trockene Flechte. Durch seine Augenschlitze drang der blaue Himmel in ihn. Lars' Geplapper hatte er ausgeblendet und bekam gar nicht mit, dass es aufhörte. Er schlief ein, während ihm die Tränen herunterliefen und die Haare an seinen Schläfen sich von der Feuchtigkeit lockten.

Womöglich verstand Lars, dass Håkan innerlich schrie. Mag sein, dass er das Schreien in seinen Augen gesehen hatte. Denn einen Tag später nahm Lars ihn mit auf den Olsberget. Sie sammelten rote, saftige Himbeeren unterhalb dieser steinigen Kluft im Berg, die man bis von zu Hause aus sah. Håkan zerkaute die süßen Beeren, und ihre Kerne blieben ihm zwischen den Zähnen hängen.

Dann kletterten sie zwischen den Felswänden nach oben, nicht den ganzen Weg, aber weit genug, und Lars zeigte ihm, wo über ihnen die Raubvögel immer ihre Horste bauten. Dort war er mit Hebbe nie gewesen.

»*Vyöddalejiennuo*«, sagte Lars ruhig und langsam, als sie nebeneinandersaßen, und zeigte auf den Fluss. Eine Weile saßen sie still da und schauten in die Gegend – auf das glitzernde Wasser und die Heuwiesen als verschwommene grellgrüne Felder auf der anderen Seite des Flusses.

»Jetzt ist es Zeit, Håkan. Schrei!«

Håkan sah unsicher drein, schaute von Lars über die Kluft, und von der Kluft zu Lars. Lars nickte ihm bekräftigend zu, und sagte noch einmal:

»Schrei schon, Håkan!«

Also schrie Håkan. Anfangs unsicher. Nicht so wütend, wie er seine Mutter angeschrien hatte, und nicht so geräuschvoll, wie er in seinem Kopf geschrien hatte, aber er schrie. Und am Ende schrie er, dass es donnerte und dröhnte und zwischen den steilen Wänden in der langen Kluft widerhallte, er schrie, und er schrie so, dass der Berg ihm antwortete.

Schließlich hatte er ausgeschrien. Lars ließ es still werden zwischen den Bergwänden, dann sagte er:

»Komm. Jetzt ist es Zeit, hinunterzugehen.«

Assar

1949

Sein Vater starb während eines Wintersturms an einem Wochenende, das Assar zu Hause verbrachte. Es war eine Erleichterung für ihn, so hatte er seine Zeit im Wald nicht abbrechen müssen. Und er wollte auf jeden Fall da sein. Vielleicht nicht so sehr, um Abschied nehmen zu können. Hauptsächlich wegen Mutter und Vater.

Ein Sturm, als wäre die Natur fuchtig geworden. Der Schnee schlug an die Fenster, und der Wind fegte durch die Ritzen im Haus. Man hatte das Gefühl, als könnte er es aus den Grundfesten heben, als wollte er das Haus an den Giebeln packen und aus dem Boden reißen, auf dem es stand.

Von dem gut gelaunten und zeitweilig gesünderen Vater, den Assar verlassen hatte, war keine Spur mehr zu sehen. Er lag auf einem flachen Kissen und zischte. Seine Arme waren mager, und unter der dünnen, papierenen Haut leuchteten stechend blau die Adern. Er hatte Flecken im Gesicht, es war knochig, alt und gelblich geworden.

Sein Haar war matt, die wenigen verbliebenen Strähnen waren spröd und struppig. Vater war erst zweiundfünfzig Jahre alt.

Auch wenn Assar es schon lange wusste und obwohl er bereits viel Verantwortung übernommen hatte, setzte sich ihm etwas in die Brust. Als hätte sich der Krebs im Magen des Vaters gelöst und sich stattdessen dort niedergelassen. Er spürte den Ernst des Versprechens, Mutter und den Hof nicht zu verlassen. Die Gebäude, den Grund und Boden, die Arbeiten, die Verantwortung. Er war gerade mal achtzehn.

Mutter saß an Vaters Seite und verbarg das Gesicht in ihrem Rock. Er hatte dunkelblaue Flecken, wo der Stoff tränenfeucht geworden war.

Vater starb in der Nacht, während der Wind raste und Schneetreiben das Haus einpackte. Sie wuschen ihn, zogen ihm ein sauberes Hemd und weiche Hosen an und betteten ihn statt ins Leichenhaus oben in die Kammer, die im Winter kalt blieb. Assar wünschte, er hätte seinem Vater solche Fürsorge schon früher angedeihen lassen.

Hinterher roch Mutter jeden Abend, bevor sie sich schlafen legte, und morgens, bevor sie Brei kochte, an Vaters Hemd. Sie übergab Assar Vaters Papiere, wollte sie nicht durchgehen, obwohl Assar darauf drängte. Es war, als wollte sie, dass alles so weiterging wie bisher, wenn auch ohne Vater und mit Assar an seiner Stelle. Gleichwohl befiel sie ein bohrender Schmerz, bei dem nichts mehr funktionierte und nichts mehr ging. Als hätte sich der feste Boden unter ihren Füßen in weiches Moor verwandelt.

»Was machn wir denn jetzt, Assar?« Mutter saß auf der Küchenbank, zusammengesunken und willenlos. Sie hatte leere Säcke unter den Augen, und ihre Haut wirkte eine Nummer zu groß.

»Ist was anders? Konnt schon lang nix mehr arbeitn aufm Hof, der Vater.«

»Und von was solln wir leben?«

»Können solcherart weiters leben wie bei Vaters Lebzeit«, sagte Assar.

»Werdn nichten zurand kömmen«, sagte sie und fing wie ein Kind zu heulen an. Die Geschwulst in seiner Brust zwackte ihm um die Stimmbänder. Er versuchte etwas zu sagen, brachte aber nichts heraus.

In der Zeit, in der er noch zu Hause war, wiederholte sie immer und immer wieder, dass sie nicht zurande kommen würden. In regelmäßigen Abständen klammerte sie sich an ihn, schob die Finger unter seine Achseln und jammerte. Er drückte sie von sich, fauchte sie auch mal an. Schließlich wurde er es leid und schimpfte sie aus. Seinem Vater hätte das nicht gefallen.

Von Stund an legte sie sich ins Bett.

Dort lag sie und weinte, bis ihre Augen verquollen und rot gerändert waren.

Assar kümmerte sich um den Hof und dachte, sie brauche einfach ein paar Tage für sich. Aber die Tage vergingen, und ihr Zustand wurde nicht besser.

Sie kam nicht einmal mit nach Sorsele, um mit dem Pfarrer die Beerdigung zu besprechen.

Als er nach Hause kam, fand er Mutter als schäbigen, verknitterten Haufen Elend auf dem Fußboden, daneben eine zerschlagene Flasche. Als er die Scherben aufsammelte, schlug ihm der Geruch von Fusel entgegen. Es war Vaters im Kontrollbuch festgehaltene Schnapsration, die noch da gewesen war, da Vater sie nicht mehr hatte verkaufen können. Vater trank selbst nicht. Schon als Vater noch lebte, ging Assar das manchmal durch den Kopf. Die Moral darin. Oder deren Mangel.

Mutter lag in einer Lache aus Blut und Urin und schnarchte laut, und sie wachte auch nicht auf, als Assar sie schüttelte, obwohl ihr Kopf hin und her schlug.

Da rief er Margareta an. Das Gespräch lief über die Vermittlung in Saxnäsby, und womöglich gäbe es Tratsch, aber er war vorsichtig und hoffte, Margareta würde verstehen, dass es ernst war.

»Hilf mir«, sagte er. Sie war still am anderen Ende. Er hörte es in der Leitung nur kratzen und surren.

»Wobei brauchst du Hilfe?«

»Mutter. Sie ist krank geworden. Ich kann so was nicht. Ich brauche Hilfe. Kannst du kommen?«

»Braucht sie keinen Arzt?«

»Diesmal nicht.«

»Ich komme«, sagte sie und beendete das Gespräch.

Mehr war nicht nötig. Nach zwanzig Minuten klopfte sie bei ihnen an. Als sie seine Mutter sah, zeigte sie keine Reaktion, und er schien auch nichts erklären zu müssen. Sie schob ihn beiseite, krempelte die Ärmel ihres Kleides hoch und erteilte ihm knappe Anweisungen. Mach Wasser warm. Eine ordentliche Wanne voll. Seife. Handtücher. Sie knieten über die Mutter gebeugt, und als sie sich bewegte, war da mitten in dem üblen Geruch ein Hauch von Lavendel. Sie wuschen sie gemeinsam. Am Hinterkopf entdeckte Margareta die Wunde und wusch und wusch, um aus den Haaren alles eingetrocknete Blut zu entfernen. Schließlich sagte sie zu ihm, er solle sie ins Bett bringen. Seine leichte, kleine Mama. Sie hatte auf seinen Armen Platz.

»Danke für die Hilfe.«

Er bot ihr Kaffee an und von dem Mandelzwieback, den Mutter gebacken hatte.

»Keine Ursache.«

»Doch, doch. Ich weiß nicht, was ich ohne dich getan hätte.«

»Es macht nichts. Ich helfe dir gern. Ich bin gern in deiner Nähe.«

Sie sagte das ganz neutral, als hätte sie gesagt, dass es draußen schön sei, aber er geriet völlig ins Schwimmen. Sie hatte den Blick gesenkt und pustete über ihren heißen Kaffee. Er hatte sie noch gar nicht richtig angesehen, seit sie da war. Ihr Teint war weiß wie Sahne und wirkte weich. Assar streckte die Hand vor und strich ihr mit dem Zeigefinger über die Wangenknochen. Sie nahm seine Hand, drückte sie an ihre Wange und führte sie sich dann vor Mund und Nase, roch daran, leckte mit der Zungenspitze vorsichtig an seinem Handgelenk, als wollte sie wissen, wie er schmeckte. Dann ließ sie sie los, schnell, als hätte sie sich daran verbrannt. Er zog die Hand zurück und legte sie unbeholfen auf seinen Schoß, als wüsste er nicht, was er mit ihr anfangen sollte. Sie war heiß.

»Ich verlasse mich auf dich. Wenn herauskommt, dass Mutter …«, sagte er.

»Ich werde nichts erzählen«, sagte sie und schaute ihm direkt in die Augen. »Und ich verlasse mich auch auf dich.«

Mit Asper war es, wie es war. Er war ein Vertrauter, und auch wieder nicht. Es war intim, so wie sie in einer Holzfällerhütte zu leben. Über dem Ofen hingen Unterwäsche und halbwollene Arbeitshemden zum Trocknen, für Schamgefühle war in dem engen Raum kein Platz. Sie aßen zusammen, schwitzten zusammen, schliefen zusammen und atmeten die Gerüche der anderen. Sie schliefen beim Klang der leisen Gebete und ruhigen Schnarcher der anderen ein.

Er lag abends mit Asper da und unterhielt sich leise mit ihm, und Asper war es auch, der ihn dazu überredete, in der Flößerei anzufangen, sobald das Frühjahr käme. Assar schützte den Tageslohn vor, als er Mutter davon erzählte. Die Bachflößerei dauere nur kurz, und die Frühjahrsbestellung sei sowieso noch nicht im Gange, wiegelte er ab, als sie zu weinen anfing.

Vater hatte einen finstern Raum hinterlassen, den es Assars Meinung nach nicht geben sollte. Vater war zu alt gewesen, zu unmodern und zu unwillig, etwas zu verändern. Lange Zeit hatte er sich gegen fließendes Wasser und einen Abfluss im Haus gesperrt. Darunter zu leiden hatte einzig Mutter, die täglich, für Mensch und Vieh, Wasser vom und zum Brunnen schleppen musste. Und dann der elektrische Strom. Dieser merkwürdige, fesselnde Strom, den sich der Rest des Dorfes schon ins Haus hatte legen lassen. Den er aber nicht wollte. In dem Jahr, in dem er mit der Schule fertig wurde, hatte Assar ihn überredet. Kannst denn nix andres sagn als nä, hatte er in seiner

Frustration den Vater gefragt, und Vater, tiefe Krähenfüße in den Augenwinkeln, hatte ihn angelacht und »nä« gesagt, aber es ist dann doch so gekommen, wie Assar es wollte. Sturer alter Kerl. Die Sehnsucht nach ihm schmerzte.

Assar rasierte sich im Spiegel und sah Vaters nussbraune Augen daraus zurückstarren. Mit Asper konnte er immerhin reden. Und sie redeten, von der Holzfällerhütte bis zu den Wachnächten am Gargån, bevor das Eis sich löste und sie, kalt und triefnass, ein paar anstrengende Wochen hindurch arbeiteten, solange der Gargån frühjahrshoch war und das Holz tragen konnte. Asper erzählte er, wie sehr er den Vater vermisste und von der Unbeholfenheit der Mutter. Und zu guter Letzt erzählte er von Margareta.

»Ich verzehr mich nach ihr. Möcht keine andre«, sagte Assar, nachdem er von Anfang bis Ende alles erzählt hatte. Assar saß auf einem unentrindeten Stamm, der ihm unangenehm am Hinterteil scheuerte. Sonderlich viel gab es ja nicht zu erzählen. Ein gemeinsamer Weg. Eine Berührung. Asper überlegte eine Weile.

»Bist dus jetzt, der verschwundn ist?« Assar stocherte mit einem Stock im Feuer, rührte in der Glut, und es flogen Funken auf. Sie leuchteten wie rote Feuerfliegen, zumindest stellte er sich diese so vor, weit über den Flammen, sie glühten im Zwielicht der Morgendämmerung.

»Nää«, sagte Asper, »bin nichten verschwundn.«

»Noch nichten, jedenfalls«, sagte Assar und lächelte schief. »Ist nichten recht. Passen nichten zusammen, der und sie. Aber wir.«

»Bist wohl scheelsüchtig«, sagte Asper.

»Geht nichten um scheel.«

Asper hatte ein Messer in der Hand und schnitzte an einem Stück Holz, als müsste er die Hände beschäftigt halten. Er war phänomenal im Anfertigen von Messergriffen. Assar hatte den schön verzierten Griff aus Rentierhorn gesehen, den er immer bei sich trug – sein ganzer Stolz.

»Ist vielleicht närrisch nachn Kerlen«, sagte Asper, und ein Holzsplitter nach dem anderen landete vor seinen Füßen und bildete eine helle Decke auf dem Boden. Assar schüttelte entschieden den Kopf.

»Nä. Bleibt meistens zu Haus aufm Hof.«

»Meinst, er ist bös mit ihr?«

Assar überlegte ein Weilchen.

»Vielleicht. Weiß nichten. Glaub aber nichten.«

»Äugelt vielleicht meistens bloß zu dir.«

Asper bohrte ihm ein tiefes Loch in den Bauch. Das war es nämlich, was er befürchtete. Dass dieses Besondere nichts anderes war, als dass sie sich amüsierte, mit ihm spielte wie die Hofkatzen mit ihrer Beute.

»Ja, vielleicht. Aber trotzdem.«

Asper sah ihn an, forschend und mitleidig. »Willst sie wirklich haben.«

Assar nickte still. Asper schnitzte an seinem Holzstück weiter, und eine dünne Holzflocke landete auf Assars Schuh.

»Bin ja nichten fromm«, sagte Asper. »Denk aber schon, dass es was wert wär. Verheiratet sein.«

»Und Liebe? Bedeutet nix?«

Asper sah ihn an, lange.

»Schon«, stimmte er zu. »Weiß aber nichten, obs wirklich richtig klingt wie Liebe.«

»Vielleicht nichten.«

Asper blies Splitter und Späne von seinem Holzstück. Ein Mensch nahm darin Form an, grob noch und ohne Details.

»Glaubst, sie schäkert einzig bloß mit dir?«

Assar zuckte die Achseln. Sie lächelte natürlich viel, unabhängig davon, mit wem sie redete. »Hab nichten gesehn, dass sie eins anfasst.«

»Hast nichten geantwortet auf meine Frag.«

»Weiß nichten. Weiß wirklich nichten, Asper. Hab sie nichten sonders oft getroffn eigentlich.«

»Donnerwetter, Assar!«, sagte Asper und rieb sich so fest die Stirn, dass sie grellrot wurde. Assar schwieg.

»Ist nichten gut«, sagte Asper schließlich.

»Vielleicht nichten.«

»Mensch, wenns aber im Dorf rumrennt.«

Asper hob die Hand, als Assar den Mund aufmachte, um zu protestieren. »Sag ja nichten, dass es so ist. Aber sei vorsichtig.«

»Das bin ich immer.«

»Das ist was andres«, sagte Asper mit einem Achselzucken. Nein, da sind sie wohl unterschiedlicher Meinung.

Es war schön draußen. Die Luft roch sowohl nach Schnee als auch nach Frühjahrslehm, nach Kienholz und Harz. Still saßen sie da, warteten auf das Abenteuer.

Håkan

1959

Im Nachhinein sollte er denken, er habe es Lars zu verdanken, dass er Freunde finden konnte. Dies, und dass er in eine neue Schule kam. Eine Dorfschule nach der anderen wurde geschlossen, vor seinem zweiten Schuljahr auch die in Saxnäs. Statt früh morgens unabhängig vom Wetter die weiten fünf Kilometer zu laufen, brauchte er nun nur zum Saxnäsvägen zu gehen, wo ihn ein Bus aufpickte, der über Kvarnbränna nach Blattnicksele fuhr. Es quietschte, wenn sich die Bustüren öffneten: ein Quietschen, das in Håkans Ohren klang, als öffnete sich eine Pforte zum Himmelreich.

Beim ersten Mal setzte er sich ganz hinten auf einen freien Sitz und lehnte die Stirn ans Fenster. Die anderen, seine bisherigen Klassenkameraden, redeten alle durcheinander. Ein erwartungsvolles Stimmengewirr lag über dem ganzen Bus, doch Håkan hatte sich am Rand platziert und blieb dort auch, bis sich jemand mit einem harten Plumps neben ihn setzte und lässig die Füße auf die Rückenlehne vor sich legte.

»Du sitzt auf meinem Platz«, sagte der fremde Junge.

Håkan nahm die Stirn von dem kalten Busfenster und sah ihn an. Ein Junge. Er sah fuchtig drein. Die Strümpfe reichten ihm bis zur Mitte der Waden, die kurzen Hosen bis unmittelbar unters Knie. Das eine Bein war schmäler als das andere und hatte sowohl blaue Flecken als auch Narben. Er hatte kurz geschnittene Haare und Sommersprossen auf Nase und Wangen. So großspurig wie der Junge sich benahm, sah er auch drein, aber er war genauso eigen wie Håkan, das konnte Håkan sehen.

Er sagte nichts, sondern starrte ihn genauso unverwandt an.

Der Junge machte den Eindruck, als wollte er ihn mit reiner Willenskraft von seinem Platz am Fenster wegbewegen, entspannte sich dann aber und kratzte sich am Nacken.

»Ich heiße Gunnar. Und du sitzt immer noch auf meinem Platz.«

Die Landeier, wie sie manchmal genannt wurden, die Kinder aus den Dörfern, waren ein Schlag für sich. Sie waren ein bisschen anders, obwohl an ihnen eigentlich nichts anders war, als dass sie mit dem Bus zur Schule und wieder zurückfuhren. Genau deshalb wurde Håkan in die Gemeinschaft aufgenommen, aus der er im Jahr zuvor ausgeschlossen gewesen war. Es wäre weniger gut verlaufen, wenn er innerlich nicht zu schreien aufgehört hätte, wenn er nicht ein bisschen dickere Backen bekommen hätte und wenn er nicht, noch bevor die erste Busfahrt nach Blattnicksele zu Ende war, mit Gunnar gut Freund geworden wäre.

Der Busfahrer sang jeden Morgen aus voller Kehle geistliche Lieder. Seine Brusttöne klangen feierlich. Auf dem Nachhauseweg war er gedämpfter, und wenn sie nur wenige im Bus waren, bot er allen auch mal ein Bonbon an. Tagaus, tagein setzten sich Gunnar und Håkan im Bus nebeneinander, der rumpelte und hüpfte und der, wie Gunnar sagte, zugig war wie Satans Hölle. Als Håkan dies das erste Mal hörte, einen Sprachgebrauch, der ihm fremd war und den er wahrlich noch von keinem anderen Kind gehört hatte, lachte er so sehr, dass ihm der Bauch wehtat. Gunnar legte nach.

»Satan, Satan, Satan!«, sagte er immer lauter und kichernder, bis die Bremsen quietschten und sie nach vorn geworfen wurden, weil der Busfahrer abrupt anhielt. Mit hochrotem Gesicht und einem Schnurrbart, der ihm unter der Nase tanzte, kam er zu ihnen und drohte Gunnar an, zu Fuß nach Hause gehen zu dürfen, wenn er sich nicht zusammenreiße. Es war das letzte Mal, dass Gunnar im Bus fluchte.

Im ersten Jahr in Blattnicksele landete Håkan in der Bank neben Rune. Forsliiiin, sagte dieser, lang und gedehnt, als er sich vorstellte. Aufgrund seiner Neugier und ungezügelten Zunge geriet er leicht in Schwierigkeiten – der Lehrer nannte ihn ein Plappermaul, was Håkan nicht nett fand, aber verstehen konnte –, und er schien auffallen, in seiner Umgebung einen Abdruck hinterlassen zu wollen.

Rune hatte einen Fernsehapparat zu Hause. »Mein Bruder hat einen Luxor gekauft. Der funktioniert nicht, und trotzdem kommen alle und wollen gucken. Sie sitzen da und glotzen, obwohl es aussieht wie ein Schneesturm im Januar«, sagte er und lachte laut. Håkan bat nie darum, zu Rune zum Fernsehgucken kommen zu dürfen.

Rune konnte manchmal gemein sein, ein bisschen hintenrum. Alle, die es hören wollten, machte er auf Fehler und Schwächen seiner Klassenkameraden aufmerksam. Trotzdem war er unsicher, sein Blick fuhr vom einen zum anderen, um nach Reaktionen zu spähen auf das, was er gerade gesagt hatte. Håkan und Gunnar waren sich einig, dass Rune lustig war, und darum durfte er gern mit ihnen spielen. Vor allem aber brachte er Håkan zum Lachen, und wenn Håkan etwas nötig hatte, dann war es Lachen.

Fußball spielte man, weil es nichts anderes zu tun gab. Das sagten sie, obwohl etliche von ihnen wie Håkan einen gehörigen Teil Hofarbeit leisteten. Es war vor allem das Brennholz, um das er sich ganz allein kümmerte, aber er drehte auch die Kurbel der Milchzentrifuge, kurbelte, bis die Arme müde waren und aufgeben wollten. Die Kühe erklärte Mama zu ihrem Bereich. Die Tiere versorgte sie, dazu stand sie immer in aller Herrgottsfrühe auf und machte den Kuhstall. Außer Arbeit gab es nichts, nicht, wenn man allmählich ein bisschen in die Jahre gekommen war, was sie doch schließlich allmählich waren, nachdem sie nun schon ein Jahr Volksschule hinter sich hatten.

Sie trafen sich in Blattnicksele, wo Österåsens Sportplatz und die meisten Kameraden waren. Håkan musste mit Hebbes altem Fahrrad vorliebnehmen, das eigentlich zu groß für ihn war. Wie oft kam es vor, dass er auf den Pedalen abrutschte und sich die Fersen aufriss oder mit dem Hodensack aufschlug und dann gequält am Straßenrand stand und hoffte, dass keiner von denen, die vorbeifuhren, ihn sah. Besonders Gunnar nicht, der Polio gehabt hatte und auf einem Bein lahmte – »Schau dir das an«, sagte er und zeigte seinen Fuß vor, der an ihm baumelte und keinerlei Halt zu haben schien, »es war lästig, so lange krank zu sein, aber das hier ist einfach beschissen« – und von seinem Papa gefahren wurde.

Håkan sollte den Geruch nach warmem Kies und Schafgarbe für alle Zeit mit Hodenschmerzen verbinden.

In Blattnicksele war es nicht wie zu Hause. Die alten Holzhäuser und die Kuhställe und Kartoffeläcker gab es dort ebenfalls. Aber auch Einfamilienhäuser, die ganz und gar nicht alt waren, verputzte Ziegelhäuser mit kurz geschorenem Rasen und schmucken kleinen Beeten und Plattenwegen. Håkan hockte bei Rune vor dem Rasen und strich mit der Hand darüber, raue, stoppelige Grashalme, die ihm in die Hand stachen, nicht wie der holprige Hof bei ihm zu Hause. Es gefiel ihm, dass es anders war. Es gefiel ihm, durchs Dorf zu spazieren, bei *Violas* ins Schaufenster zu gucken, an der *Shell*-Tankstelle daneben die Benzindämpfe durch die Nase einzuatmen, und an der Missionskapelle und der hellgrünen, verputzten Pension, Panget genannt, vorbeizugehen. Meistens berührte ihn der Unterschied nicht, aber manchmal merkte er, dass er nach Kuhstall roch. Er merkte, dass ihm das Heu und die Kuhscheiße und der Ammoniak in Haut und Haar saßen, er schnüffelte an seinen

Armen und Händen und schudderte. So roch es in den Ziegelhäusern nicht, dessen war er sich sicher.

Blattnicksele IF hatte eine gute Herrenmannschaft. Besser denn je. »Mit der Potenz, in die Vierte aufzusteigen, sagt Papa«, erklärte Rune den anderen ein bisschen von oben herab, und Håkan nickte, als hätte er es genau verstanden. Vilgot Partapuoli war der Beste von ihnen, ein Spieler, zu dem alle aufsahen. Er war unerschrocken. Vilgot war nicht mehr der jüngste Spieler, aber auch nicht der älteste. Er hatte die Haare oben auf dem Kopf zu einer brylcreemsteifen Rockabilly-Tolle gekämmt, die sich selbst dann nicht bewegte, wenn er ganz schnell rannte. Er erinnerte an Johnny Cash. Das kam Håkan manchmal in den Sinn, während er Vilgot spielen sah, und dann summte er *I Walk the Line*.

Wie auch immer, es war Vilgot Partapuoli, der Håkan dazu brachte, richtig zu trainieren. Nicht Pelé, nicht der Turnlehrer, nicht der Fußballtrainer, sondern Vilgot, als er ihnen einmal beim Spielen zuschaute. Håkan sah, dass er sich hinsetzte. Vilgot hatte einen Glimmstängel im Mundwinkel, seine Hemdärmel waren halb hochgerollt. Allein das Wissen, dass Vilgot Partapuoli, der unerschrockene Spieler von Blattnicksele IF, ihm zuschaute, ließ ihn sein kleines Extra geben.

Es war nicht gerade ein Match. Er spielte gegen Gunnar mit dem lahmen Bein, und im Tor stand Rune, der, drall wie ein Ferkel, Mühe hatte, sich zu bewegen. Er gab alles, eine richtige Granate ins Tor. Rune hatte keine Chance. Auch Gunnar nicht, nebenbei bemerkt.

»Hör mal«, sagte Vilgot Partapuoli, als sie an den Spielfeldrand kamen, um Atem zu holen. Er packte Håkan an der Schulter, drückte sie, nahm einen letzten Zug an der Zigarette und blies Håkan den Rauch ins Gesicht, der fing zu husten an. »Solltest mitm Spielen anfangen. Bistn Tüchtiger.«

»Danke«, brachte Håkan heraus, halb erstickt vom Rauch der Zigarette, aber strahlend vor Stolz und blitzend wie Hebbes kupferner Glückskunstköder.

»Und auch ihr«, sagte Vilgot an die anderen gewandt, aber immer noch mit der Hand um Håkans Schulter. »Solltet auch anfangen mitm Spielen.«

Vilgot warf die Zigarette auf die Erde und trat sie mit dem Absatz aus, bevor er ging. Sie standen da und sahen ihn das Spielfeld verlassen, in dieser großkotzigen, schleppenden Gangart, die er in einem Spiel manchmal annahm, ganz so, als könnte er hinter sich ein paar bewundernde kleine Jungs stehen sehen, die ihm mit offenem Mund nachschauten.

Nachdem er auf der Landstraße verschwunden war, stolzierten sie alle drei wie Pfauen umher, wobei ihnen ununterbrochen das Mundwerk ging und ihre Stimmen einander aufgeregt und eifrig schubsten.

»Hast du gehört, was er gesagt hat?«

»Ja, aber hast *du* gehört, was er gesagt hat?«

»Ja, aber hast *du gehört*?«

Håkan dachte, es spiele keine Rolle, was Vilgot zu den anderen gesagt hatte. Vilgot meinte, er sei tüchtig. Er.

Assar

1950

Es vergingen fast zwei Jahre, bis Margareta und Assar zusammen denselben Weg gingen wie bei ihrer ersten Begegnung, von Sigurd zum Dorf. Er mit ihren Einkäufen in der Hand und sie wieder mit diesem seltsamen Licht in sich, das ihn stumm machte. Ihr Gesicht war offen. Er konnte in ihren Zügen jeden Gedanken vorbeischimmern sehen. Und trotzdem war es so verschlossen. Hin und wieder zogen sich ihre Augenbrauen zusammen, ebenso die Lippen, und das Kinn wurde spitzer. Sie war gleichwohl unverändert schön.

»Wie geht es deiner Mutter?«, sagte sie, als sie ein Stück vom Dorf entfernt waren.

»Es geht so«, sagte er, »sie ist natürlich immer noch bekümmert. Sie vermisst Vater.«

»Aber es geht schon besser?«

»Ja, schon. Sie kann sich jetzt selber um sich kümmern, und um den Hof.«

»Das freut mich.«

»Ich weiß nicht, ob ich mich für deine Hilfe ausreichend bedankt habe.«

»Du brauchst dich nicht weiter zu bedanken.«

Diesmal sangen die Vögel, es war sonnig, aber die Luft war frisch. Der Sommer wartete auf seine Gelegenheit. Wenn Assar in den Wald sah, waren dort stellenweise immer noch Schneeflecken.

»Aua!« Assar blieb stehen und stellte die Sachen auf der Straße ab, um einen Schuh auszuziehen. Irgendetwas scheuerte darin. Ein Steinchen, glaubte er zunächst, doch als der den Schuh umdrehte, kam nichts heraus. Er lugte in den Schuh, sah aber nichts. Aber als er ihn wieder anzog, stach es noch immer.

Margareta war ebenfalls stehen geblieben, sie war nicht geistesabwesend oder ruhelos, sondern beobachtete ihn neugierig.

»Ich kann mal gucken«, sagte sie. Er reichte ihr den Schuh. Sie schüttelte den Kopf, das hatte sie nicht gemeint.

»Gib mir lieber deinen Fuß.« Er stützte sich auf ihre Schulter und hielt ihr seinen Fuß hin. Mit festem Griff fasste sie ihn um die Wade, die Haut brannte, er wurde zu ihr hingezogen wie Nachtfalter zum Küchenfenster, und sie zog ihm den Strumpf aus. Er fragte sich sofort, wie er wohl roch, er wusste nicht mehr, ob er sich am Morgen die Füße gewaschen hatte, es schien sie jedenfalls nicht zu behelligen.

»Du hast da einen Splitter«, sagte sie. »Er ist ziemlich groß und hat sich unter die Haut gedrückt.« Sie beugte sich hinunter, sah so nah wie möglich hin, ergriff den Splitter mit den Nägeln und zog mit einem Ruck heraus. Es ziepte.

Sie hielt ihn weiter fest, nestelte ihm mit der freien Hand die Socke über die Zehen und zog seinen nackten Fuß sorgfältig an. Er versuchte stillzuhalten, obwohl er von der Anstrengung, auf einem Bein zu stehen, fast zitterte. Schließlich konnte er seinen Schuh wieder schnüren, und sie gingen weiter.

»Du humpelst ja«, sagte sie und sah auf seine Füße. Er trug braune, matte Lederschuhe, und seine Socken warfen über dem Spann Falten. Das Humpeln war kaum merklich, außer wenn er das Gewicht verlagerte.

»Hat der Splitter so wehgetan?«

»Nein.«

»Ich kann den Beutel nehmen, wenn du willst.

»Nein, ist schon gut. Es tut nicht weh.«

»Warum humpelst du dann?«

»Ich bin ausgerutscht, als ich in Gargnäs war. Wir sollten

eine Stauung lösen, dabei bin ich mit dem Fuß zwischen zwei Stämme gerutscht, die drauf und dran waren, zusammenzuschlagen. Ich habe den Fuß noch gerettet, er hätte zerquetscht werden können. Aber ich werde im Sommer nicht in der Flößerei arbeiten können«, sagte er.

Darauf sagte sie lange nichts zu ihm. Dieses Gesicht. Er sah, wie sie dachte.

»Was machst du dann?«

»Hütejunge«, sagte er und lachte auf. Es klang unspektakulär.

»Wie meinst du das?«

»Ich werde auf der Alm sein. Mutter darf zu Hause bleiben und sich erholen. Ich kümmere mich im Sommer um die Tiere. Mit diesem Fuß kann ich sowieso nicht viel machen. Hierhin hinken und dorthin und hintern Kühen herrennen.« Seine Augen wurden schwarz.

»An dieser Arbeit ist nichts Schändliches«, sagte sie, und dann fasste sie ihn am Arm und hielt ihn zurück.

»Vorher kannst du bestimmt mal auf eine Tasse Kaffee vorbeikommen? Hebbe ist unterwegs und legt Scherbäume aus, er wird bald eine weite Strecke beim Flößen sein. Du kannst mir statt seiner Gesellschaft leisten. Es macht Spaß, sich zu unterhalten. Und du sollst doch etwas haben dafür, dass du etwas verpasst.«

Hoffnungen und Zweifel durchfuhren ihn, in ein und demselben Augenblick. Doch immerhin wollte sie mit ihm zusammen sein.

Er nahm das Fahrrad, um zu ihr zu kommen. Sein Fußgelenk schmerzte, als er in die Pedale trat, aber das Radfahren war eine Freude, die Kiefernwurzeln knollten sich unter den Reifen, und der Wald erhob sich hoch über ihn. Er war umgeben von Blaubeersträuchern, Vogelgezwitscher und einem Vorsommer, der

Verheißungen flüsterte. Sein Pony wehte, der würde in Unordnung sein, wenn er ankam.

Das Fahrrad legte er hinter dem Viehstall neben dem Hackklotz ab. Man musste schon dorthin gehen, bevor man es sah. Das letzte Stück ging er zu Fuß. Das Haus war rot, genau wie ihr eigenes, hatte weiße Ecken und eine Doppeltür mit Kassetten. Er sah Margareta flüchtig hinter den buckligen Fensterscheiben. Vom Radfahren war er noch außer Atem, zögerte aber nicht, sondern nahm die Treppenstufen in einem begierigen Schritt und klopfte an der Tür. Margareta öffnete gleichermaßen schnell.

»Hallo!«

»Hallo!«

Sie standen da, schauten, grinsten, sagten nichts, machten nichts.

Schließlich drehte sie sich zur Seite, damit er an ihr vorbei ins Haus schlüpfen konnte. In dem Augenblick, als er an ihr vorbeiging, hielt er kurz inne. Er konnte fast ihren Puls durch sein Hemd spüren. Sie war wie von einer Mehlwolke umgeben, hatte einen Waffelteig angerührt. Diese Freude zwischen ihnen! Die wie die zinzelierendste Rauchschwalbe zwitscherte und flog.

Sie zog einen Sprossenstuhl unter dem kleinen Klapptisch vor, der mitten in der Küche stand und aussah, als wäre er für zwei gemacht. Den hatten sie gegen den großen Tisch mit Bänken ausgetauscht, den Anders gehabt hatte. Das war ein mächtiges Ding gewesen, und Assar fragte sich, was wohl damit passiert ist. Womöglich hatten sie es verheizt.

»Setz dich«, sagte sie, und er setzte sich. Ihre Küche badete in Licht. Etwas anderes hatte er nicht erwartet, es hätte ihn gewundert, wenn ihre Küche so dunkel gewesen wäre wie ihre eigene.

Die abgenutzte Tischplatte war stellenweise sonnenwarm, und auf der dünnen Baumwolltischdecke lagen Brösel von dünnem Fladenbrot neben einem Trinkglas, in das sie ein Sträußchen Trollblumen gestellt hatte, verschwenderisch füllig in ihrer Anspruchslosigkeit. Margareta hatte ein Handtuch über der einen Schulter, und ihre Arme waren nackt. Sie wirkten sonnengebräunt, sie war wohl in der Hitze draußen gewesen. Derselbe schwach rote Hautton stieg zwischen ihren Brüsten aus dem Mieder ihres Kleides, wie er sah, als sie sich zu ihm umdrehte. Er wurde rot. Instinktiv legte er die Hände auf seinen Schritt, obwohl unter dem Tisch wohl nichts zu sehen war. Er hatte das Gefühl, als würde sie ihm genau ansehen, was er dachte.

Neben dem älteren Eisenherd, auf dem Margareta die Waffeln buk, war ein Heizkessel installiert. Zentralheizung! Assar strich mit der Hand über den Heizkörper, ließ sie zwischen die Rippen gleiten. Ein leichteres Leben fühlte sich emailleglatt und lauwarm an.

Die Waffeln kamen mit eingemachten Blaubeeren und Schlagsahne auf den Tisch. Ihre aß sie am Herd im Stehen, noch warm, und die Sahne tropfte ihr blaulila am Ellbogen hinunter.

Sie lachte, zeigte die Lücke zwischen ihren Zähnen und wischte sich mit der Schürze ab. Er sah sie, und er konnte sehen, dass sie ihn sah. Sie wurde still.

Dann trat sie zu ihm, fasste ihn am Kinn, leckte sich den Daumen und wischte etwas weg, was ihm im Mundwinkel hängen geblieben war, als wäre er ein Kind. Da schien sie zu sich selbst zu kommen. Statt zu wischen, strich sie ihm mit dem Daumen an der Unterlippe entlang und ließ ihn ihm in den Mund gleiten. Als er ihn mit der Zungenspitze empfing, zog sie ihren Daumen zurück und wischte ihn sich, ohne Assar anzusehen, an der Schürze ab. Assar verwünschte sich, still, in Gedanken.

Als er sie nach Hebbe fragte, verfinsterte sie sich.

»Musst du das fragen?«

»Ich glaube schon«, sagte er. Wahrheitsgemäß. Er würde sie wohl ohnehin nicht verstehen, wollte aber trotzdem wissen, ob er es sein lassen sollte.

»Hebbe ist schon ganz gut«, sagte sie. »Er brauchte eine für den Haushalt. Und hat mich gefunden«, sagte sie, noch immer säuerlich.

»Warum habt ihr keine Kinder?«

»Er ist nicht so.«

»Was meinst du mit ‚so'?«

»Ich meine, was ich sage. Er ist eben nicht so.«

»Wie ist er dann? Ist er nicht nett zu dir?«

»Aber ja. Und ob er nett ist. Er kümmert sich um mich. Mir geht nicht viel ab. Nur das eine oder andere«, sagte sie.

»Was geht dir ab?«

Zwischen ihren Augenbrauen vertiefte sich eine senkrechte Falte, die sie fuchtig aussehen ließ. Es wurde still zwischen ihnen.

»Hebbe schenkt mir Musik. Darum habe ich ihn genommen.«

»Ist es das wert? Die Musik?«

»Sie war es. Möchtest du noch eine Waffel?«

»Ja. Wenn noch was anbietn magst.«

»Ich kann dir vieles anbieten. Aber nicht alles.«

Sie löffelte Waffelteig in das heiße Eisen auf dem Herd, es dampfte und rauchte. Aus ihrer Haarnadel hatte sich eine Strähne gelöst und klebte ihr in der Feuchtigkeit auf der roten Wange. Ihr war warm, ihm war warm.

Das nächste Mal traf er Margareta hinter dem Viehstall, wo er zuletzt sein Fahrrad abgelegt hatte. Er kam uneingeladen und hörte von drinnen Geschepper und Gescharr. Sie müsste die Tiere schon versorgt haben, aber er wusste, dass sie sich gern dort aufhielt. Ihre weißen Fjällkühe mochten sie, waren anhänglich. Sie sagte, sie seien wie verschmuste Katzen. Sie drückten ihren warmen Körper an sie und wollten in dem abstehenden Schopf zwischen ihren Ohren gekrault werden.

Er setzte sich auf die Erde und lehnte den Rücken an die graue Kuhstallwand. Sie war silbrig grau, heller als die Wand in Richtung Fluss, die Wind und Wetter mehr ausgesetzt war. Sie war rau und sonnenwarm, und um ihn herum surrten die Fliegen in der Luft. Er schloss die Augen und lauschte den trägen Fliegen, dem Muhen, dem Spiel der Ketten im Stall, Margaretas leisem Singen, das durch ein offenes Fenster zu ihm drang. Eine Blindbremse landete auf seinem nackten Bein, und schon bald zwickte es in der Haut. Er schlug sie tot, und im selben Moment öffnete Margareta die Kuhstalltür und kam heraus. Er öffnete die Augen, schmale Schlitze nur, um ihren Anblick einzulassen. Sie wirkte nicht überrascht, nur atemlos und verschwitzt nach der Arbeit. Sie lächelte.

»Du hier?«

»Ja. Ich möchte nur erzählen, dass ich morgen auf die Alm ziehe.«

»Ich verstehe.«

»Willst du mich besuchen kommen?«

Sie nickte, wirkte fast schüchtern, ließ den Zinkeimer mit einem »klonk« auf den Boden fallen. Assar stand auf und näherte sich ihr. Sie roch nach Viehstall, traulichem Kuhstallgeruch, und sie lächelte. Auf ihrer Oberlippe glänzten ein paar Schweißperlen, genau wie da, als er sie zum ersten Mal gesehen hatte.

Unversehens beugte er sich vor und nahm ihre Oberlippe zwischen seine Lippen, umfasste mit den Händen ihre Wangen und ließ seine Zunge vorsichtig am Rand ihrer Lippe entlangwandern. Margareta war nicht wie die anderen. Die sträubten sich schon mal, meistens weil es sich so gehörte, anstandshalber. Ihre Zunge war weich und nass und geschmeidig, gleichsam tanzend, und ihre Finger bohrten sich in seine Hüften.

Dann ließ er los. Sie stand da und sah drein, als hätte er ihr eine Ohrfeige verpasst, bekam ihre Gesichtsmuskulatur nicht geordnet, und auf ihren Wangen leuchteten feuerrote Flecken.

»Verzeih«, sagte er und ließ den Kopf hängen.

»Assar ...«

»Ich weiß. Verzeih.«

»Assar. Du brauchst nicht um Verzeihung zu bitten.«

Er sah zu ihr hoch. Und da zerrte sie an seinem Gürtel und knöpfte ihm die Hosen auf. Er tat zunächst gar nichts. Stand nur da und ließ sich von ihr die Hosen herunterziehen und seinen Ständer ergreifen, der ihm aus den Unterhosen ragte. Er konnte kaum atmen, sich kaum rühren, als hätte er dergleichen noch nie getan. Als sie aber, ohne den Blick von ihm zu wenden oder ihn loszulassen, den Rock zu heben versuchte, kam Leben in ihn.

Er fingerte in ihr. Sie war bis weit die Schenkel hinunter feucht, und er hob ihr Bein, um in sie einzudringen. Aber es war sie, die ihn mit dem Griff, mit dem sie ihn noch immer umfasst hielt, einführte. Sie wimmerte ihm ins Ohr und hing mit einem Arm um seinen Nacken an ihm.

Es war schnell vorbei. Zu schnell. Ihre Wimpern kitzelten ihn am Hals, an den sie gelehnt stand, und als er sich aus ihr zurückzog, floss es aus ihr.

Sie liebten sich bei jeder sich bietenden Gelegenheit, und er konnte nicht genug bekommen von dem hellen Flaum auf ihrem Bauch. Sie setzte mit der Kuhfähre über, das war der nächste Weg, und sie blieb den Tag über.

Es erleichterte die Sache, dass er allein auf der Alm war. Dort konnten sie auf seiner schmalen Küchenbank, die im Takt mit ihnen knackte und schaukelte, miteinander schlafen. Aber sie konnten auch, Hand in Hand, zusammen spazieren gehen und, wann immer sie die Lust überkam, haltmachen. Sie waren rings um die Almen allein, und ausnahmsweise war Assar dankbar für seine rückständigen Eltern.

Besonders oft kam es nicht vor. Ihre Treffen gestalteten sich zaghaft und unsicher. Schüchtern war vor allem sie ihm gegenüber. Wo er doch geglaubt hatte, es müsste genau umgekehrt sein.

Einmal sagte er, wie zum Trost, dass es keinen Unterschied gebe zwischen ihr und den anderen Mädchen, mit denen er zusammen gewesen sei, obwohl diese jünger waren. Doch da hielt sie sich die Ohren zu, wollte nichts hören. Sie verwirrte ihn. Eigentlich war doch sie diejenige, die. Nicht er.

Jetzt saß sie mit dem Rücken zu ihm zwischen seinen Beinen und hatte den Kopf vorgebeugt. Er zupfte ihr Nadeln und Spreu aus den Haaren und tastete sich über ihre Schultern vor. Durchs Astwerk über ihnen sickerten Sonnenstrahlen und bildeten helle Pfützen auf der Erde. An den Oberarmen hatte sie eine leichte Gänsehaut, und nach einem Windstoß, der die Bäume rauschen machte, bibberte sie.

»Fröstelst?«, fragte er und legte die Arme um sie. Er atmete warm in ihren Nacken.

»Mhm«, erwiderte sie.

»Werd dafür sorgen, dass nie wieder fröstelst.«

»Das wird wohl schwierig«, sagte sie und kniff ihn in den großen Zeh. »Ich bin ziemlich verfroren, falls du das noch nicht gemerkt hast.«

»Ich meine es wirklich so. Ich möchte derjenige sein, der dich wärmt.«

Sie lachte auf, es war ein kurzes und leeres Lachen, ein *ha!*, das er bislang nie gehört hatte. »Ich meine es wirklich so, Margareta«, sagte er ernst, während sie weiterhin kicherte und seinen großen Zeh kniff.

»Ich habe schon einen. Er wärmt das Haus, in dem ich lebe.«

»Aber ich möchte *dich* wärmen, nicht nur dein Haus. Ja, ich möchte, dass du mit mir zusammenlebst. Wir können doch hierherziehen. Auf die Alm.«

»Das ist ein schöner Traum, Assar –«

»Ich träume aber gar nicht.«

» – aber er ist unerfüllbar.«

»Ja, die Alm war vielleicht ein dummer Vorschlag.«

»Nicht nur die Alm.«

»Dass ich dich wärmen will?«

»Mhm. Aber du darfst mich gern jetzt wärmen«, sagte sie und rutschte mit dem Po näher an ihn heran, legte seine Hände auf ihre Brüste und kniff mit seinen Fingern in ihre Brustwarzen.

»Margareta«, sagte er und nahm die Hände weg, sie saß nach wie vor von ihm abgewandt, »ich meine es wirklich so. Ich will ein guter Mann sein. Ich möchte dich zu der Meinigen machen und für dich da sein. Ich will, dass du die Meine wirst.«

Sie seufzte.

»Du verstehst doch wohl, –«

»Seufz nicht über mich. Ich weiß, was ich will.«

» – dass das nicht geht.«

»Nichts weiß ich.«

»Nein, du weißt nichts«, sagte sie, und mit einem Mal war ihr Rücken steif und angespannt. Er versuchte, sie kosend wieder locker zu machen.

»Du bist wunderbar«, sagte er, den Mund an ihrem weichen Haar.

»Du auch«, sagte sie so leise, dass es fast nicht zu hören war. Es klang feucht und angestrengt. Sie lehnte sich zurück und sie küssten einander. »Ich wünsche es auch, wirklich, glaub mir.«

»Ich werde daraus mehr als nur einen Wunsch machen.«

Håkan

....

1960

»Ist eben nichten wie frühers«, sagte Lars, als Håkan fragte, warum im Backhaus niemand mehr übernachtete, wenn die Rentiere im Spätwinter am Fluss entlangzogen. Aber was nicht so wie früher war, konnte er nicht sagen. Er zuckte die Achseln, als Håkan fragte. Weniger Aufkäufer in den Dörfern. Andere Übernachtungsstätten, die Möglichkeit, weitere Strecken zu bewältigen. »In unserer Familie will niemand mehr den ganzen Weg auf Skiern zurücklegen«, sagte er.

Auch sonst war vieles nicht mehr so wie früher. Vor nicht allzu langer Zeit hatte Mama Lars gebeten, den Separator von der Wand abzumontieren – »bin doch bloß ich, die so was heut noch benutzt« –, und es war, als würden sich Håkans Arme ein bisschen leichter anfühlen als zuvor, ja, es zuckte geradezu glückselig in ihnen, als die Milchzentrifuge aus ihrem Leben verschwand.

Bei Sigurd wurden die Regale leerer und leerer. Sie hatten der Sache wegen weiter dort eingekauft, aber als Mamas Bauch sich rundete, war es, als würde um sie herum Platz gemacht, ein Ring des Schweigens gebildet, während die anderen Dorfleute sich an die Wände verzogen und die Köpfe zusammensteckten, wie um miteinander zu tuscheln. Nur Sigurd redete, als wollte er die Stille mit irgendetwas füllen. Übers Wetter. Über die Jagd und das Fischen, als ob Mama dazu etwas sagen könnte. Darüber, dass sie nicht in die Missionskapelle gingen, Håkan gehe nicht mal zur Sonntagsschule, habe er gehört, das sollten sie aber schon, ja, vor allem, weil.

»Jaja«, sagte er und schnalzte mit er Zunge in ihre Richtung. »Aber hier sind natürlich alle willkommen, solange es mich gibt.«

Er überreichte das Paket. Mama schaute nur auf die eingeschlagene Wurst.

Lars war Rentierhirte und hatte nicht vor, das zu ändern, obwohl Mama ihn darum bat. Weder weiß noch will ich etwas anderes, ich möchte nicht unfrei sein, sagte er zu ihr, sodass Håkan es hören konnte. Und: Es würde nicht lange dauern und wir würden die Rentiere verlieren, wenn wir uns so niederließen wie hier, das sitzt wohl tief.

Mama wollte sich aber auch nicht verändern. Sollte sie noch mal umziehen, weg von den Kühen? Vom Hof?

Stattdessen durften sie sich schön daran gewöhnen, dass er kam und ging, oder sogar ganz auszog, wie im Winter, bevor Nilas geboren werden sollte, als Mamas Bauch noch flach war und sie sich jeden Morgen übergab. Es ginge nicht anders, sagte er. Er nannte es Eiswinter. Für sie hieß das, auf Blaueis herumzurutschen, für ihn bedeutete es einen Winter, in dem die Flechten von einer harten Eiskruste bedeckt waren und das Winterweideland erst weit draußen an der Küste lag.

»Wenn du wüsstest, wie das in meiner Kindheit war«, sagte Lars zu Håkan, als sie im Frühjahr zurückkehrten. Als er klein war, hatten sie durchgehend mit den Rentieren gelebt, hatten sie gemolken, gehätschelt, Tag und Nacht bei ihnen verbracht, wie Mama und ihre Kühe, nur noch näher. »Sie waren damals so frei wie heute, nur zahmer«, sagte er. Er sah taunass aus.

Lars sprach nicht viel, nicht mehr als das, was absolut notwendig war. Umso mehr sah man ihm an. Er trug sein Herz in der Brusttasche, und es schlug mit den Rentieren um die Wette. Beisammensein nannte er das. Wäre Ante nicht gewesen, sein Bruder, der Orgelspieler, der sich keine eigene Herde leisten konnte, hätte er es nicht geschafft.

»Geerbt habe ja ich«, sagte Lars. »Aber es ist manchmal schon ein komisches Gefühl, dass ich hier bin und er bei den Rentieren.«

Es zerrte an ihm, wenn die Rentiere auf Aufmerksamkeit pochten. Man merkte, wenn er unruhig und gereizt wurde, irgendwie rastlos im Leib. Dann stiefelte er auf dem Hof umher, bis die Stallkatze sich zur Ruhe begeben hatte, und wachte noch vor dem Hahn auf.

So ging das immer, wenn er zur Frühjahrssiedlung oder Sommersiedlung wollte. Lars saß neben Håkan auf der Vortreppe und sah hinauf zum Olsberget, während der Himmel gelb und rosa brannte, und klagte über die Mücken, die im Vorsommer ins Waldgebiet einfielen.

»Ist nichten wie zu Haus«, sagte er. Håkan schwieg und horchte auf das eintönige Heulen der Mücken in unmittelbarer Nähe und auf das Geplapper der ersten Schwalben vom Kuhstall her. Lars sah Håkan an, ganz schnell, eine Maske der Angst überm Gesicht. »Du weißt schon, was ich meine.«

Wäre Mama nicht gewesen, dann wäre Lars nicht zu ihnen gezogen. Er fasste sie ganz behutsam an, als wäre sie hauchdünnes feines Porzellan, von dem er die Finger nicht lassen konnte, und betrachtete sie wie einen wertvollen Gegenstand, den er in einen Glaskasten gestellt hatte und der hervorgeholt und nach bestem Vermögen abgestaubt und geputzt werden musste. Ja, neben den Rentieren schien es Lars' größte Sorge zu sein, ihr das Dasein zu erleichtern, selbst seine Fürsorge für Håkan war darauf ausgerichtet. Zumindest bis Nilas geboren wurde. Da war es, als käme ihm etwas anderes in den Blick als sie. Das väterliche Erbe, vielleicht. Der kleine Junge, der ihm in die Brusttasche kroch.

Lars bewegte sich auf andere Weise in seiner Umwelt, als Hebbe es getan hatte. Bisweilen, wenn sie im Ort waren oder wenn er Dorfleute über Rentiere auf den Straßen reden hörte, bewegte er sich scheu und vorsichtig wie ein Fuchs, so als duckte er sich auf den Boden, und sein Blick ging von einer Seite zur anderen. Nein, nicht dass Håkan glaubte, er würde sich bei ihnen unwohl fühlen, aber es war genau so, wie er auf der Vortreppe gesagt hatte. Nicht wie zu Haus.

Lars schien es zu gefallen, sein Dasein auf dem Hof mit Håkan zu teilen. Lars war pfiffig, und er konnte mit den einfachen Mitteln, die es auf dem Hof gab, ausgeklügelte mechanische Konstruktionen zusammenschrauben. Håkan bedeutete ein Paar Hände und Augen mehr und hatte andere Ideen als er. Aber Håkan seine Welt zu zeigen, daran hatte er kein größeres Interesse, jedenfalls nicht nach Mamas *völlig ausgeschlossen, nie wird sie*. Zuvor hatte Lars ihn zu dem neu errichteten Rentierschlachthof mitgenommen, hatte ihn auf seinen Familieninseln herumgeführt und Namen genannt, die vorbeiflogen und nicht hängen blieben, es waren mehrere Jonssons. »Aber nichten die meinigen«, sagte Lars. Auf dem Schlachthof schnippelte man an Lagerfeuern Dörrfleisch und ruhte sich aus, wenn man nicht gerade an einem dampfenden Rentierkörper stand und ihn häutete oder ausschlachtete, da waren Männer, Frauen und Kinder. Unterhalb der blauen Fjällgipfel brannte die Welt in Orange und Gelb. Vor dem Schlachthof standen wild durcheinander geparkt Autos, und überall waren Leute, all die Menschen, die da redeten und lachten und einander umarmten und aßen und Seite an Seite arbeiteten! Es roch nicht nach Blut, es roch nach Hunden, die umherliefen, nach warmen Tierleibern.

Lars hatte ihm nicht gesagt, dass er Arbeitskleidung anziehen soll, darum war er so gekleidet, wie er zur Schule ging, das Hemd säuberlich in den Hosenbund gesteckt, Halbschuhe an den Füßen, keine Stiefel. Alle anderen schienen auf die Arbeit vorbereitet zu sein, bereit, dort anzupacken, wo es nötig war, auch die Kinder. Håkan versuchte sich unsichtbar zu machen und sich hinter hochgezogenen Schultern, Händen in den

Hosentaschen und Augen, die unterm Pony vorschielten, zu verstecken. Die jüngeren Kinder spielten, wie die Erwachsenen arbeiteten. Es wurde jeweils eines zum Rentier ernannt, das die anderen einzufangen versuchten. Die älteren Kinder, kaum älter als er, beteiligten sich an der Arbeit an den Schlachtkörpern und in der Rentierkoppel. Håkan kannte niemanden von ihnen. »Gehn nichten hier zur Schule, hat keins von uns getan«, sagte Lars.

Håkan und Lars kreuzten zwischen Darmpaketen und Fellen, die auf dem Weg zur Rentierkoppel auf der Erde lagen. Hier bewegte Lars sich selbstbewusst und unerschütterlich sicher, als wäre er im Boden verwurzelt. Die Hemdärmel hatte er bis zu den Ellbogen hochgerollt und das Hemd am Hals aufgeknöpft. Er sah kräftig aus. Auf seinen Unterarmen schlängelten sich die Adern. Wie Lars doch zu dieser seltsamen Musik tanzte, dem Grunzen der Rentiere und dem klackenden Geräusch, das sie beim Laufen erzeugten, wie Regen auf gefrorenem Boden! Lars bewegte sich so behände, dass seine derben Stiefel kaum das Gras berührten. Er hielt dagegen, ließ nach, machte ein paar Schritte. Bald lag er mit einem Rentier unter sich auf der Erde, einen Arm um den Hals des Tieres, während sich ein Freund um dessen Hinterläufe kümmerte. Keiner warf das Lasso schneller als Lars um die Hörner der Rentiere, soweit Håkan das sehen konnte.

Lars stellte ihn seiner Schwester vor, die kleine Kinder hatte, und während Lars arbeitete, vertrieb er sich die Zeit damit, mit ihnen zu spielen. Er zeigte ihnen, wie man auf einem Grashalm zwischen Daumen und Zeigefinger pfiff. Er sammelte Kleingetier mit ihnen und sah, dass dem älteren von ihnen, jünger als er, ein eigenes Messer übergeben worden war, so wie er zu Hebbes Lebzeiten eines hatte. Ansonsten ging er mit ihnen unter lautem Rufen Rentiere in die Einzäunung treiben, wo die Rentierhirten auf die nächste Partie zum Sortieren und Töten warteten. Sie rührten auch Rentierblut, immerhin eine Beschäftigung, die er gewohnt war, wenn auch mit Schweineblut. Blut ist Blut. Es verhielt sich gleich.

Ansonsten dürfe er mitmachen, wo er wolle, sagte Lars.

Meistens saß er am Rand. Er beobachtete die anderen, sah die Vertrautheit und das Behagen zwischen ihnen. Lars sprach ebenfalls kein Samisch, aber Håkan konnte sehen, dass er trotzdem *verstand*, dass er Dinge wusste, die Håkan nicht im Entferntesten erraten konnte. Er hätte sich trauen sollen, sich in die Nähe des Feuers zu setzen, das Dörrfleischstück entgegenzunehmen, das herumgereicht wurde, und sich an Lars anzulehnen, um sich auszuruhen. Aber er setzte sich an einen Platz, an den die Wärme nicht hinreichte, und obwohl es ein ungewöhnlich sonniger Tag war – perfektes Wetter um zu schlachten, sagte Lars –, bibberte er ein wenig.

Am liebsten war er mit Lars allein, Seite an Seite, in Stille. Es war so anders, als es mit Hebbe gewesen war, dass ihn, plötzlich wie ein Wolkenschatten, ein Anflug von schlechtem Gewissen befiel. Manchmal badeten sie zusammen im Fluss, besonders an schweißtreibenden Tagen, wenn Lars alles von sich abwaschen wollte, den Staub und die Insektenstiche. Warme und kalte Wasserströmungen strichen Håkan um die Beine, und der Schachtelhalm, der weit aus dem Wasser ragte, kitzelte ihn an den Schenkeln. Er schloss die Augen und hörte wie Lars, der sich emsig und platschend neben ihm wusch, brummelte. Håkan vergrub die Zehen im schlammigen Grund, wobei ihm der feine Sand dazwischen hochdrang. Er tauchte die Fingerspitzen unmittelbar unter die Wasseroberfläche. Es war wie eine sanfte Liebkosung.

Das Einzige, was sie Håkan zurückließen, als sie ins Entbindungsheim nach Sorsele fuhren, war eine längliche Wolke Straßenstaub hinter dem Auto und eine große Pfütze auf dem Fußboden im Vorraum. Håkan begriff nicht, dass es Fruchtwasser war. Er dachte, Mama habe sich angepinkelt, und obwohl es eklig war, tat sie ihm leid, und er sehnte sich weit fort, während er aufwischte.

Gegen Ende, als ihr Bauch kugelrund und geädert war und schier platzte, sagte Mama, dass es nicht so sei wie bei seiner Geburt. Alles soll heutzutage so modern sein, sagte Mama und schepperte ein bisschen extra mit der Kaffeekanne. Sie wünschte sich Hulda zurück, die alte Frau aus dem Nachbardorf. Heute brauche es medizinisches Personal, hatte Håkan Lars zu Mama sagen hören. Und Mama hatte keine Wahl.

Also ging es ab nach Sorsele.

Als die Sache erst einmal in Gang kam, ging es schnell. Es sei auch bei Håkan schnell gegangen, sagte sie: »Ihr wolltet wirklich keine Minute länger als nötig bei mir bleiben«. Das bekam er immer zu hören, wenn er zu lange von zu Hause weggeblieben war. Woher das schlechte Gewissen kam, wusste er nicht recht, aber es kam, und dann blieb er eine Weile zu Hause. Ganz so, als ob er, oder besser sie, Mama allein dadurch im Stich gelassen hätten, dass sie geboren wurden.

Mama war froh, dass Lars hatte zu Hause bleiben können, nachdem er mit den Rentieren von der Winterweide zurückgekehrt war. Sie sagte nichts, aber sie sang mit den Kochtöpfen und spielte mit den Milchkannen, während ihr Bauch wuchs und ihre Brüste größer wurden. Hatte sie Schmerzen, drückte Lars ihr immer die Muskeln tief im Rücken und hielt die Hände auf ihren Bauch, um die Tritte des Kindes darin zu spüren. Manchmal schubste Mama seine Hände weg.

»Wie lange kannst du bleiben?«, fragte sie gelegentlich.

»Sind ohnedem hier nahebei«, antwortete Lars dann.

Als das Gras allmählich grünte, wurde er rastlos. Auf dem Hof lagen etliche halb fertige Projekte, zwischen denen er hin und her wanderte, ohne sie beiseitelegen zu können. Das Essen schlang er hinunter, obwohl er keinen Termin einzuhalten hatte. So gingen sie umher. Lars rastlos und Mama ängstlich.

»Musst du jetzt los«, fragte sie, mit einer Knatschigkeit in der Stimme, die Håkan nicht kannte.

»Nein, Ante kümmert sich um sie.«

Håkan hatte das Gefühl, als würde der ganze Hof angesteckt. Lars' Hündin verdrückte sich in regelmäßigen Abständen in den Wald. Sie kam immer zurück, aber Lars war beunruhigt. Die Kühe brüllten ungewöhnlich viel, rasselten und scharrten im Stall. Zankten die beiden sich, blieb Håkan nichts anderes übrig, als zuzuhören. Er hätte es wie der Hund machen sollen, hätte es nur nicht so gezwickt, wenn Mama ihm vorwarf, nicht bei ihr bleiben zu wollen.

Es war eine Erleichterung, als alles in Gang kam. Der Hof atmete auf. Håkan sah die Rücklichter immer kleiner werden und schließlich hinter einer Kurve verschwinden, als Lars und Mama fuhren. Gemächlich schwebten Bäuschchen durch die Luft, Samen von Feuerkraut, die meisten standen aber noch wie knallrosa Fuchsschwänze in den Gräben.

Håkan schlenderte auf dem Hof umher, als er allein war. Er versetzte dem Kies auf dem Weg einen Tritt, dass die Hühner gackernd vor ihm davonliefen, warf einen Ball an die Kuhstallwand und nutzte die Gelegenheit, eine kleine Handvoll Zuckerstücke zu knuspern, wo Mama doch nicht da war, um ihn abzuhalten.

Schon wenige Stunden später kam Lars zurück, ein Junge wurds, haben mich aber nichten reingelassen, sagte er. Er hatte Håkan einen Karton mitgebracht. Darin waren frisch gekaufte Wurst und Käse, Sauermilch und Sirupbrot. Gemeinsam verstauten sie alles in der Speisekammer und im Kühlschrank.

»Ich muss jetzt in die Fjälls fahren«, sagte Lars. »Um nach den Rentieren zu sehen.« Er legte Håkan die Hand auf die Schulter und fragte, ob das gehen werde. Ob er allein zu Hause bleiben könne. »Du kannst auch mitkommen, wenn du willst, aber …«

Håkan nickte und sagte, es werde schon gehen. Er hatte ja Wurst und Käse, Sauermilch und Sirupbrot. Und außerdem mussten Mamas Kühe das Ihre bekommen, was hatte er also für eine Wahl?

Dann fuhr Lars, und Håkan musste, so gut er konnte, allein zurechtkommen. Die Tiere konnte er natürlich versorgen, dabei half er ja auch sonst immer. Mit dem Essen war es dagegen schwieriger. Das machte fast immer Mama, und wenn sie es nicht machte, dann Lars. Håkan aß sich mittags in der Schule satt, und ansonsten kam er so gut wie eben möglich mit Wurstscheiben und in Sauermilch gebrocktem Brot aus.

Als Mama nach Hause kam, mit dem Taxi statt in ihrem grauweißen PV, war Håkan so erleichtert, dass er sie fest umklammerte und gar nicht mehr loslassen wollte. Sie strich ihm sanft übers Haar und sagte, sie müsse unbedingt hineingehen mit Nilas, ja, so hieß er fast, eigentlich Lars-Nila, das hatte Lars entscheiden dürfen. Håkan hatte ihn noch gar nicht wahrgenommen, dieses wütend schreiende Bündel mit den fuchtelnden Fäusten auf ihrem Arm.

»Halt mal«, sagte Mama und legte ihm das Bündel in die Arme. Halt mal, sagte sie, und er hielt mal und konnte sich nicht sattsehen. Es war warm und weich und rosig, ein eifrig strampelndes Ferkelchen mit wütend zusammengepressten Augen und einem Mund, so zahnlos wie der von den alten Tanten in der Gemeinde. Brüderchen, dachte er. Familie. Fast wie früher. Mama nahm es wieder, und sofort fühlten sich seine Arme leer und kalt an, als ob etwas fehlte. »Ich muss jetzt reingehen«, sagte sie. Sie schloss die Tür hinter sich. Håkan stand eine Weile da und sah die grüne Tür an. Dann folgte er Mama mit ihrer dünnen Tasche in der Hand.

Assar

1950

Margareta schloss ihre Tür für ihn. Zuerst dachte er, es hänge damit zusammen, dass Hebbe zur Herbstbestellung zurückgekehrt war. Assar konnte die beiden in der Missionskapelle sehen, und ihm wurde übel davon, wie Hebbe sein Besitzrecht an ihr zur Schau stellte. Er sah, wie Hebbe ihr den Arm um die Schultern legte und sie in die Kapelle schob, zusammengedrückt und an seine Brust gepresst, bis er losließ, sodass sie Luft holen konnte. Oder wie er Margaretas Kleid zurechtzupfte, wenn es ihr nach oben gerutscht war über die nach dem Sommer braun gebrannten Knie.

Einmal sah Assar, wie er sie am Oberarm packte und hinter sich schob, als der Pastor auf sie zukam, um mit ihnen zu reden. Wie er sich vor sie stellte und sich mit dem Pastor unterhielt, die Bibel fest an den Bauch gedrückt, während sie still hinter der Schulter ihres Mannes stand und bald die anderen Bethausbesucher beobachtete, statt sich an dem Gespräch zu beteiligen. Nett, dachte er da. Sie hatte gesagt, würd schon nett sein zu ihr.

Assar fragte sich, ob sie es wirklich ertrug, mit Hebbe zu schlafen. Er sah sie zusammen, ihre Eigenartigkeit und seine Knochigkeit. Das passte nicht. Er war ein hagerer alter Mann mit dünnen, langen Haarsträhnen, die er über dem Scheitel mit Pomade festklebte. Aber: Er schenkte ihr Musik. Vielleicht spielte er für sie, während sie langsam vor ihm über den braun gefirnissten Küchenboden tanzte, und wenn sie zu Ende getanzt hatte, setzte sie sich rittlings auf ihn und führte ihn unter dem Rock in sich ein.

Assar schauderte bei dem bloßen Gedanken.

Sie hatte doch gesagt, dass ihr das eine oder andere abgehe.

Einmal radelte er zu ihr, als er mitbekam, dass Hebbe in irgendeiner Angelegenheit mit dem Bus nach Sorsele fuhr. Assar wusste, wann der Bus zurückkommen würde, und radelte darum wie ein Verrückter im Nieselregen nach Annersudden, um sie direkt vor dem Haus zu überraschen. Sie sagte zuerst nichts, stand nur mit ihren Milchkannen in Händen da, atmete und machte große Augen. Ihr Gesicht sammelte sich in Freude, und Trauer, und Wut, in dieser Reihenfolge.

»Hallo.«

»Du solltest nicht herkommen, Assar«, sagte sie.

»Nur ein letztes Mal«, bat er, und sie sah ihn groß an, während sie sich entschied.

Dann drehte sie sich um, öffnete die Viehstalltür und ließ die drinnen herrschende Dunkelheit hinaus. Sie stellte die Kannen hinter die Tür und nahm ihn dann bei der Hand, um ihn in das Schwarze, Warme, Körperfeuchte zu ziehen. Er war hitzig. Er drückte sie gegen die Kuhstallwand und stieß mit all der Frustration, die er in den letzten Wochen verspürt hatte, in sie, während die Kühe, von den Geräuschen erschreckt, in ihren Boxen unruhig muhten und rasselten.

Er schämte sich, als sie fertig waren und er entdeckte, dass sie auf der Wange einen Kratzer abbekommen hatte, und wischte mit dem Daumen das hervorsickernde Blut ab.

»Verzeih, das war keine Absicht«, sagte er so warm, wie er konnte, und gab ihr einen Kuss. Sie erwiderte ihn nicht. Sie starrte in Höhe seiner Brust unverwandt irgendwohin und weigerte sich, seinem Blick zu begegnen, obwohl er mit den Fingern um ihr Kinn ihren Blick zu heben versuchte.

»Geh jetzt«, sagte sie. Sie klang wie eine frisch geschliffene Axt mit der Schneide im Holzhackplatz.

»Habe ich dir wehgetan? Das war keine Absicht. Verzeih.«

»Geh jetzt.«

»Das war keine Absicht.«

Er wollte nicht, dass es auf diese Weise endete. Es sollte glücklich enden. Nicht wie eine schmutzige Begegnung in einem Kuhstall und nicht mit Unfrieden zwischen ihnen. Ängstliche Worte schichteten sich in Assar auf, und er öffnete den Mund, um sie hinauszulassen, um Margareta zurückzuhalten, um sie zu bekommen, um sie behalten zu können, aber er kam nicht dazu, etwas zu sagen.

»Ich möchte, dass du gehst und nie mehr wiederkommst.«

»Aber ich liebe dich.«

Sie sah ihn unverhohlen an, sagte nichts dazu. Die Offenheit, die er früher in ihr gesehen hatte, war jetzt gänzlich zu. Sie hatte die Tür für ihn ganz und gar geschlossen. Langsam zog er seine Unterhosen hoch. Es war das erste Mal, dass er selbstbewusst gewesen war, seit sie einander nackt gesehen hatten. Er schwieg, knöpfte sich die Hosen zu und hob seine Mütze vom Boden auf, der voller Streu war.

»Ja, ... dann leb wohl.«

Nicht einmal darauf bekam er eine Antwort.

Sie nahm ihre Kannen und ging.

Er erfuhr davon, als Mutter ihre Freundinnen von der Gemeinde zu Besuch hatte. Sie hatten die Köpfe zusammengesteckt und tuschelten, als bestünde die Gefahr, dass jemand sie unbefugt hören könnte, ebenso begierig wie damals, als Mutter zum Kaffee die Himbeerkekse auf den Tisch gestellt hatte. Leise redeten sie über die Leute in den Dörfern ringsum, über die Familien, die ihren Hof hatten verkaufen müssen, über den Pastor, der jung und fesch war. Und sie tuschelten über Margareta und Hebbe.

Mensch, das hätten sie nie gedacht! War also doch nichten sie, womits nichten gestimmt hat.

Assar hörte widerwillig zu, während der Kaffee sich setzte. Er spuckte ein paar Kaffeekrümel in den Ausguss, als die Worte ihn erreichten, die Worte, die ihm wie Feuer im Magen brennen und ihm nie verheilende Wunden beibringen sollten: Kriegt was Kleins. Und da begriff er. Er begriff die geschwollenen Brüste, die glänzenden Augen, wie sie zusammengezuckt war, als er sie an bestimmten Stellen berührt hatte. Nicht begreifen konnte er dagegen, warum sie ihn gebeten hatte zu gehen und nicht mehr wiederzukommen.

In den folgenden Monaten sah er sie manchmal. Sie grüßte nicht, wenn sie aneinander vorbeigingen, und vermied es, ihn anzusehen. Wenn Assar die beiden sah, stand alles still. Je runder ihr Bauch wurde, desto leidiger fühlte er sich. Er ging nicht mehr zu den Gebetsversammlungen, um sie nicht sehen zu müssen, ihren wachsenden Bauch und die gemeinsame Freude der beiden. Hebbe hatte das Leben, das eigentlich ihm zustand. Am liebsten hätte er seine geballte Faust über Hebbes messerscharfe Nase geschwungen und so lange zugeschlagen, bis er keinen Schnaufer mehr getan hätte. Stattdessen wachte er auf, versorgte das Vieh, versorgte Mutter, versorgte den Hof, aß und schlief, so gut er konnte. Alles machte er mechanisch, ohne Freude. Mutter beklagte sich über ihn und darüber, dass er lieber für sich blieb.

Als er nach Sorsele fuhr, sah Assar Margareta auf der Straße watscheln. Sie wurde langsamer, als sie ihn entdeckte, schien etwas zu suchen, wo sie sich verstecken konnte. Er eilte zu ihr, um ihren Fluchtversuch zu durchkreuzen, öffnete den Mund, dachte, es würde dicker, schwarzer Lehm daraus hervorquellen, aber seine Stimme war dünn und fragil wie ein Spinnenfaden.

»Sieh mich an«, sagte er.

Sie sah ihn an. Irgendetwas war in ihr, was er nicht zu fassen bekam. Sah sie ängstlich drein? Als hätte er die geballte Faust gegen sie erhoben, statt seine Finger vorgestreckt. Deren Spitzen streiften sie irgendwo in Nabelhöhe, am Bauch, der ihm näher war als sie. Sie wich nicht zurück, wie er sie es hatte tun sehen, als Hebbe daran rührte.

»Darf ich sehen?«, sagte er flehend, als hätte sie seine Zukunft in Händen. In gewisser Weise hatte sie das ja auch.

Sie knöpfte ihre Bluse auf, um sich zu zeigen, obwohl alle Welt sie sehen konnte. Ihr Bauch war so gespannt, dass die Haut glänzte, unter der sich blaue Adern schlängelten. Assar strich darüber, unverhofft intim. Die Haut war warm, und im Innern stupste jemand, wie um ihm zu verstehen zu geben, dass sie zwei es waren.

»Ich glaube, es ist ein Junge«, sagte er schließlich, in seinem Kopf wirbelten Stolz und Freude durcheinander. »Es würde mich freuen, wenn er Håkan genannt würde, nach Håkan dem Roten.«

»Das ist nicht meine Sache«, sagte sie brüsk.

Assar verstummte, erzählte dann aber, dass er sich verbessere, dass er via *Hermods* für den Realschulabschluss pauken werde, wenn er erst mal die bevorstehende Wehrpflicht abgeleistet hätte, dass er ihnen ein Leben zusammen verschaffen könnte. Sie zuckte zusammen, als hätte er ihnen wehgetan, und knöpfte ihre Bluse wieder zu.

»Für mich sorgt Hebbe.«

»Aber …«

»*Uns*. Er wird für uns sorgen. Er hört mit der Flößerei auf, wird zu Hause sein. Er weiß, dass es nicht sein Kind ist. Und trotzdem.«

Wie Rauchwolken dampfte ihnen der Atem aus dem Mund.

»Warum traust du mir so wenig?« Assar breitete verzweifelt die Arme aus.

»Du«, sagte sie, und ihre Stimme vibrierte vor verhaltenem Zorn, »du weißt nicht, was es heißt, hungrig zu sein.«

Håkan

....

1960

Als die Gemeindeschwester ihren Hausbesuch machte, war Lars immer noch nicht zurück, und Mama hatte ihn nicht erreichen können, obwohl sie es versucht hatte. In der Sommersiedlung gab es kein Telefon. Håkan wurde ungern böse auf Lars. Und er wollte auch nicht, dass Mama auf ihn böse wurde, deshalb machte er das meiste, was er konnte, mehr als das, worum sie ihn bat. Aber manchmal, wenn er seine Mama die Zähne zusammenbeißen sah, oder wenn sie manchmal weinte und beim Versuch, Nilas zu stillen, an ihrer Brust zerrte, Nilas aber nur schrie, bis er fast erstickte, dann wollte er Lars mit irgendetwas Hartem schlagen.

Die Gemeindeschwester war neu, aus Norrbotten hergezogen. Sie hieß Stina, ein altmodischer Name, wie Mama säuerlich sagte, als sie gegangen war, und sie hörte sich an, als käme sie aus Finnland. Stina hatte braune Haare, nicht so schöne wie Mama, fand Håkan, aber sie waren glatt und ordentlich frisiert. Sie war jung, erheblich jünger als Mama, und sie trug Lippenstift, rosa, mit Perlmutterglanz. Nilas schrie wie am Spieß, als Stina ihn wog. Mama schien es nicht zu kümmern, sie stand mit dem Rücken zu ihnen und hantierte mit der Kaffeekanne, während die Schwester ihn zu trösten versuchte.

Håkan konnte nicht verstehen, warum seine Mama verquer, nicht so wie andere sein musste. Es war, als würde sie in allem, was sie war und tat, wortlos protestieren. Die Bluse hatte sie irgendwo zwischen tugendhaft und unanständig geknöpft. Barfuß in Gummistiefeln, immer eine Strähne, die aus dem ansonsten zu einem ordentlichen Knoten hochgesteckten Haar hing. Sie duzte immer alle, unabhängig davon, mit wem sie redete, war ein polterndes Lachen in einer ruhigen Gemeinde. Sie schien sich dessen nicht bewusst zu sein. Schien mit einem Trotzkern in sich umherzulaufen. Håkan fand das manchmal peinlich. Sie war darin so konsequent, dass er nicht entscheiden konnte, ob sie ein Querkopf war oder ob es sich für sie einfach so ergab. So wie jetzt. Wo sie die Schwester Nilas trösten ließ, statt ihn selbst zu nehmen.

»Arbeitet der Kindsvater? Wie heißt er, Lars?«, fragte die Schwester, die noch immer Nilas wiegte.

»Ja«, antwortete Mama.

»Was arbeitet er denn?«

»Er versorgt Tiere.«

Die Schwester nickte in Richtung Fenster, zum Kuhstall hin.

»Dann ist er meistens hier?«

»Nein, die sind nicht hier. Die Kühe gehören mir. Möchtest du Milch in den Kaffee?«

Die Schwester zog eine Augenbraue hoch. Die war ebenfalls geschminkt und wie ein Schwalbenflügel geformt. Mama hatte die Arme verschränkt und musterte sie, von oben bis unten. Ihre Bluse war dunkelblau, getupft und hatte Puffärmel, ihr Rock war weit. Sie könnte auch Schauspielerin sein, dachte Håkan.

»Du siehst nicht wie eine Schwester aus«, sagte Mama.

»Zu Hausbesuchen trage ich immer Zivilkleidung.«

»Ich finde sie fein!«, sagte Håkan in seiner Ecke.

Ihm wurde warm, als er sah, dass Stina ihn anlächelte, doch Mamas Blick genügte, damit er nichts mehr sagte. Die Schwester legte Nilas in den Korb und setzte sich ans andere Ende der Küchenbank, wo Mama ihr eine Tasse mit Untertasse hingestellt hatte. Håkan rückte näher heran. Stina roch nach Haarlack.

»Ist er oft fort?«, fragte die Schwester, während sie kalte Milch in ihren Kaffee goss. Er wurde immer heller. Sie nahm fast die gesamte Milch aus dem Kännchen. Mama trank ihren Kaffee nicht. Sie saß nur da und rührte darin, der Löffel klirrte gereizt und unrhythmisch gegen die Wände der Tasse.

»Manchmal. Phasenweise. Es kommt darauf an.«

»Worauf kommt es an?«

»Es kommt darauf an, wie es mit den Tieren läuft«, sagte Mama.

»Sie kommen aber trotzdem zurecht?«

»Ja, natürlich. Warum nicht?«

»Na ja, ich dachte nur. Falls Sie nicht zurechtkommen, gibt es die Möglichkeit einer Familienhelferin. Der Kinder wegen.«

Familienhelferin? Natürlich hatte er schon früher davon gehört, es kam vor, dass Witwer mit Kindern eine bekamen, eine Tante mit grauen Haaren in einem Dutt und spannenden Büchern in einer abgegriffenen Ledertasche. So stellte Håkan sich das jedenfalls vor. Hätte jemand daran gedacht, wäre wohl für ihn eine Familienhelferin organisiert worden, während Mama im Krankenhaus und Lars fort war. Aber es hatte niemand daran gedacht.

»Ich kann mich selber um meine Kinder kümmern.«

»Natürlich, etwas anderes habe ich nicht angenommen. Aber es ist natürlich auch gut, zu wissen, dass man Hilfe bekommen kann«, sagte Stina.

Mama zuckte die Achseln und wies darauf hin, dass die Schwester sich daran gewöhnen müsse. Hier seien viele Männer auf Arbeit fort. Stina machte leise »hm«, ging nicht darauf ein, klopfte sich aufs Haar, wie um sich zu versichern, dass keine listigen Strähnen den ihnen zugeteilten Platz verlassen hatten, spitzte die geschminkten Lippen zu einem kleinen o, holte Luft.

»Findest du, dass Papa oft fort ist?«, fragte sie dann, an Håkan gewandt, nicht an Mama. Bis er endlich begriff, dass sie von Lars redete. Bis er endlich begriff, dass es nicht um Hebbe ging.

»Er ist nicht mein Papa«, antwortete er leise. Falls die Schwester überrascht war, zeigte sie es nicht. Sie schaffte es auch nicht, etwas zu sagen, bevor Mama ihre Stimme hob, ein bisschen zu schnell, ein bisschen zu sehr.

»Håkans Papa ist vor ein paar Jahren gestorben.«

»Sie haben also wieder geheiratet?«

»Nein, wir sind nicht verheiratet.«

Die Schwester holte ihr Journal hervor und machte sich eine Notiz. Sie verzog keine Miene. Mama war angespannt. Sie sah aus wie die Katze, wenn sie einer Wühlmaus auflauerte: wachsam bis in den kleinsten Muskel des Körpers, sogar in den Fingern, die Augen schmal. Sie wartete auf ein Schnauben, einen unbedachten Kommentar, noch eine hochgezogene Augenbraue. Es kam nichts.

»Musst du das wirklich aufschreiben?«

»Ja«, antwortete Stina, »der Familienstand muss festgehalten werden.«

»Was hat das für eine Bedeutung?«

»Für die Statistik, nehme ich an.«

Mama schwieg und zupfte die Tischdecke zurecht. Sie war wieder entspannt. Sie schaute in den Korb zu Nilas, er schlief, sie strich ihm über den hellen und flaumigen Scheitel. Håkan sah, wie Mama die Lippen zusammenpresste, wie dann, wenn sie mit ihm unzufrieden war. Auf ihrer Bluse zeichneten sich vorn zwei feuchte Punkte ab. Sie wurden rasch größer, und bald tropfte es durch den Stoff.

»Entschuldigung. Sie sind ein bisschen zu voll«, sagte Mama, wobei sie intensiv rote Flecken auf den Wangen bekam. Die Gemeindeschwester sagte nichts, lächelte aber aufmunternd und reichte Mama ein Taschentuch. Mama nahm es nicht, sondern drückte mit den Zeigefingerspitzen fest auf ihre Brustwarzen.

»Geht mit dem Stillen alles in Ordnung?«

Mama nickte. Die Schwester machte die nächste Notiz.

»Sagen Sie einfach Bescheid, wenn es nicht funktioniert, es gibt guten Ersatz, den man mit der Flasche geben kann. Geben Sie auf keinen Fall Kuhmilch«, sagte die Schwester, »auch wenn mir klar ist, dass Sie reichlich davon haben.«

»Das wird wohl nicht nötig sein. Was spielt es für eine Rolle, dass wir nicht verheiratet sind?«

»Wohl keine. Wir müssen das nur festhalten.«

Mama sah allmählich gequält drein und rieb sich mit der flachen Hand über die Schenkel.

»Ja, wenn sonst nichts mehr ist, dann.«

»Nein, ich glaube, ich habe alles, was ich brauche.«

»Ich möchte ja nicht unhöflich sein«, sagte Mama. »Aber ich habe ziemlich viel zu tun.«

»Ja, ich verstehe, wo Sie doch allein sind.«

Die Schwärze in den Augen. Håkan konnte sie sehen, aber falls Stina sie sah, ließ sie es sich nicht anmerken.

»Ja, aber ich bin natürlich nicht allein.«

»Nein, versteht sich.« Die Schwester lächelte höflich, während sie ihre Sachen zusammenpackte. »Gut, vielen Dank. Wir sehen uns dann bei der nächsten Kontrolle.«

Nachdem die Schwester gegangen war, hatte Mama keine Melodien in sich.

Im Nachhinein dachte Håkan, dass sie einander schon damals verloren hatten, als Mama und Nilas aus dem Hospital nach Hause kamen und Lars in den Fjälls war. Nilas schrie sich an Mamas Busen fest und war trotzdem nicht zufrieden, wand sich in ihren Armen, zerrte an ihren Brustwarzen, fuchtelte mit den Ärmchen und plärrte, als würde es schon wehtun, wenn sie ihn nur hielt.

Håkan erinnerte sich, wie unruhig sie gewesen war, als sie Nilas erwartet hatte, aber trotzdem schien sie erst, nachdem

Nilas auf der Welt war, begriffen zu haben, wie allein sie eigentlich war.

Sie wollte sich nicht daran gewöhnen, dass er den Hof verließ. *Es ist wegen der Rentiere, Margareta,* sagte er ein ums andere Mal, wenn er zu seinen Rentierscheidungen und Schlachtungen und Kälberkennzeichnungen und Wanderzügen und nur, um nach ihnen zu sehen, fuhr. *Die liebe ich auch, Margareta,* sagte er, und: *Ich kann mir kein anderes Leben vorstellen.* Aber er sagte es leise, und Håkan wusste nicht, ob sie es jemals hörte oder ob sie ihn gar nicht hören wollte.

Nilas ließ ihr keine Ruhe, und womöglich war dies der Grund, warum Lars sich immer mehr fernhielt, auch wenn er sagte, er hätte viel zu tun mit den Rentieren, besonders seit Ante sich eigene angeschafft hatte. Nicht, weil Nilas war, wie er war, sondern weil Mama meist die ganze Zeit fuchtig war.

Aus ihrem Gesicht schien das Leben gewichen zu sein. Die Falte zwischen ihren Augenbrauen, die Håkan, als er noch klein war, manchmal erschreckt hatte, war jetzt ständig vorhanden. Mama sah aus wie ein zum Trocknen aufgespanntes Fell auf der Sonnenseite des Kuhstalls, sonnenverbrannt und mager und wütend. Sie war dünner, als sie sein sollte, und bewegte sich ruckartig und hektisch.

Überhaupt hatten sich die Geräusche zu Hause verändert. Es war lange her, dass Mama Melodien in sich hatte. Den Brotteig schlug sie auf das Backbrett, dass es in der Küche krachte. Sie schepperte am Herd, schlug mit den Türen und trat nun mit den Fersen auf, statt sich weich wie eine Katze zu bewegen. Sie war als wütendes Knallen auf den Fußbodendielen und reizbare Rufe und Zurechtweisungen zu hören, und Håkan taten von all den unsanften Geräuschen die Ohren weh. Schrie oder quengelte Nilas nicht, obwohl er schon zu laufen anfing, obwohl er schon zwei wurde, dann zankte Mama mit Lars oder Lars flehte sie an, während Håkan in seinem Alkoven saß und sich die

Ohren zuhielt, um sie nicht hören zu müssen. Was Wunder, dass Håkan gern Fußball spielte. Auf dem Fußballplatz waren sogar die harten Tritte rund und gedämpft.

Das Radio stand stumm und unbenutzt in der Küche, wo Hebbe es einst hingestellt hatte. Schließlich nahm Håkan es mit in seinen Alkoven. Mama sagte nichts dazu, vielleicht konnte sie sein Bedürfnis, etwas anderes zu hören als das, was er hörte, sogar verstehen. Er stellte es ganz nach unten ans Fußende, und es lief unentwegt. Manchmal weißes Rauschen, bei dem er einschlief und aufwachte. Manchmal horchte er, das Ohr ans Gerät gedrückt, das auf seiner Wange ein feines Karomuster hinterließ.

Nach und nach steckte Håkan ab, was sein Leben sein sollte. Allem voran der Fußball in Blattnicksele, zusammen mit Gunnar und Rune, wo er hinradelte, egal, ob die Sonne schien oder ob es so regnete, dass er dreckige Schuhe hatte, wenn er ankam. Dann die Bücher und das Radio im Alkoven, wo er mit Klebstreifen Artikel aus *Bildjournalen* anbrachte, ausgeschnitten aus abgegriffenen Zeitschriftennummern, die er von Gunnar bekommen hatte. Das Gewagteste, was er aufhängte, war ein gefalteter und schwer mitgenommener Umschlag, der sich von der Einlage gelöst hatte, das Foto einer Frau in einem Strandanzug, *aus Frottee* stand in der Bildunterschrift; einer der dünnen Träger war ihr von der Schulter gerutscht und sie stand mit gekreuzten nackten Beinen da. Mama sagte auch dazu nichts. Die Hitparade, die jeden Dienstag gesendet wurde und die er nie versäumte, die Hausaufgaben, die er im Bett statt am Küchentisch machte, das leise Radiorauschen, die Bücher und Gunnars alte, abgelegte Zeitschriften in diesem seinem Alkovendasein. An feuchten Herbsttagen schlug ihm, wenn er in den Alkoven stieg, ein kaum merklicher Erdgeruch entgegen, wie von alten Kartoffeln. An kalten Wintertagen breitete sich dort von den Außenwänden her eine lähmende Kälte aus, obwohl Hebbe die

Wände mit dicken Holzfaserplatten verkleidet hatte. Die Platten waren mit einer Rolle übrig gebliebener, unmoderner Tapete tapeziert, die Putz imitieren sollte, aber eher so aussah, als hätte jemand einen Teller Brei über die Wände gekotzt, doch wenn Håkan die Bettlampe anmachte, verlieh sie dem Alkoven einen gemütlichen Anstrich. Und obwohl dort die Platten angebracht waren und der Alkoven, wenn Håkan die Lampe anmachte, das Gefühl einer warmen Umarmung vermittelte, zog es von der Außenwand kalt her, sodass ihm die Füße einschliefen, bevor das Radio ganz unten im Bett seinen Platz bekam und sie wieder aufweckte.

Und dann waren da Gunnar und Rune, und zwar in dieser Reihenfolge, dieselbe Reihenfolge, in der er sie kennengelernt hatte. Sie waren keine Stars, keiner von ihnen. Mittelmaß. Håkan fiel das Lernen einigermaßen leicht, aber die Schule war nicht interessant genug. Sie bot ihm nicht solche Abenteuer, wie er sie in seinem Alkoven erleben konnte. Gunnar arbeitete hart, weil er mit seinem halb lahmen Bein zu kämpfen hatte und außerdem einen Vater hatte, der Diplomingenieur war, ein Witwer, der hergezogen war, um bei der Eindämmung des Storjuktan zu arbeiten.

Gunnars alter Herr hatte wieder geheiratet, eine Hiesige, und so blieben er und Gunnar hier. Manchmal konnte Gunnar, nicht ohne Stolz, sagen: »Er ist an der Planung des Kraftwerks im Fluss beteiligt.« Gunnar redete stockholmvornehm, nicht sehr ausgeprägt, wurde deswegen aber sowohl von anderen Kindern als auch vom einen oder anderen Erwachsenen aufgezogen. Er war darum oft still, oder großspurig, wenn außer Håkan und Rune noch jemand in der Nähe war. Manchmal saß Gunnar mit ihnen zusammen und übte ihre Ausdrücke. *Lohnt nichten. Hälftig von der Hälft. Mach ausm Weg.* Sie waren ein bisschen anders, das fanden sie auch selbst, auf eine Art, die Håkan sowohl überlegen als auch unsicher machen konnte. Rune, der

Nachzügler, der pummelige Junge, geboren als vierter einer Reihe prächtiger und umtriebiger Kerle, von denen einer für den sozialdemokratischen Ortsverein Mitglied im Gemeinderat war, arbeitete am härtesten daran, wie alle anderen zu sein. Mehr als Gunnar und Håkan. In der Blase, die ihre Gemeinschaft bildete, waren sie sicher.

Wenn Gunnar und Rune über ihre Väter redeten, tat Håkan so, als ob Lars sein Vater wäre, sie wussten nicht, dass es da mal jemand anders gegeben hatte. Und sie stellten es auch nie infrage: Lars und Håkan waren beide kompakt gebaut und hatten dunkle Augen. Außerdem konnte er über Lars Geschichten erzählen, bei denen ihnen der Mund offen blieb. Wie die, dass er in den Fjälls Schneemobil fahre oder dass er ein Raubtier geschossen habe, etwa einen Bären oder einen Vielfraß. Håkan würzte sie, so gut er konnte, mit Details, die es in Lars' Geschichte noch nicht gegeben hatte, mit denen das Ganze aber so klang, als habe auch er es erlebt, und die es ein bisschen spannender machten, als es tatsächlich gewesen war.

Auch wenn Mama sich schwertat mit Nilas, gab es niemanden, den Håkan lieber mochte als seinen kleinen Bruder. Nilas sah nicht aus wie einer von ihnen, er war blonder als sie alle. Sein Haarschopf erinnerte an ein Büschel bauschiges Wollgras und war in der Sonne ebenso selbstleuchtend weiß und ungebürstet. Håkan drückte gern seine Nase hinein, atmete die wohlige Wärme und rieb das wollige Haar hin und her, dass es an der Oberlippe kitzelte. Nilas war anhänglich und gern in seiner Nähe, er konnte sich wie ein verzweifeltes junges Äffchen an Håkan klammern, wenn Mamas Arme unzugänglich waren, oder nach einem Albtraum angekrabbelt und neben Håkan ins Bett gekrochen kommen. Håkan würde nie jemandem gestehen, dass er sich dadurch groß und gebraucht und nützlich fühlte. Ebenso wenig würde er je gestehen, dass es ihn schmerzte, wenn Lars Nilas ansah und vor Stolz strotzte. *Muv tjuevgges mánátje,* sagte Lars zu ihm, mein Lichtkind. Für Håkan hatte Lars keinen Kosenamen.

Zu seinem dritten Geburtstag bekam Nilas ein eigenes Lasso. Das hatte Lars' Vater einst bekommen, jetzt war Nilas an der Reihe, es zu übernehmen. Das Seil war aus Sehnen geflochten, und die Öse, durch die es laufen musste, aus einem Stück Knochen geschnitzt, der ganz weiß und weich und glatt und mit Bedacht verziert war. Nilas schob weiterhin nur seine Holzautos durch die Küche. Hätte doch ich es bekommen, dachte Håkan, hätte ich doch bloß.

Assar

....

1955

Bei Sigurd wirbelte hinter ihr der Staub in den Sonnenstreifen. Assar fuhr bei ihrem Anblick zurück, geradewegs in das Regal hinter sich, dass es schepperte, genau wie beim ersten Mal. Falls sie ihn sah, zeigte sie es nicht. Sie sah ungefähr so aus, wie er sie in Erinnerung hatte, nur mit mehr Linien um Mund und Augen und etwas runderen Oberarmen.

Ging es ihr gut? Er wusste es nicht, sie hatten seit etlichen Jahren nicht mehr miteinander gesprochen. Nicht während seines Militärdienstes, und auch nicht, als er für den Realschulabschluss paukte. Er hätte ihr gern vom Vorbereitungskurs für die Abschlussprüfung erzählt, er war nach Malmö gefahren! Mit ihr konnte er aber nicht reden. Vier Jahre seit dem letzten Mal. Assar hatte die Tage gezählt.

Er rieb sich das Gesicht, wie um sich zu sammeln, während er seine Aufmerksamkeit auf den Staub richtete, der im Kielwasser ihrer Bewegungen umherwirbelte. Sie sah gesund aus. Wangen wie glänzende rote Äpfel. Margaretas Lächeln hellte Sigurds mürrische Miene auf, während er sie bediente.

Aus purem Reflex oder einfach, um etwas zu tun zu haben, streckte sich Assar nach etwas im Regal zu seiner Rechten. Er bekam eine braunbeige Dose Kakao zu fassen. Die Augen auf der Dose wirkten mystisch, fast lebendig. Er rechnete schon damit, dass sie zurückzwinkern würden, als Sigurd ihn aus seinen Gedanken weckte.

»Möchtest du den haben oder bewunderst du ihn nur?«

»Ja, doch … ich nehme ihn. Bitte«, erwiderte er, und seine

Wangen wurden so rot wie Margaretas. Mit Fingern, die sich zu groß anfühlten, fischte er ein paar Münzen aus seinem Geldbeutel. Eigentlich war er hergekommen, um sich für die nächsten Tage Essen zu besorgen und um zu sehen, ob alles noch beim Alten war, und nicht, um eine Dose Kakao zu kaufen. Was immer er nun damit anfangen sollte. Er hörte nicht, wie Margareta ging, und doch bimmelte an der Tür die kleine Glocke, als er hinauseilte.

Gleich hinter Saxnäsby holte er sie ein. Er war überrascht, als er sah, dass sie auf ihn wartete, es war wie beim ersten Mal, als sie einander begegneten. Sie blinzelte kaum. Hielt sich gerade. Sie erwiderte sein Lächeln, aber nicht so freudig, wie sie Sigurd angelächelt hatte.

»Ich wusste nicht, ob du mich wiedererkennen würdest«, sagte er.

»Aber natürlich. Du bist nur ebenfalls älter geworden.«

»Du bist noch immer dieselbe, Margareta, genau so, wie ich Dich in Erinnerung habe.«

Ihr Gesicht verzog sich zu einer schwer deutbaren Grimasse. Nicht, dass er glaubte, sie könne jemals hässlich aussehen, aber dies kam dem nahe. Sie klang schroff, als sie schließlich etwas darauf sagte.

»Ich war schwanger, als wir uns zuletzt getroffen haben.«

Er schluckte die Worte hinunter, die ihm dazu kommen wollten, und sie gingen schweigend nebeneinanderher. Es war, als zerrte etwas an ihm, Tausende dünne Drähte, die in ihr befestigt waren und ihn näher bei ihr haben wollten, unentwegt. Seine Hände sehnten sich danach, ihr übers Haar zu streichen, übers Gesicht, über die weichen Schultern.

Endlich brach sie das Schweigen.

»Du bist verschwunden. Noch bevor es Zeit zur Geburt war. Von Hebbe musste ich hören, dass ihr alle Tiere verkauft und wegzieht.«

»Ich hatte keine andere Wahl«, sagte er und spürte, wie ihm spitze Stacheln durch die empfindliche Haut wuchsen. »Mutter wäre kaum allein zurande gekommen. Sie hat nur mich. Und du wolltest Hebbe haben.«

Den Hof hatte er noch, doch Mutter war in ein kleines Haus in Sorsele gezogen und hatte ihn Assar überschrieben. Es war angenehm, jetzt während Aspers Hochzeit dort zu wohnen.

Die Straße war noch nicht trocken, die Zeit der Schneeschmelze nicht ganz vorbei. Autoreifen hatten im Lehm tiefe Spuren hinterlassen, in denen lange Zeit Schmelzwasser gestanden hatte. Hinterm Waldrand blies der Wind über aufgetaute Moorböden und brachte die Bäume zum Rauschen.

»Manchmal vermisse ich das hier«, sagte Assar. »Zuhause. *Euch*. Ich vermisse euch.«

Von ihren Schritten gingen keine Geräusche aus, dafür war die Straße zu weich. Sie kreuzten zwischen den Lehmpfützen, gingen bei den großen auf je einer Seite.

»Ich gehe jetzt wohl am besten zurück«, sagte er schließlich. »Es könnte sich seltsam ausnehmen, dass ich das Auto zurückgelassen habe.«

»Hast du erreicht, was du wolltest? Den Realschulabschluss?« Es klang, als wäre ihr etwas Unangenehmes in den Mund geraten, das sie nun loszuwerden versuchte. Kaffeekrümel. Snusplempe. Eine Spinne, die zum Mundwinkel hineingekrabbelt ist und sich häuslich niedergelassen hat. Ja, dachte er, habe ich. Viele Stunden am Schreibtisch über Bücher gebeugt, in Mamas neuem Heim am Ringvägen, das nie das seine wurde.

»Erreicht man jemals, was man sich vorgestellt hat?«, erwiderte er.

Assar dröhnte der Kopf, als er den Jungen zum ersten Mal sah. Er war auf dem Weg nach Sorsele, zu Mutter, als er die beiden ein Stück vor seinem Auto auf der Straße sah. Er nahm den Fuß vom Gas und ließ den Wagen einfach weiterrollen, um den Anblick gründlich in sich aufzunehmen: Der Junge hatte einen Zweig in der Hand, mit dem er hin und her wedelte, den er durchs Buschwerk am Straßenrand schleifte. Seine Hosen waren ausgebeult, überm Rand der Schuhe leuchteten weiß die Knöchel. Neben ihm stolzierte, halb vom Dachholm des Autos verdeckt, Hebbe, hochmütig und selbstgefällig.

Der Junge hatte die gleiche Haarfarbe wie Assar, auch wie Hebbe, nebenbei bemerkt. Aber hatte er Assars braune und ernste Augen? War seine Nase rundlich wie die von Mutter oder messerscharf wie die von Vater und ihm selbst? Wie sahen seine Zähne aus, die Wangen, fand sich eine Spur der Sjögrens darin?

Assar fuhr an ihnen vorbei und hielt an. Er suchte, unruhig, als er den Jungen vor sich sah. Und ob er sich in ihm fand! In der Mundpartie, den Augen, die weit aufgerissen das Auto bewunderten. Der Junge hatte nur Augen für das Auto. Håkan, brachte er leise hervor, als Assar ihn nach seinem Namen fragte, und in seiner Brust schwoll schillernd der Stolz und fand kaum Platz darin.

Dieser Stolz schlich jedoch wie ein beschämter Hund davon, als der Junge etwas später Hebbes Hand nahm, um das Schöne an dem Auto zu erklären. Assar wusste nicht, was er erhofft hatte. Ein Erkennen? Dass der Junge tief im seinem Innern verstanden hätte, sich selbst in Assar gesehen und Hebbe losgelassen hätte, um stattdessen ihm zu folgen? Dass der Junge vermocht hätte, was Margareta nicht konnte? Auf jeden Fall war er enttäuscht, als er die beiden reden hörte, Hebbe und den Jungen, obwohl er das bisschen, was er konnte, getan hatte, um sich zwischen sie zu drängen.

Stattdessen bildete sich etwas Hartes und Undurchdringliches in seiner Brust, als er den Jungen zu Hebbe Papa sagen hörte.

»Darf ich Sie mitnehmen?«, entschlüpfte es ihm, und er konnte es sich nicht verbeißen zu lächeln, als er sah, wie Hebbe sich duckte. »Zu Fuß ist es schließlich ein Stück Wegs, für Junge wie für Alte.«

Er sah Asper und seine Braut heiraten. Er sah sie wie die Frühlingssonne strahlen, hörte den Segen des Pastors und die Glückwünsche der Gemeinde. Er hörte Aspers Pläne und dachte, dass diese Möglichkeit an ihm vorbeigegangen war.

An Asper musste er als Erstes denken, als er Margareta das nächste Mal traf. Er spazierte zu ihr und ging hintenherum durch den Vorraum des Kuhstalls. Draußen lag gehacktes Holz zum Trocknen, und der Hackklotz stand noch da wie früher. In den Ecken, wo keine Sonne hinkam, lagen noch kleine Reste Schwimmschnee.

Margareta war außer sich, als er in den Viehstall trat, wo sie gerade die Kühe für den Tag versorgte.

»Bist du von Sinnen?«, sagte sie und straffte sich wie ein Knoten. »Es kann dich jemand sehen. Hebbe, oder Håkan! Was soll ich denen sagen?« Ihre Stimme wurde immer schriller.

»Sie haben mich nicht gesehen«, sagte er verwundert über ihre Reaktion. »Ich sehe, dass er von mir ist. Håkan, meine ich.«

Sie zuckte die Achseln, und all die kleinen Wunden, die er in der Zeit, die sie einander kannten, davongetragen hatte, brannten.

»Ich wollte dir nur das hier geben«, sagte er schließlich und präsentierte ihr die Zeitung, die er in der Hand hatte. Es war *seine* Zeitung. Er deutete auf seinen Namen inmitten der Druckerschwärze auf der Vorderseite. Sein eigenes Werk nach Wehrpflicht und Realschulabschluss. Margareta schaute unfokussiert auf die Schlagzeile, während die Kühe kauten und mahlten. Nach einer Weile streckte sie ihm die Zeitung wieder hin, und als er sie nicht nahm, legte sie sie beiseite.

»Soll das da etwas Besonderes sein?«, sagte sie. »Mir scheint es nichts zu sein, wovon man leben kann.«

Er brachte es fertig, den nächsten Satz mehrmals anzufangen. Wägte ab, kostete ihn und entschied sich zu guter Letzt.

»Margareta. Er ist von mir. Der Junge ist von mir. Wenn ich jemals sehe oder höre, dass ihr so tut, als wäre Hebbe sein Vater, wenn ich höre, dass sie miteinander umgehen, als wäre er Hebbes Sohn, werde ich alles erzählen, die ganze Wahrheit, und zwar allen, damit du es weißt.«

Assar beschloss wegzugehen und nie wieder zurückzublicken.

Håkan

....

1964

Håkan fand Hebbes Foto in einer Kiste, die auf einem Haufen lag, der verbrannt werden sollte, sobald es ein paar Tage geregnet hätte. Durch die Ritzen zwischen den lockeren Brettern der Kuhstallwände fiel Sonnenlicht, aber es war kaum möglich zu erkennen, was in der Kiste war. Es sah aber so aus, als hätte jemand hastig Hebbes Habe zusammengesammelt und sie wüst durcheinander in diese Holzkiste der *Svenska Sockerfabriks Aktiebolaget* geworfen. Fotos, etliche gerahmt, und manche dort, wo sie lagen, zu Schaden gekommen. Ein Kassenbuch, ein abgegriffenes Gesangbuch und ein paar Anglerkataloge. Auch Briefe, geordnet und dick, aber ohne Adressat und unfrankiert. Håkan wog sie in der Hand und überlegte, ob er sie öffnen sollte, legte sie aber beiseite, als er das Etui entdeckte, jene feine Holzschachtel mit eingelassenem Horn, in der Hebbe sein Werkzeug verwahrt hatte und die er jeden Abend, an dem das Licht ausreichend war, hervorholte, um Fliegen zu binden, Fliegen, die er mit gutem Verdienst verkaufte. Er belagerte immer den Küchentisch mit seinem Werkzeug, mit Seide und allerlei weichen Federn von den Birkhühnern, Schneehühnern und Auerhühnern, die es hin und wieder zu essen gab.

Håkan öffnete die Schachtel, so vorsichtig er konnte. Da lag die kleine Schere, die nicht einmal Mama hatte benutzen dürfen, auch wenn sie inständig darum bat, die vergoldete Hechelklemme, die Hebbe für die Federn brauchte, die grobe Nadel mit dem Holzgriff, der von Hebbes Gebrauch weich und abgenutzt war. Håkan strich mit den Fingerspitzen über das Werkzeug, mit dem Hebbe so viele Stunden verbracht hatte und das Håkan dabei so lange betrachtet hatte.

In der Schachtel lag ein alter Blinker aus Kupfer, und Håkan schluchzte auf, als sein Blick darauf fiel. Er legte sich den Blinker auf die flache Hand und rieb ihn mit dem Daumen. Er war matt und unpoliert, und Håkan sah ihn vor sich an Hebbes Brust hängen, wenn sie zusammen fischten. Sein Glücksblinker. Als er starb, hatte er ihn nicht getragen. Håkan legte vorsichtig den Deckel auf die Schachtel, drückte ihn zu, bis er es klicken hörte, und legte sie neben sich. Das gerahmte und von Vogelkot weiß gefleckte Foto hob er auf und legte es daneben. Er sah sich nach etwas um, womit er die restlichen Sachen abdecken konnte, die noch in der Kiste waren, fand aber nichts und zog schließlich sein Hemd aus, um sie vor Staub und Vögeln zu schützen. Die Kiste war schwer, er konnte sie kaum heben. Håkan wuchtete sie dennoch die Leiter zum Kuhstallboden hinauf. Eigentlich durfte niemand dorthin, aber er dachte, die Kiste würde dort in Ruhe gelassen. Der Fußboden knarzte, als er von Dielenbalken zu Dielenbalken stieg, aber er wusste genau, wo er sie abstellen wollte. Beim dritten Sparren rechter Hand. Da wäre sie nicht zu sehen, auch wenn man guckte.

Das Etui und das Foto nahm er mit ins Haus, wischte es ab und hängte es an einen Nagel, den er gegenüber der Braut in dem weißen Frotteestrandanzug in die weiche Holzfaserwand gedrückt hatte. Hebbe war groß und hager. Seine Beine sahen fast aus wie die eines Kranichs, und zwischen dem einen Hosenbein und der dunklen Socke leuchtete weiß die Haut. Seine Haare, die normalerweise glatt am Kopf anlagen, wehten wie eine schüttere Fahne im Wind. Wahrscheinlich war ihm gar nicht bewusst, dass die Aufnahme gemacht wurde, dachte Håkan. Er nahm an, dass Hebbe sich auf dem Foto schlampig fand, womöglich war es deswegen in der Gerümpelkiste gelandet.

Håkan saß auf dem Bett und versuchte sich alle Details auf dem Bild einzuprägen. Die tiefen Stirnfalten, die er unter den Fingerspitzen rollen konnte. Die Haare, die Hebbe aus den Nasenlöchern ragten und ihn manchmal auf der Oberlippe kitzelten, sodass er sie gereizt auszureißen versuchte. Der Hosenbund, den er alle naslang in die Taille hochzuppelte. Es war ganz so, als wären auf dem Bild alle Eigenarten Hebbes zu sehen. Håkan schaute und schaute, und zu guter Letzt hatte er das Gefühl, ihm würde das Gesicht zerspringen und vor Tränen, Rotz und Spucke überfließen, die nach allen Seiten sprühten.

Hebbe hatte an vielen Stellen Spuren hinterlassen. Wie im Wald hinterm Hof, tief drinnen zwischen aufragenden Wurzeltellern und Flechten und Beeren und Untieren, zwischen dumpfem Geruch und gedämpften Lauten, wie der Wald gleichsam seufzte, als atmete Hebbes Ziehharmonika aus. Der Wald war ein Ort, der ihn immer Hebbes Gegenwart spüren ließ und ihn daran erinnerte, wie Hebbe gezeigt und gedeutet und erzählt hatte. Dorthin ging er, wenn er aus irgendeinem Grund Hebbe brauchte, wie jetzt, wo Nilas wütete und Mama müde war.

Er ging einer Ameisenstraße nach, der breitesten, die er kannte und die bereits am Waldrand begann. Er folgte ihr, bis er sein Ziel erreichte: einen großen Ameisenhaufen, der eine robuste Zinkenegge zur Hälfte begraben hatte. Irgendjemand hatte sie zurückgelassen, und sie wurde von Jahr zu Jahr rostiger. Dort wurden die Blaubeeren immer als Erstes reif, aber sie waren auf der Unterseite, die vom Sonnenschein nicht reif gewärmt wurde, noch hell grünschimmernd. Håkan aß trotzdem welche, seine Zunge wurde rau wie die einer Katze.

Er setzte sich auf einen Windwurf und horchte. Mit dem Messer hieb er in den Stamm, in die Hügel und Täler der groben Rinde, bis davon nichts mehr da war außer diesem Rotbraunen, Papierdünnen darunter. Hebbe hatte gewusst, wie es genannt wurde.

Schließlich fanden ihn die Mücken. Sie hefteten sich ihm in Ohren und Nase und Halsausschnitt fest. Von einer kleinen Birke in der Nähe riss er einen Zweig ab, spazierte zurück und wedelte sich dabei mit der Birkenrute um den Kopf.

Als er am Kuhstall vorbeiging, hörte er ein Schluchzen. Es war leise und gedämpft, drang aber bis zur Straße heraus, und ihm war unklar, woher es kam. Zuerst glaubte er, es käme aus dem Torfraum, aber als er in das Dunkel trat, wo der Torf aufbewahrt wurde, war das Geräusch leiser. Er ging um die Ecke in den Vorraum des Kuhstalls. Dort war es ebenfalls dunkel und völlig lautlos. Er durchsuchte den Viehstall, der leer und sauber war, jetzt, wo die Kühe doch draußen auf den Weiden waren, schaute in die Maststube, wo es intensiv und streng roch. Nichts. Auch keinerlei Geräusche.

Håkan schudderte. Ein jäher kalter Schauer lief ihm den Rücken hinunter, als er dachte, dass dies vielleicht ein schlimmes Omen, eine Art Todesankündigung war. Er ging nun lieber hinaus, zum Hackklotz auf der Rückseite des Stalls, wo die Sonne hinschien und ihm derart in die Augen stach, dass er sie schloss, und da war es deutlich zu hören, von links.

Die Angst knuffte ihn innerlich, als er die Tür zum Geräteschuppen einen Spalt breit öffnete, und als das Scharnier knarrte, fuhr er zusammen. Das Schluchzen war jetzt deutlicher zu hören, und er riss die Tür sperrangelweit auf, um Licht in den Staub und Schmutz einzulassen. Dort saß Nilas. Sein Schopf leuchtete auf wie eine Fackel, so als hätte er vom Tageslicht Feuer gefangen. Die Tränen hatten in den Schmutz auf seinen Wangen Streifen gezeichnet, doch unter Augen und Nase war alles verschmiert und als feiner Film auf der Haut eingetrocknet. Nilas weinte nicht heftig. Schien es aber getan zu haben, weil er kaum Luft bekam. Håkan setzte sich zu ihm und legte den Arm um ihn. Das Schluchzen ging in ein zeterndes Greinen über, als ließe er sich erneut von den Tränen mitreißen, und er klammerte sich an Håkan und zerrte an seinem Hemd, dass die Nähte unter den Armen spannten.

»Hast du dich verlaufen?«, fragte er schließlich, als Nilas sich beruhigt hatte.

»Nä«, sagte Nilas und schüttelte entschieden den Kopf. »Ich bin doch im Schuppen.«

»Was ist denn passiert?«

Håkan kannte niemanden, der böser dreinsehen konnte als Nilas. Es sei denn Mama. Seine Augenbrauen zogen sich auf genau die gleiche Art zusammen.

»Du bist weg gewesen!«

»Hast du mich gesucht?«

»Mhm.«

»Hast du gedacht, dass ich hier bin?«

»Ich hab überall gesucht!«

Håkan versuchte ihm mit der flachen Hand die Nässe von den Wangen abzuwischen.

»Wo ist Mama?«

»Mama? Ist sie nichten zu Haus?«

Nilas schüttelte den Kopf.

»Hab Mama nichten gefundn.«

Was war mit Mama passiert? Sie dürfte Nilas nicht längere Zeit allein lassen, und selbst wenn sie ihn mal allein ließ, war sie nie weiter weg, als dass er sie finden konnte. Håkan richtete sich auf. Wachsam. Starr wie ein erschrecktes Tier. *Wenn nun.*

»Hast du uns hier gesucht? Im Schuppen?«

»Mhm. Aber ich hatte Angst. Ich hab mich versteckt. Und ich hab ganz viel geweint und nach Mama gerufen. Und ich hab nach dir gerufen!« Anklagend. Sein Gesicht wurde wieder knautschig.

»Hat Mama nicht reagiert.«

»Mhm, und dann, dann hab ich Angst gekriegt, Håkan.«

»Weil es dunkel geworden ist? Wann hast du Mama denn zuletzt gesehen?«

»Ich hab Angst gekriegt, weil ich allein war. Am alleinsten von der ganzen Welt.«

Er wünschte, er könnte rennen, ja, mit nur wenigen Schritten über den Hof rennen und die Tür aufreißen. Er fürchtete, Mamas Beine aus einer Tür ragen zu sehen, aus der Speisekammer, aus dem Bett. Er fürchtete, Mama leblos daliegen zu sehen, die Hand um den Oberarm.

Doch Nilas zog die Beine nach. Er war so geknickt, dass Håkan nicht mit ihm schimpfen wollte, damit er schneller ging, also gingen sie in so langsamem Tempo über den Hof, dass er gegen den Schrei ankämpfen musste, der in seinem Innern lauerte und jeden Augenblick aus ihm herauszubrechen drohte. Seine Gedanken stolperten übereinander. Was sollte er jetzt tun? Was sollte er tun, wenn Mama genauso verschwand wie Hebbe, wenn Lars Nilas mitnahm, aber ihn nicht, was sollte er tun, wenn er einsam und verlassen wäre, so wie Nilas gerade eben, allerdings sein Leben lang, ja, würde er überhaupt in die Schule gehen können?

Doch Mama riss die Tür auf, noch bevor sie die Vortreppe erreicht hatten. Sie war ebenso außer sich wie Nilas, und erbost, dass Nilas aus dem Haus gegangen war und sie erschreckt hatte, und womöglich hätte sie sich auf ihn gestürzt und ihn an den Haaren gezogen oder am Ohrläppchen, wenn Håkan ihn sich nicht hinter die Beine geschoben hätte. Der Schrei in Mamas Stimme erstarb. Sie stand da und starrte sie an, und Håkan starrte zurück. Schließlich seufzte sie und ging hinein.

Nach dem Abendessen fragte Håkan, wo sie denn gewesen sei. Auf dem Abort, antwortete sie erbost, kann man nicht mal auf dem Abort seine Ruhe haben, stieß sie hervor, zischend wie eine Schlange. Nilas schaute von seinem Platz auf dem Fußboden bei der Brennholzkiste zu ihnen hoch. Er sah ängstlich drein, einsam und wieder geknickt, wie vorhin, als Håkan ihn im Schuppen gefunden hatte. Håkan schob seinen Teller von sich, hatte keinen Appetit mehr, und Mama stützte den Kopf in die Hände, dass ihre Haare wie ein Vorhang um sie schwangen.

»Ich schaff das nicht mehr«, sagte sie leise. »Herrgott im Himmel, gib mir Kraft, hilf mir, ich geh unter.«

Das Kind

Er, der für mich trägt ein Vaterherze,
er gibt jedem neuen Tag
sein gehörig Teil an Freud und Schmerze,
Mühe, Ruhe, Wohlbehag.

Gesangbuch Sionstoner (1935), Lied 429

Håkan

1965

Manchmal dachte Håkan, dass in jenen Jahren viel passierte, Dinge, die er manchmal erst im Nachhinein merkte. Sie zogen von Blattnicksele in die Mittelpunktschule in Sorsele um. Die Realschule war in die Sekundarstufe übergegangen, wo er, Gunnar und Rune ihre letzten gemeinsamen Jahre verbrachten, während zu Hause alles schrumpfte. Die Musik. Die Gespräche. Das Miteinander. So es das jemals gegeben hatte.

Die Mittelpunktschule war neu gebaut. Modern und überwältigend, auf eine Art geräuschvoll und laut, die sie nicht gewohnt waren. Dort waren bereits Kuno und seine Korona zugange, eine Bande, die in der Schule Schrecken verbreitete. Wenn Kuno kam, wichen alle zur Seite, er trug seine Bücher lässig in einer Hand und hatte eine Frisur wie Tommy Blom von den Tages, mit Locken, die über den Kragen seines blau und rosa gestreiften, eng anliegenden Hemdes reichten.

Sie hatten mittlerweile alle einen langen Pony, Håkan und Gunnar und Rune, aber im Unterschied zu Kuno mussten sie den Nacken kurz halten, alles andere wäre unanständig gewesen.

Der Einzige von ihnen, der sich für Kuno interessierte, war Rune, und sein Interesse war unverhältnismäßig groß. Eines Nachmittags nach Schulschluss und bevor der Schulbus sie nach Hause brachte, nahm er sie mit zum Bekleidungshaus *Lunder* an der Ecke von Strandvägen und Skolgatan. Die beiden anderen betraten widerwillig das Geschäft – Håkan sah sich nach Mama um, die dort immer putzte, konnte sie aber nicht entdecken und entspannte sich – und ließen sich mit in eine Ecke ziehen.

»Hier, guckt mal!«, sagte Rune und zeigte auf einen Ständer mit schwarzen Lederjacken. Sie waren eng geschnitten und mit Revers.

»Ja, ist gar nichten unflott. Wieso? Willst eine kaufn?«, sagte Håkan.

»Kuno hat sich so eine gekauft. Hat er gestern angehabt«, antwortete Rune und befingerte das Revers. »Ist zwar noch kaltes Wetter, aber ...«

»Aha«, sagte Gunnar. »War das alles?«

»Mhm.«

»Komm, wir gehen«, sagte Gunnar zu Håkan, nahm ihn am Arm und wollte abschieben.

»Schon, aber wollen wir nicht warten?«, sagte Håkan und drehte sich zu Rune um, der immer noch an dem schwarzen Leder fingerte.

»Nein. Wenn er hier rumstehen und träumen will, dann lass ihn doch.«

Nilas klammerte nicht mehr so und war handsamer geworden. Es war, als hätte er eingesehen, dass Mama ihn desto mehr von sich schob, je mehr Rabatz er machte; er war von sich aus anders geworden, ein bisschen braver, ein bisschen stiller, ein bisschen unsichtbarer. Håkan glaubte nicht, dass es half, sie schien nicht zu merken, dass er größer geworden war. Dass er mit Nilas zusammen etwas unternahm, tat er ebenso sehr für Mama als auch für sie beide.

Neuerdings ging Mama zum Kaffeeklatsch zu einer anderen Frau im Dorf, die sechs Kinder hatte und einen Mann, der meistens auf der Küchenbank lag und schlief. Sobald sich eine Gelegenheit bot, lief sie dorthin. Ich gehe nur auf einen Sprung zu Tante Beda rüber, ein bisschen plaudern, sagte sie atemlos, wenn sie sich in der Tür begegneten, und bat ihn, sich um seinen kleinen Bruder zu kümmern. Immer dann, es kam viel zu oft vor, machte er mit Nilas einen kleinen Ausflug, den Bruder auf der Ladefläche des Lastenmopeds, genau wie er selbst, als er mit Hebbe unterwegs gewesen war. Nilas lachte, dass die Vögel am Waldrand vor dem Lärm schon viel eher flohen als sonst, wenn er allein unterwegs war. *Schneller,* Håkan, *schneller!*

Es war schwierig, es nicht zu tun.

Bevor sie Pause machten, spazierten sie umher, Nilas' Hand in Håkans, mit Fingern, so klein und eifrig wie Spinnenbeine, die in allem stocherten, was Nilas in den Weg kam: kleine Kröten und Insekten und alle erdenklichen staubigen Schlupfwinkel, sodass Håkan schon befürchtete, er würde eines schönen Tages einen Finger verlieren.

Irgendwann würde er Nilas zu Hebbes Fuchsbau mitnehmen, wenn Nilas alt genug wäre, um die Spiele der jungen Füchse würdigen zu können. Aber nicht jetzt. Jetzt hätte Nilas nur laut geschrien und dort herumgestochert und alle Tiere verscheucht und Hebbe entehrt.

Nilas aß gern Kekse, knabberte sie aber nur, damit er lange davon hatte. Wenn er fertig war, lachte er Håkan an, Kekskrümel um den Mund. Håkan lachte ebenfalls und wischte ihm mit der flachen Hand den Mund ab.

»Du hast genauso viel um den Mund wie im Bauch«, sagte er dann.

Und Nilas fischte gern gemeinsam mit Håkan, das war das Beste. Er saß da, schaute zu und konnte sehen, wann Håkan perfekte Bogen zustande brachte und wann nicht. Håkan sehnte sich danach, ernsthaft neben ihm zu stehen und die Angel auszuwerfen, wenn er denn endlich alt genug wäre.

Zu Hause schienen sie Mama mit ihrer bloßen Anwesenheit zur Weißglut zu bringen, nicht nur Nilas, sondern auch er und Lars. Mama war nach wie vor keifig und spitz an allen Ecken und Enden, und Lars war fast nie da. Wäre Nilas nicht gewesen, hätte er sich aus dem Staub gemacht.

Ja, es gab die Schule und das Zuhause, beim Fußball war es nicht mehr so richtig wie früher. Aber da war das Flößen, im Sommer, sobald er mit der achten Klasse fertig wäre, würde er in der Flößerei zu arbeiten anfangen, genau wie Hebbe. Wenngleich Mama protestierte und wenngleich Nilas ihn vermissen würde. Schon bald, und doch nicht bald genug.

Assar

....

1965

Es war alles gleich, und trotzdem war nichts dasselbe, als Assar schließlich endgültig aus Stockholm zurückkehrte. Nicht weil er es je vorgehabt hätte. Sondern nur, weil sie sich zu guter Letzt wieder in sein Leben geschlängelt hatte.

Eine Liebste hatte er nicht. Er hatte es versucht, so gut er konnte, etwas anderes war ihm nicht zur Last zu legen. Eine Zeit lang war er mit einer Frau zusammen gewesen, die er beim Herrenfriseur am Mariatorget kennengelernt hatte, vielleicht arbeitete sie noch dort, er war, nachdem sie Schluss gemacht hatten, nicht mehr hingegangen. Es war nie etwas so Ernstes daraus geworden, wie sie es gewollt hätte. Möglicherweise dachte er zu viel an Margareta und empfand zu wenig für andere.

Nachdem er weggezogen war, hatte er natürlich die Entwicklung zu Hause verfolgt. Weniger Kühe, weniger Arbeit, weniger Menschen. Es war nicht mehr viel übrig, auf keinen Fall für ihn. Er wusste, dass es Leute gab, die beharrlich dablieben. Die Männer, die nach wie vor neben ihrer Landwirtschaft auch in der Flößerei und im Wald arbeiteten. Er kannte den Geruch, die stinkenden Abgase der Motorsägen, die am Vindelälven den Weg in die Häuser der Kleinbauern fanden. Zu sagen, dass die Motorsäge die Bevölkerung um ein Viertel reduziert habe, wäre drastisch gewesen. Ein Körnchen Wahrheit steckte aber darin.

Und trotzdem hatte er manchmal Heimweh gehabt, nach einem Ort, der zwar einfacher erschien, es aber nicht gerade war.

Er hatte sich nach Gesellschaft am Küchentisch gesehnt, nach dem ständigen Getratsch über alles und alle, ja, sogar nach den vertrauten Kriebelmückenbissen, die über dem Strumpfrand einen blutigen Streifen hinterließen.

Aber was sollte er denn zu Hause anfangen?

Nachdem sie ihm doch den Rücken gekehrt hatte.

Hätte er dort noch Angehörige gehabt, wäre es etwas anderes gewesen, dachte er manchmal. Leute, die er hätte besuchen können, nicht nur Vaters und Mutters Grab. Er drückte sein Heimweh weg, es durfte sich mit Margareta den Platz im Verborgenen teilen.

Zu guter Letzt schlich sie sich wieder in seinen Alltag. Sie kam per Brief, der in einem unansehnlichen weißen Kuvert steckte, adressiert an Herrn Assar Sjögren, und den er in die Zeitungsredaktion geschickt bekam, nicht nach Hause. Aus diesem Kuvert kam sie geflogen, zusammen mit dem übrigen Inhalt. Einem vergilbtem Ausschnitt: eine Todesanzeige, und einem handgeschriebenen Brief. Als er ihn auseinanderfaltete, schien alles um ihn herum nach Atem zu ringen, alle Luft aus ihm zu entweichen.

Als er den Ausschnitt wieder aufhob, sah er sich die Todesanzeige genau an. Als Schmuck ein einfaches Kreuz und das Todesdatum, schon sieben Jahre zurück! Es schmerzte ihn, dass ihn die Neuigkeit über Hebbes Tod nicht schon früher erreicht hatte.

Der Ausschnitt war mit Wasserspritzern und Fett befleckt, er war schon gebraucht. Als Hinterbliebene war die Missionsgemeinde genannt. Assar schnaubte laut, obwohl ihn niemand hören konnte. Immerhin stand ganz oben in der Anzeige ihr Name, MARGARETA LARSSON, und unmittelbar darunter der Name des Kindes, das er als das seine kannte. Håkan. Der Junge, der sein Auto bewundert hatte. War er Assar noch ähnlicher geworden, oder weniger ähnlich? Er müsste jetzt ein Teenager sein. Wohl fast erwachsen, oder noch ein Kind?

Lange saß er mit diesem Ausschnitt da. Und ihm war, als stünde sie hinter ihm und atmete ihm ins Ohr, ein warmer, süßer Atem, er spürte sanfte, kühle Finger an seinem Hals entlangstreichen. Zunächst gab er sich dieser Fantasie hin. Schloss die Augen und spürte, wie die Finger weiterglitten, unter sein Hemd, bis er entspannt und locker wurde. Als sich die Finger aber seinem Hosenbund näherten, presste er, so fest er konnte, die Beine zusammen, und sein Rücken wurde gerade wie eine Brechstange. Er stand auf, trat ans Fenster und schaute über die Stadt. Das Kuvert legte er samt Inhalt in Mutters Bibel, die er nie aufschlug. Und doch war es danach so, als würde Margareta ihm bei allem folgen, als wäre sie ein Gespenst, das ihn heimsuchte. Sie sah Assar über die Schulter, wenn er sich rasierte, setzte sich neben ihn, wenn er aß, fingerte ihm im Nackenhaar, wenn er sich über die Schreibmaschine beugte.

Zwischendurch holte er die Bibel doch hervor und betrachtete, was sie geschickt hatte. Faltete es auseinander und faltete es zusammen, verschliss das Papier und den Buchrücken. Scheiße, sagte er. Verdammter Mist, und legte das Buch beiseite.

Schließlich lockte sie zu sehr. Zug um Zug nahm er die Sache in Angriff. Kündigte bei der Zeitung. Packte seine Bücher und seine FACIT-Schreibmaschine, bei der das *a* fehlte und die kaum zu gebrauchen war, aber ihn schon treu begleitete, seit er mit dem Schreiben angefangen hatte. Dann packte er seine Kleider. Seine enge und dunkle Wohnung hatte er sparsam eingerichtet, mit nicht mehr als einem Bett und einem Esstisch, und er ließ die Möbel zurück. Alle anderen Habseligkeiten hatten in seinem Auto Platz, das allmählich alt wurde und bestenfalls die Heimreise überleben würde. Und so ließ er den Mälaren und das Stadshus hinter sich und fuhr in Richtung Norden, der zackigen Silhouette von richtigem Wald entgegen.

Die Nacht, die immer heller wurde. Die zahlreichen Kiefernheiden, als er von der Küste landeinwärts abbog, in einem Auto, von dem er sich ganz sicher war, dass es kaputtginge, bevor er zu Hause anlangte. Und dann das altbekannte Schleudern im Splitt auf dem Saxnäsvägen, freudig fuhr er das letzte Stück, bis er endlich heimkam.

Heim in das Haus, das Vater in dem Jahr, bevor er erkrankt war, verschalt und rot gestrichen hatte. Die Farbe war matt geworden und unten zur Erde hin hatte der Regen sie abgewaschen. Durch Sprünge in den Fensterscheiben und Ritzen im trockenen Holz schaute die Dunkelheit zu ihm heraus. Das Gras, ungemäht. Es sah aus, als breiteten all die im Wind zitternden Samenstände einen zarten, braunlila Nebel über die Heuwiese. Assar glaubte die kleine Bucht unterhalb des Hauses zu riechen, oder dass sich das stillstehende und pisswarme Gefühl des Wassers darin verbreitet habe. Als hätte jemand eine Glasglocke über die Bucht, das Haus, ja das ganze Dorf gestülpt, worin die Zeit mal rückwärts geflossen war, mal stillgestanden hatte, saugend und suckelnd wie die Rückwasser im Fluss.

Assar seufzte und setzte sich auf die Vortreppe. Die Tür weit aufgerissen, um alles Schlechte herauszulassen. Er wollte den Staub und den Kellergeruch, der sich in den Wänden festgesetzt hatte, aus dem Haus haben und den frischen, tauigen Geruch hineinlassen. Die Mückenfenster standen irgendwo anders. Was machts schon, aufgefressn zu werdn. Wird eins sowieso mal aufgefressn werdn, dachte Assar und erschlug zwei Mücken, die auf seinem Unterarm gelandet waren und mit ihren dünnen Stacheln durch seinen Hemdärmel gestochen hatten.

Er seufzte erneut, erschreckt von der herrschenden Stille. Keine Autos, keine Menschen, kein Gedränge, kein Lärm. Nur schwatzende Vögelchen, die, unmittelbar bevor der ruhig rieselnde Sommerregen einsetzte, nur noch mehr schwatzten. Assar blieb sitzen, schloss die Augen und wandte das Gesicht nach oben, in den Regen, wie um Schichten seiner selbst fortzuspülen und zurückzukommen, nicht nur geografisch und mental, sondern auch physisch, den Regen die zu früh ergrauten Haarsträhnen und die Furchen auf seiner Stirn abwaschen zu lassen.

Er drehte sich in Richtung Annersudden, dachte, dass er, wenn er früher gekommen wäre, vielleicht den Jungen gehört hätte, sein Lachen und Spielen. Das war natürlich naiv von ihm. Das Lachen von Annersudden war nie bis hierher zu ihnen gedrungen, erst als sie dort stand und mit ihm gelacht hatte. *Margareta.* Ihr Bild traf ihn wie eine Hitzewallung, ein Erröten von den Leisten bis zum Haaransatz. Er stellte sie sich vor, wie er ihr einst begegnet war, ihr Winden und ihre weichen Grübchen unter seinen Händen und seinem Mund. Er war nun ernsthaft zum Mann geworden. Er dachte, nun habe er sie eingeholt, jetzt seien sie gleich alt, obwohl sie es natürlich nicht waren, und diese Einsicht traf ihn ebenso hart. Er konnte nicht einmal sagen, dass er sie noch kannte, sie war jetzt keine Ehefrau mehr, sie war Witwe, auch Mutter. Sie besaß einen Hof, so wie er. Und er fürchtete, dass nicht sie es wäre, die sich verändert hatte, sondern er, dass er das Magische in ihr nicht mehr sehen könnte. Er fürchtete, erkennen zu müssen, dass das Licht in seinem Leben nicht in Margareta saß, sondern in ihm, in seinen ungeübten Jungenaugen. Dass die Magie in dem Jungen steckte, der er nicht mehr war.

Er seufzte, zum dritten und letzten Mal, und zog ein Kuvert aus der Jackentasche. Es war abgegriffen und in der Mitte eingerissen, viele Male gefaltet und zusammengelegt. Die Todesanzeige, Hebbes Todesanzeige, er konnte sie aus dem Gedächtnis exakt aufsagen. Und auch den Brief, der am Knick noch mehr eingerissen war, obwohl er ihn erst wenige Monate im Besitz hatte, und der außerdem so unpersönlich war wie eine der Kurzmeldungen, die bei ihnen in der Redaktion eintreffen konnte: *Ich glaube, ich brauche dich. M.*

Assar nahm seinen Koffer von der Vortreppe auf und ging ins Haus. Der Regen trommelte leis aufs Dach. Der Windfang war noch der Alte. Assar ging gleich nach links, in die gute Stube, und zog die Pendeluhr auf, achtmal im Uhrzeigersinn, wie üblich. Das Schlagwerk schenkte er sich. Es war warm im Haus, obwohl lange niemand mehr geheizt hatte, aber es war unwirtlich, und er brauchte einen Schluck Kaffee. Als er den Holzherd einheizte, rauchte es zu sehr in den Raum, mehr, als sich allein mit einem kalten Schornstein erklären ließ. Er hoffte, dass er ganz einfach nur vergessen hatte, wie man Feuer machte, es wäre eine bequemere Erklärung als ein Elsternnest, um das er sich kümmern müsste. Jedenfalls waren viele Mücken im Haus, so viele, dass sie ihm um den Kopf schwirrten, vielleicht würde der Rauch ja einige davon verscheuchen. Kaffee, mit Schuss, Raucherhusten. Der Schuss schuf wenigstens Abhilfe gegen den Husten.

Irgendwann zog es zu Assars Erleichterung schließlich nicht mehr herein.

Er holte Laken aus dem Wäscheschrank, der noch so säuberlich eingeräumt war, wie seine Mutter ihn hinterlassen hatte, alles hatte sie mit der Marmormangel im Backhaus gemangelt. Die Wäsche roch muffig. Er richtete das Bett von Mutter und Vater, dachte nicht daran, noch eine Nacht seines Lebens in der engen Küchenbank zu vergeuden, wenngleich die Bettwäsche, als sie zum Auslüften draußen lag, regenfeucht geworden war und die Herdwärme die Kammer noch nicht erreicht hatte. Er zog sich aus und legte sich ins Bett. Kühle Laken, umgeben vom Augustdunkel. Er lag mit offenen Augen da und horchte auf die Mäuse, die in den Wänden raschelten.

Margareta. *Ich glaube, ich brauche dich.*

Im Bett von Mutter und Vater! Die Hände auf der Decke.

Aber dann, trotzdem, darunter. Genau wie früher.

Håkan

1966

Håkan fing in der Flößerei zu arbeiten an, sobald er die Gelegenheit dazu bekam, nachdem sie in der Kirche gestanden und vor Zuhörern gesungen, dem Lehrer die Hand gegeben und ihr Zeugnis erhalten hatten. Als niemand in der Nähe war, warf er einen verstohlenen Blick darauf. Ausreichend, mehr nicht.

Håkan war Floßjunge und hatte die monotone, aber harte Aufgabe, Holz zwischen zwei Scherbäume zu ziehen, das in gemächlichem Tempo den Fluss entlang befördert wurde. Er wurde nicht wie etliche andere Floßjungen mit einem Vater gepaart, sondern mit Einar, einem Mann aus dem Dorf, der seinen Snus ausspuckte, dass es im Boot spritzte, und der meistens vom Jagen und Holzfällen erzählte, wenn er nicht, in seltenen Augenblicken, über Hebbe redete. Aber Håkan gefiel das. Er fühlte sich dabei entspannt und zu Hause, als wäre er Teil von etwas Größerem.

Mama war nicht begeistert davon, dass er arbeitete. Sie sagte, Nilas würde ihn und ihre Ausflüge vermissen, und sie hatte Angst, dass er sich verletzte. Und, sagte sie, er solle nicht glauben, je wie Hebbe werden zu können. Das könnte er nie, sagte sie, das habe er nicht in sich. Er reagierte nicht darauf, schrumpfte aber innerlich zu einem welken Knitterhaufen. Im Übrigen irrte sie sich, denn er roch wie Hebbe, nach etwas anderem als nach Viehstall. Als sie irgendwo unterhalb von Vindelgransele übernachteten, lag er im Zelt und roch an seinen Armen, statt zu schlafen, und er roch nach Harz, nach sonnenwarmer Haut und Schweiß und nach Fisch von der Äsche, die er am Abend zuvor gefangen hatte. Unter der Nagelhaut hatte er einen eingetrockneten Streifen Blut. Ja, er roch genau wie Hebbe.

Es war ein ungewöhnlich warmer Sommer, die Mücken trockneten ein, und das Wasser im Fluss war seicht. Die Nächte waren so stickig, dass er kaum schlafen konnte, wie er da neben den anderen Floßjungen und Flößern in verschiedenen Herbergen am Fluss entlang untergebracht lag, in Versammlungslokalen und Privathäusern.

Mama ging manchmal arbeiten. Seit etwa einem Jahr putzte sie im Bekleidungshaus *Lunder*, und sie sprang in der Konditorei ein, wenn sie dort jemanden brauchten. Dann brachte sie schon mal ein oder zwei giftgrüne Punschrollen mit nach Hause, die sie ihm heimlich zusteckte und die er mit Nilas teilte, die Male, die er zu Hause war. Håkan glaubte, dass es ihr wohl deshalb besser ging, weil sie aus dem Haus kam und arbeitete wie die meisten Leute und weil Lars Nilas zur Sommersiedlung mitgenommen hatte.

War er nicht auf dem Fluss oder bei einem Fußballspiel, dann war er mit Gunnar und Rune zusammen. Sie waren so viel wie möglich unterwegs und verlebten unendliche Tage, die nie dunkel wurden. Sie lungerten im und ums Dorf herum, wenn sie sich nicht zufällig einen Kinobesuch im Volkstheater leisten konnten, was Håkan fast nie konnte, oder sie teilten sich bei *Cecil* eine Flasche Coca-Cola, jeder mit eigenem Trinkhalm. Sie ließen unten am Fluss Steine übers Wasser springen, versuchten vergeblich Kühe umzustoßen oder spielten Fußball, wenn auch immer seltener.

Oft hielten sie sich am Juktån in einer abgelegenen kleinen Fischerhütte auf, die niemand zu nutzen schien und wo Håkan wünschte, er hätte seine Angelrute und seine Fliegen und Köder dabei, er war jedoch der Einzige von ihnen, der fischen wollte. Der Schuppen war winddicht, machte aber den Eindruck, als würde er jeden Moment auseinanderfallen. Bei einem der ersten Male, die sie dort waren, pinselten sie mit weißer Farbe, die Rune zu Hause gemopst hatte, PIMMEL auf eine der Giebelwände, doch als ihnen klar wurde, was für ein prima Unterschlupf das war, bereuten sie es. Selbst zwanzig Jahre später konnte man an der vom Wetter gezeichneten Fassade ein verblasstes PIMMEL ahnen, ein Anblick, der Håkan einen Stich versetzte, wenn er daran vorbeikam. Es war ihre Räuberhöhle. Hätte sie es doch bleiben können!

In diesem Schuppen am Juktån hatten sie ihren ersten Rausch. Sie hatten beschlossen, dort zu übernachten, und alles eingepackt, was sie für notwendig hielten. Gunnar war sowohl mit einem Primuskocher ausgerüstet als auch mit einem Reiseplattenspieler, der mit Batterien lief. Rune hatte den Fusel gemopst, den sein Bruder versteckt und vergessen hatte. Es war so schwül, dass ihnen die Kleider am Leib klebten, und draußen surrten Bremsen, größer als Håkan je welche gesehen hatte. Wie kleine Kampfflugzeuge.

Håkan versuchte, mit dem Schnaps seinen Durst zu löschen, sie versuchten es alle, und er brannte ihm derart im Hals, dass Håkan hustete. Bald stieg ihm der Schnaps zu Kopf. Er legte sich auf die dünne Wolldecke und sah, wie sich das Dach drehte. Rune konnte nicht mehr aufhören zu lachen. Er lachte wegen nichts und wieder nichts und überraschte sie damit, dass er hinausrannte. Durch die dünnen Wände konnten sie hören, wie er sich hinterm Schuppen übergab. Als er wieder hereinkam, trank er weiter.

Gunnar sagte ausnahmsweise nichts, sondern saß da, hatte das Kinn in die Hand gestützt und ein kleines Lächeln auf den Lippen. Auf dem Reiseplattenspieler drehte sich eine Single. *Heaven knows how you lied to me*, sang Elvis, es klang nicht so, wie es klingen sollte. Die Batterien gaben allmählich den Geist auf, und die Platte lief mit weniger als 45 Umdrehungen. Håkan sang mit, und auch er lachte, bevor er zu flennen anfing. Rune brach ebenfalls in Tränen aus, er legte sich neben Håkan und schlang den Arm um ihn. Håkan merkte, dass Rune sauer nach Erbrochenem roch.

»Wir sind doch Freunde, wir werden doch immer Freunde sein, oder?«, sagte Rune und heulte Håkan schmachtend ins Ohr.

»Mhm«, sagte Håkan und löste Runes Arm.

»Wirst uns nichten vergessn, oder, wo jetzt son Mordsspitznspieler bist?«

»Ist wohl klar, dass ich euch nichten vergessn werd.«

»Papa mags nichten, wenn ich mit euch bin«, sagte Rune, diesmal leise. Håkan sagte nichts dazu. Auch Gunnar nicht.

»Gunnar geht ja«, sagte Rune, etwas lauter, etwas mutiger, »aber dich, Håkan, mag er nichten. Aber ich, bloß dass dus weißt.«

»Alle wissen, dass dein Alter meint, er wäre was Besseres als alle andern, aber er hat sein Geld davon, dass er seine Wasserrechte an *Vattenfall* verkauft hat, das wissen alle, und nur wegen diesem Geldsäckel hat man Respekt vor deinen Brüdern. Aber irgendwann wird das Geld alle sein, und dann habt ihr nichts mehr. Nicht die Bohne. Weniger als Håkan«, sagte Gunnar. Er war auf eine Art angespannt, als müsste er sich anstrengen, ruhig und unberührt zu wirken. Mit dem Zeigefinger schnippte er einen Kronkorken weg, dass dieser in einer Ecke der Hütte landete. Es war das Einzige, was das Schweigen zwischen ihnen durchbrach. Rune zog den Mund zusammen, dass er wie ein zugekniffenes Arschloch aussah, und Håkan fing an zu lachen, ebenso hemmungslos wie Rune zuvor, während er zu einem Bretterdach hochsah, das sich drehte und drehte.

Lars und Nilas kamen schließlich von der Sommersiedlung zurück. Lars sagte zu Mama, er wünschte, sie würde irgendwann mit hinaufkommen, ja, auch Håkan, die ganze Familie. Mama erwiderte nichts, sondern ballte die Fäuste und starrte Lars wütend an. Lars sah unsäglich resigniert drein, ihn schien das letzte Fünkchen Hoffnung verlassen zu haben. Nilas löste sich von Lars' Hand, lief zu Håkan und schlang ihm die Arme um die Taille. Håkan umarmte seinen kleinen Bruder ebenfalls, so fest er es wagte.

Wie leid ihm Nilas tat.

Wie leid ihm Lars und Mama taten, und er sich selbst.

So war das in jenem stickigen Sommer. Da waren Håkan und Einar und der Floßhaken, und der Fußball, und Rune und Gunnar und der Fusel.

Einar fragte ihn, in welche Klasse er im Herbst komme, nachdem Håkan sich im Boot hingesetzt hatte, um auszuruhen.

»In die neunte«, antwortete Håkan.

»Recht so, recht so«, sagte Einar und hustete, dass es zwischen den Flusswänden hallte, bevor er einen gelblichen Schleimklumpen ausspuckte, der auf der Wasseroberfläche schwamm.

Håkan konnte den Kloß, der ihm in den Hals stieg, nicht hinunterschlucken.

Der Gedanke, dass die letzte Flößung näher rückte, schmerzte ihn, diese letzte Konzentration der Kräfte, die Nachtrift, die anzeigte, dass die Freiheit von allem für diesmal zu Ende war.

Assar

1965

Die Missionskapelle war extra für den Bettag beheizt worden. Durch die vom Heizen unerwartete Wärme der vergangenen Tage fielen die Fliegen, die zum Überwintern ringsum in die Fensterrahmen gekrochen waren, schwer und schlaftrunken auf die Fensterbank. Assar beobachtete, wie eine nach der anderen ihren schwarz glänzenden und grün schimmernden Körper aus den Flügeln wickelte und sich unbeholfen in Richtung Scheibe bewegte. In Gedanken aber war er bei Margareta. Margareta, die er bald treffen würde.

In der Missionskapelle roch es nach nassen Stiefeln und fast, aber das bildete er sich vielleicht nur ein, nach abgefeuerten Gewehren und der Elchjagd, die zur Feier des Tages vorübergehend unterbrochen worden war. Er sah Freunde seiner Eltern dort, älter, aber am Leben. Es war das Wichtigste für sie, diese Generation, die erweckt worden war. Wie der Gustav, der mit geschlossenen Augen dastand und betete, doch Assar hatte seine Eltern davon erzählen hören, wie er einmal, sturzbesoffen, mitten im Dorf seinen Wagen zu Schrott gefahren und dann seine Kinder derart vermöbelt habe, dass eins am Ohr einen bleibenden Schaden davongetragen habe.

Wo mochte sie bloß sein?

Die Orgel brauste. Sie stand noch am selben Platz, an dem er zuletzt Hebbe darauf hatte spielen sehen. Vorn am Altar stand ein enthusiastischer Prediger und fuchtelte mit den Armen, ebenso bloß und haarlos wie sein Scheitel, wie um den Gesang seiner Gemeinde zu dirigieren. Assar erkannte ihn nicht wieder.

Eigentlich hatte er noch nie darauf geachtet, wer die Versammlung abhielt. Assar beobachtete den Prediger eine Weile und wandte den Blick dann wieder den trägen Fliegen zu. Er sang nicht mit, bewegte die Lippen aber entsprechend.

Nein, nie hätte er gedacht, dass er jemals zurückkommen würde, dass er mit einem zerfledderten Gesangbuch hier sitzen und mit dem Zeigefinger den Buchstaben und Noten in Relief auf dünnem Papier folgen würde. Und jetzt saß er doch hier und hoffte, ein weiteres Mal ihre Körperwärme neben sich spüren zu dürfen. Sie schien jedoch nicht zu kommen, obwohl er im Predigtplan die Bettagsversammlung angestrichen und ihr den Ausschnitt in den Briefkasten gelegt hatte.

Assar verlagerte das Gewicht von der einen Hinterbacke auf die andere, da ihm allmählich das Steißbein einschlief. Er seufzte, knallte so laut es eben ging, die Buchdeckel zu und stellte das Buch auf die Rücklehne vor sich. Hier gab es keine Lust und Freude. In dem Moment, in dem er beschlossen hatte, sich aufzuraffen und zu gehen, vor allem, weil der Mann neben ihm so laut murmelte, dass Assar der Schweiß auf der Kopfhaut zu jucken anfing, da sah er sie, schräg hinter sich. Das rote Haar war nicht zu verkennen. Ihre Hände ruhten auf der Rückenlehne vor ihr, so fest zum Gebet gefaltet, dass ihre Fingerknöchel weiß leuchteten, das Gesicht hatte sie auf die Hände gestützt. Er hatte sie noch nie pietätvoller gesehen, wofür betete sie bloß so inbrünstig?

Dass er sie nicht früher entdeckt hatte, war nicht verwunderlich, wenn sie in der Reihe hinter ihm saß, warum hatte sie sich denn nicht neben ihn gesetzt? Assar schielte so lange zu ihr hin, wie er es wagte, doch sie war unausgesetzt ins Gebet versunken, er hätte sie gern zur Besinnung geschüttelt.

Neben ihr saß ein Junge mit schneeweißen Haaren, ein paar Jährchen alt, ein armes Würmchen. Er zupfte sie zwischendurch am Kleid, ohne dass sie reagierte. Von etwas Unerwartetem zuckte Assar innerlich zusammen, als säße ihm ein Rüsselkäfer in der Brust. Das kannte er schon von früher, als Hebbe hier in der Missionskapelle den Arm um sie gelegt hatte.

Es war so viel Zeit vergangen. Natürlich hatte sie ihr Leben gelebt, als er fort gewesen war. Wenn dieser Junge nicht von ihm war, von wem war er dann?

Assar tat allmählich der Nacken weh und erinnerte ihn an seinen Anstand. Er sah wieder nach vorn. Dort redete der Prediger, rotbäckig und enthusiastisch wie zuvor, jetzt vom HERRN JESUS, und der Mann neben Assar flüsterte und murmelte immer lauter. Assar wand sich wieder, diesmal aber nicht, weil ihm der Steiß eingeschlafen war. Die Orgel brauste auf, ein Lied, das er konnte, eines, das Mutter zu Hause immer gesungen hatte. Alles, was ihm über die Lippen kam, war Luft.

Den Kirchkaffee ließ Assar aus. Er setzte sich lieber draußen auf die Vortreppe und wartete. Die Missionskapelle hatte ihr leuchtendes Sonnengelb verloren, ungefähr wie eine Butterblume, aus deren Kronblättern der Regen die Farbe ausgewaschen hatte. Er fuhr mit der Hand über die gestrichene Masonitoberfläche. Rau. Als er sich die Hände an den Schenkeln rieb, damit sie warm würden, hinterließen sie staubige Spuren, die sich nicht richtig abwischen ließen. Auf den guten schwarzen Hosen! Wo er doch Margareta gleich treffen wollte.

Als Erstes kamen allerdings andere Besucher aus der Missionskapelle geströmt, schwatzten durcheinander, grüßten. Karlssons waren darunter und Sjöbergs, Nachbarn und Feinde. Assar nahm die Mütze ab, knüllte sie in die Jackentasche und rieb sich mit der Hand über die Haare, wobei sein Kopf in einem unruhigen Tanz hin und her ruckte, ebenso die Füße.

Er hatte Sehnsucht. Brennende Sehnsucht.

Aber nicht Margareta fand ihn zuerst, sondern der Prediger.

»Assar Sjögren, war nichten erst gestern!«, hörte er zuerst

und spürte dann einen freundschaftlichen Schubs an der Schulter. Als Assar sich umdrehte, sah er den gespreizten Bart, lächelnd, und den Prediger, der ihn wiedererkannt hatte. Assar lächelte höflich und nickte, bestätigte, mhm, war in Stockholm, bin wieder nach Haus kommen, während sein Blick von einem Gesicht zum nächsten schweifte, um Margareta einzufangen.

Er sah zuerst den Jungen. Die weißen Haare, die wie der Blitz vorbeiflitzten.

»Nilas!«

Ihre Stimme würde er nie vergessen. Sie hatte jetzt etwas Kratziges und Spitzes, das ihm neu war, das nicht da gewesen war, als sie auf seiner Brust gelegen und mit ihm geredet hatte, aber er erinnerte sich. Sie lief vorbei, ohne ihn zu sehen. Er hatte das Gefühl, als verblasste alles um ihn herum.

»… ja, hab beide gekannt, die deinigen, Mutter und Vater, dauert mich. Denk manchmal, hat sich totgemacht, nachdem der Vater heimgegangen. Wie lang ists her jetzt?«

»Was?«

»Dass die Mutter.«

Assar schwieg. Er suchte eine Antwort in dem Gesicht vor sich, eine Art Fingerzeig, was er sagen sollte. Der Kerl stand da, lächelnd, mit seinem gespreizten Bart, und wartete geduldig, schließlich legte er Assar die Hand auf die Schulter.

»Wie lange ist es her, dass sie gestorben ist?«

»Ja, Tschuldigung. Sie hat ein paar Jahre in Sorsele gewohnt, als …«

Aus den Augenwinkeln sah Assar Margareta um die Ecke verschwinden.

Sie hatte ihn nicht gesehen. Er machte einen Schritt nach hinten, sodass der Mann seine Hand zurückzog.

»Tschuldigung … muss gehn jetzt.«

Das Lächeln vor Assar erstarb, und der Bart glättete sich. Der

Prediger schob sein Brillengestell die Nase hinauf. Assar kam sich unter seinem Blick wie ein ungezogener Bengel vor.

»Tschuldigung, ist nicht bös gemeint. Mama. Ich will nichten …«

Assar verschluckte den Rest. Der Bart spreizte sich wieder, und die Hand landete wieder auf Assars Schulter.

»Nä, versteh schon.«

»Können doch andersmal reden?«

»Verlorene Lämmer sind jederzeit wieder willkommen«, sagte der Bart und lächelte. Verlorenes Lamm, ja vielleicht war er das. Aber dann war er es schon lange. Er entschuldigte sich und eilte davon, bevor ihn sonst noch jemand erkannte.

Assar war hin- und hergerissen zwischen dem Wunsch, sie einzuholen, und dem Gefühl, sie in Ruhe lassen zu müssen, als er sie entdeckte, weit vor sich, als zwei Punkte, einen roten und einen leuchtend grellweißen. Sie war schon weiter, als er erwartet hatte, musste zügig gegangen sein. Das Auto, dachte er zuerst, das Auto! Dann rannte er aber doch, flog nur so dahin.

Als er sie einholte, schaute der Junge mal Assar, mal Margareta an, als wunderte er sich, warum sie einfach weiterging und nicht auf Assar wartete. Ihre Beine waren nicht nackt, sondern sie trug blickdichte, hautfarbene Strümpfe, die bis unter den Rock reichten. Sie ging in flottem Tempo, obwohl Assar neben ihr keuchte. Mit kalten Fingerspitzen reichte er an ihre Hand heran.

Er berührte sie.

Als Margareta ihn schließlich wahrnahm, legte sie flugs die Hand vor den Mund, als wollte sie ein Lächeln verbergen. Falls sie lächelte, erreichte es nicht ihre Augen. Sie war älter geworden. Natürlich. Ihre Lider waren schwerer als beim letzten Mal, das sie sich gesehen hatten.

Sie standen mitten auf der Straße, einander gegenüber. Er versuchte Luft zu holen. Sie, abwartend. Auf der Straße hatte irgendetwas die Aufmerksamkeit des Jungen erregt. Er kniete im Schotter und betrachtete es aus der Nähe.

»Ich bin mit dem Auto ... ich kann es holen. Wenn ihr fahren wollt?«

Sie wandte sich wieder ab, als hätte sie es nicht einmal gehört, packte den Jungen am Handgelenk und bekam ihn auf die Füße, um zu gehen. Ihre Schritte waren zu groß, als dass der Junge mithalten konnte.

»Margareta!« Sie sah ihn an, nur kurz, ging aber weiter, er lief ihnen nach und holte sie wieder ein. Diesmal blieb sie nicht stehen.

»Erinnerst du dich, wie wir uns das erste Mal begegnet sind? Da sind wir hier zusammen gegangen.« Sie schüttelte den Kopf, rüttelte ihn eher und nicht im Takt ihrer Schritte. Sie versuchte den Jungen, der lautstark quengelte, weil sie ihn in den Arm kniff, mit einem »Pscht!« zur Ruhe zu bringen.

»Ist das deiner? Oder passt du nur auf ihn auf?«, fragte er und nickte in Richtung des Jungen. Ihr Mund war wie ein Strich, genau wie früher, genau wie einst. Jetzt machte sie einen entschiedenen Schritt nach dem anderen. Sie würde nicht stehen bleiben, selbst wenn er auf die Knie fiele, das war es, was sie sagte, mit den gespannten Muskeln, dem festen Tritt.

»Margareta. Ich bitte dich.«

Sie ging weiter, im selben Tempo wie bisher. In Assar sackte alles ab, während er ihren Rücken und ihren taktfesten Schritt sah.

»Du hast mich doch um Hilfe gebeten«, rief er ihr nach. Sie ging ungerührt weiter, bis der Junge Hals über Kopf in den Schotter fiel und ihrer Hand entglitt, ein leuchtend weißer Haarschopf auf der feuchten Schotterstraße, Geschrei, das zwischen den Höfen widerhallte. Ein klägliches *Maaamaaa!* kam aus dem Jungen. Assar zuckte nicht mehr innerlich zusammen. Es tat so weh wie damals, als ihm der Schafbock die Hörner in den Bauch gestoßen hatte und er nicht viel älter gewesen war als er hier, der jetzt dalag und nach seiner Mutter rief.

Margareta hob den Jungen auf und nahm ihn auf den Arm. Seine Ärmchen schlangen sich um ihren Hals, und er verbarg den Kopf an ihrer Schulter. Sie wandte sich Assar zu, aber ohne ihm in die Augen zu sehen, den Mund so dicht am Kopf des Kindes, dass kaum zu verstehen war, was sie sagte, aber immerhin, sie sagte jetzt etwas.

»Ich habe nicht geglaubt, dass du es hören würdest.«

Es dauerte, bis Assar sich dazu aufraffen konnte, etwas zu tun. Er setzte sich hinters Steuer, während die Autos in gleichmäßigem Strom an ihm vorbeifuhren, Nachbarn aus dem Dorf und die alten Leute aus Saxnäs und andere, die er nicht kannte. Niemand klopfte an sein Seitenfenster, trotzdem schienen ihn etliche dort in seinem Auto zu bemerken.

Schließlich kehrte er zur Missionskapelle zurück, die bis auf den Prediger jetzt fast menschenleer war, er wartete draußen, bis die letzten Gemeindemitglieder offenbar gegangen waren, und trat wieder hinein. Falls es ihm lästig war, dass Assar noch einmal kam, so zeigte der Prediger es nicht: Er empfing ihn mit warmem Händedruck, der Bart spreizte sich ebenso sehr wie zuvor.

»Assar! Schön, dass du wieder da bist.«

»Hast einen Moment Zeit? Zum Reden?«

»Ja, lässt sich schon einrichtn«, sagte er und führte ihn zu einer Bank ganz hinten im Saal.

Vor ihnen hatte jemand ein Namenszeichen in die hellgrüne Farbe geritzt.

»Weißt, wems gehört?«, fragte der Prediger und zeigte darauf, aber Assar erkannte es nicht.

»Lang ists her, seit ich hier war, weißt.«

»Und hab auch noch Bart jetzt«, sagte er und lachte. »Hab

gemerkt, dass mich nichten erkannt hast. Frans«, sagte er mit einer Geste zur Brust, »falls dich nichten erinnerst.«

Der Raum hallte. Boden und Wände knackten, als würden die Versammlungsbesucher immer noch über die Dielen gehen. Assar horchte auf die Nichtstille, bis er sich überwand, sein Anliegen vorzutragen. Margareta. Frans schwieg lange, ehe er antwortete, mit Worten so vorsichtig wie Schritte auf Blaueis.

»Sie kommt noch, manchmal. Wenn sie es schwer hat. Aber für uns ist sie wohl verloren, fürchte ich.«

»Was ist passiert?«

Frans zuckte mit den Schultern.

»Hebbe ist heimgegangn. War nichten lang nach deiner Mutter.«

»Und das Kind?«

»Ach ja, ein sehr schönes Kind. Ist flott, die Familie, kann eins nichten anders sagen.«

»Ist zu klein, um vom Hebbe zu sein.«

Frans machte nicht den Eindruck, als wollte er antworten.

»Von wem ists denn?«

»Ja, muss ehrlich sagn … ist sehr unlustig allens. Bin bei ihr gewesn. Im Anfang, wie er eingezogn ist. Hat nichten gehört. Ist freilich mühsam gewesn für sie, wie Hebbe heimgegangn ist, weißt schon, wies bei euch gewesn. Hat manchig Gerede gegebn in der Gemeinde. Hat sich nichten mehr sehn lassn seitdem, nichten hier. Begegnen uns nichten so fürchterlich oft heut ebenso.«

»Aber …«

»Istn Lappe, hab nichten vergessn, was gefragt hast. Netter Kerl, und ordentlich, von der Freien Gemeinde Storvindeln. Ist gut gewesn fürn Ältern.«

Assar stockte kurz der Atem. Der Ältere.

Bevor er noch etwas sagen konnte, räusperte sich Frans und stand auf.

»Naja, danke, dass da warst. Muss jetzt aufräumen hier.«

Er reichte Assar die Hand, eine warme, trockene Hand, angenehm zu halten. Der Bart spreizte sich wieder, und er deutete mit der Hand, in welche Richtung Assar gehen sollte, wie um ihn hinauszuexpedieren. Verlorene Lämmer waren jederzeit willkommen, aber nicht sonderlich lange, dachte Assar.

Nach Hause zu kommen war nicht mehr so, wie es einmal gewesen war, ohne Mutter und Vater. Davon, dass er Margareta begegnet war, wurde es nicht besser. Der Kuhstall stand da wie immer und starrte ihn stumm und hohläugig an, als er auf den Hof hinaustrat. Das Haus war auch vor der Gebetsversammlung schon kalt und einsam gewesen. Jetzt stand die Einsamkeit dort auf der Vortreppe und höhnte ihm direkt ins Gesicht. Wäre Margareta nicht seine nächste Nachbarin gewesen, wenngleich er bis heute nichts von ihr gesehen oder gehört hatte, dann hätte er es wahrscheinlich so gemacht wie viele andere und wäre nach Sorsele gezogen. Es gab im Dorf mehr als einen Kuhstall mit Löchern im Schindeldach und sperrangelweit offen stehenden Türen. Aber er tat es nicht.

Assar machte sich ans Aufräumen. Er kümmerte sich nicht um die hohnlächelnde Einsamkeit. Er wischte den Staub fort, der sich in den Wochen, es wurden allmählich ziemlich viele, die er nun zu Hause war, hatte ansammeln können. Er beseitigte die toten Mücken in den Fenstern, die von sonnenspröden Spitzengardinen, die Mäuse, die an der Ofenmauer unterm Fußboden lagen und rochen. Er leerte Mutters und Vaters Kleiderschränke, einfach weg mit dem Zeug, außer Vaters unbenutzten Kamelhaarunterhosen. Er schleppte, bis ihm Rücken und Arme wehtaten. Die alte Familienbibel. Die Felldecken. Das Spinnrad. Die Stapel an Rentierbeinfellen, die Mutter gesammelt hatte.

In dieser Nacht fing er an, die Sachen zu verbrennen. Etliche Tage lag dichter Rauch über dem Hof und stach ihm in die Nase, der Feuerhaufen qualmte schwarz. Wahrscheinlich zog der Qualm übers ganze Dorf, und mit einer gewissen Befriedigung wurde Assar klar, dass Margareta an seine Gegenwart erinnert würde. Es dauerte seine Zeit. Hin und her mit der Schubkarre, zwischen Haus und Feuergrube. Schließlich war fast nichts mehr übrig. Nur noch verkohlte Reste vom Leben mehrerer Generationen, neuer Raum für Assar, um sein eigenes zu gestalten. Da erst legte er sich schlafen. Er schlief zwei Tage durch.

Die tiefe Herbstsonne stach ihm in die Augen, als er schließlich auf die Vortreppe hinaustrat, die dünne Schneeschicht, die über Nacht gefallen war, machte es nur noch schlimmer. Seine Augen schmerzten so sehr, dass es etwas dauerte, bis er sie öffnete, das Licht, das durch seine dünnen Lider drang, reichte ihm. Als der Schmerz endlich abklang, ließ er vorsichtig optische Eindrücke von außen ein. Das grau gewordene Holz der Vortreppe, die über den Garten verstreuten Schneeflecken und der dunkle Waldrand, in den seine Straße verschwand. Und in diesem Augenblick, genau da und dort, sah er, wie die Sonne den Schimmer ihres Haars einfing. Sie war dort, und sie beobachtete ihn, davon war er überzeugt.

»Margareta!«, brachte er hervor, obwohl seine Stimme noch schläfrig und unsicher war. Sein Ruf scheuchte zwei Elstern auf, die ein Stück entfernt in Richtung Heuschober saßen und jetzt lautstark davonstoben, sodass ihre Flügel zischten. Der Ruf verscheuchte auch sie, denn sie verschwand, so schnell wie die Elstern, zwischen den Bäumen.

Der Schnee war nicht unberührt, wie er befürchtet hatte, als er mit schlackernden Schnürsenkeln dorthin gegangen war, nur um zu sehen, ob es bloß Einbildung gewesen war. Sie hatte am Waldrand Fußspuren hinterlassen, viele Spuren. Hatte eine gute Weile dort gestanden. Hatte auf ihn gewartet.

»Sie war hier«, dachte Assar. Und er schlug sich mit der geballten Faust auf die Brust, wie um einem nicht vorhandenen Publikum zu zeigen, dass er so stark und unbezwingbar war, wie er sich fühlte.

Er machte es ebenso. Stellte sich an den Waldrand und schaute unverwandt auf ihren Hof. Bald hatte er gelernt, dass der Ältere jeden Tag zur Schule fuhr. Und dass ihr Kerl ab und zu aushäusig war, eine Woche am Stück, und dass Margareta währenddessen mit ihrem jüngeren Sohn zu Hause war. Dem Jungen, der ihr auf dem Hof wie ein Hund überallhin folgte.

Es war schon ordentlich kalt geworden, als er mit ihr wieder Kontakt aufnahm. Ihr Kerl war ein paar Wochen zu Hause gewesen, und in dieser Zeit hatte Assar es in der Kälte gerade mal geschafft, festzustellen, dass das Auto permanent auf dem Hof stand. Dann fuhr der Kerl endlich, und Assar stand da und beobachtete, nahezu unersättlich, wie sie sich hinter den Fenstern und draußen auf dem Hof bewegte, während er, ohne es zu merken, das Gefühl in den Fingern verlor.

Margareta kam aus dem Haus, das Kind im Schlepptau, und setzte sich auf die Vortreppe, saß dort und heulte mit bebenden Schultern, während das Kind ihr Bein tätschelte.

Das Kind sah ihn fragend an, als er dort auftauchte. Er konnte sehen, wie sie erstarrte, als er ihren Namen nannte.

»Geh«, sagte sie.

»Margareta.«

»Geh.«

»Das habe ich nicht vor.«

»Geh endlich!«

Sie hatte die Stimme gehoben.

»Margareta, ich habe nicht vor zu gehen. Du hast mich gebeten zu kommen, du hast mich um Hilfe gebeten, jetzt bin ich da. Und ich weiß, dass du mich genauso haben willst wie ich dich.«

Da sah sie hoch, still. Ihre Augen waren rot und verquollen, auf den Wangen hatte sie weiße Flecken. Sie stand auf und trat zu Assar, so nahe, dass er kaum atmen konnte, und lächelte. Da erst sah er, dass ihr mehrere Zähne fehlten, und mit denen, die sie noch hatte, war es nicht sonderlich weit her, außerdem roch sie aus dem Mund.

Sie stand vor ihm und grinste, es schmerzte ihn, das zu sehen, sie, die auf ihr Lächeln immer stolz gewesen war. Das Grinsen verflüchtigte sich aus ihrem Gesicht, er sah, wie die Reue sich ihrer Züge bemächtigte, und sie schlug beide Hände vor den Mund. Er sagte nichts. Wieder liefen ihr die Tränen übers Gesicht.

»Margareta«, sagte er.

Und er nahm ihre Hände und legte sie sich auf den verlängerten Rücken, neigte sich vor und steckte ihr seine Zungenspitze zwischen die Lippen.

Als sie dann wieder miteinander schliefen, waren sie gleichsam andere Personen als früher. Sie hatte neue Zähne bekommen. Und zwar, bevor es in ihr Bett ging. Assar begleitete sie zum Zahnarzt und bezahlte ihre Kautschukprothese. Sie weinte und nahm seine Hand, als ihr die Zähne gezogen wurden. Er sagte, er habe schon seit seiner Schulzeit ein Gebiss, also bevor sie sich kennengelernt hätten, und es werde angenehm sein für sie, keine Schmerzen und Unannehmlichkeiten mehr zu haben.

Ihr war anfangs nicht ganz wohl damit, und es dauerte seine Zeit, bis sie sich daran gewöhnt hatte, zu reden, ohne ihren Mund hinter der Hand zu verbergen. Wenn er sie berühren wollte, wich sie aus, besonders wenn das Kind in ihrer Nähe saß und zusah. Für ihn war es schier unerträglich, ihr so nahe zu sein, ohne ihr nahe zu sein. Genau wie früher. Darüber, ob er, dieser Kerl, sich wunderte, wie sie an ein Gebiss gekommen war, sagte sie jedenfalls nichts.

Wenn Assar wusste, dass ihr Kerl aushäusig war und der Ältere mit dem Schulbus weg war, ging er zu ihr, und auch wenn sie verschlossener war als früher, lernte er sie nach und nach kennen. Im einzigen Bücherregal, das sie hatten, standen die *Gesammelten Schriften* von Lewi Pethrus, ein Handbuch über Viehzucht und ein zerlesenes Exemplar von *Nils Holgerssons wunderbare Reise.* Es hatte Hebbe gehört, wie er feststellte, als er den Band aufschlug, und er stellte ihn mit saurem Geschmack im Mund zurück. Sie sah es.

»Wir leihen uns Bücher lieber aus«, sagte sie. »Håkan liest viel.«

Sie sagte nie, dass er ihrer beider Sohn war. Nannte ihn nur Håkan. Er sei wie Hebbe, sagte sie einmal, sich dessen offenbar nicht bewusst, und da ging er nach Hause.

Bevor er als Lokalreporter bei der Zeitung anfing, hatte er tagsüber frei und konnte ihr ringsum bei kleinen Arbeiten helfen. Nicht zu viel, nicht so, dass man es nach außen merkte, aber ausreichend, damit ihre Kanten weicher wurden.

Sie hatte die Bluse nicht zugeknöpft, er ertappte sie unbekleidet, als er sie wieder berühren durfte. Sie sahen einander an, ehe er ihr mit dem linken Zeigefinger am Schlüsselbein entlangstrich, von der Drosselgrube auswärts, und als er sah, dass sie die Augen schloss, traute er sich mit beiden Händen unter ihre Bluse.

Es dauerte trotzdem seine Zeit, bis sie sich liebten, und nachdem es einmal passiert war, konnten sie es nicht mehr lassen, obwohl sie es sollten.

Sie wollte sich ihm nicht mehr ganz nackt zeigen, zog sich die Decke bis zum Hals. Sie war ein Bein, das aus der Decke ragte und sich um seinen Rücken hakte, ein Geschlecht, das ihn einlud, das er aber nicht zu sehen bekam. Er versuchte vorsichtig, ihr die Decke wegzuziehen, weil er sie ganz in sich aufnehmen wollte, ihre Brüste, ihren Mund, ihren Duft, ihre Feuchtigkeit, und sie zankten sich um die Decke, hin und her, bis er sich in sie schob und es sich mit ihrem Mund auf dem seinen wohl sein ließ. Es war herrlich, die Male, wo sie es tun konnten und er sie nehmen durfte, oder sich selbst, bis sie fertig waren, ohne dass sie von Kindergeschrei und Geruckel an der Türklinke gestört wurden. Es war angenehm, wenn der Kerl das Kind mitnahm und der Große tagsüber arbeiten war und Assar Margareta für sich allein hatte.

»Warum hast du mich eigentlich um Hilfe gebeten?«, fragte er einmal, als sie mit dem Kopf an seiner Schulter lag, einmal, als sie allein sein konnten.

»Ich brauchte es?«, erwiderte sie. Es klang wie eine Frage. Unsicher.

»Du hast doch ihn«, sagte er, schroffer als gedacht.

»Aber ich brauchte *dich.*«

»Wie kommt es, dass du mich jetzt brauchst, aber nicht, als du mit Hebbe zusammen warst? Oder hinterher.« Er setzte sich auf, zog mit dem Rücken zu ihr seine Strümpfe an, hörte sie seufzen.

»Ich weiß nicht.«

»Ist es vielleicht so, dass du eigentlich nicht mit mir zusammen sein willst, Margareta?«

»Doch, das will ich«, antwortete sie. Sie hatte sich ebenfalls aufgesetzt, und ihre Stimme war nahe an seinem Ohr.

»Warum hast du mich nicht schon früher um Hilfe gebeten? Warum hast du es nicht getan, bevor du dir noch ein Kind zugelegt hast?«

Sie antwortete ihm nicht, aber er hörte, wie sie sich bewegte. Als er sich umdrehte, war sie es, die mit dem Rücken zu ihm saß.

»Was hast du dir gedacht?«

»Gar nichts habe ich mir gedacht«, sagte sie gedämpft. »Es war angenehm, ihn bei uns zu haben. Ich bin mit Håkan nicht zurande gekommen, aber er. Und ich hatte jemanden, dem ich nahe sein konnte. Ich wusste durchaus, dass er mich haben wollte, aber es war mir egal. Ich war drauf und dran, vor die Hunde zu gehen, als ich allein war.«

»Und dann, was ist dann passiert?«

»Ich wurde schwanger. Ungewollt. Da war ich wieder drauf und dran, vor die Hunde zu gehen«, sagte sie und schluchzte auf.

Assar hatte seine Unterhosen und die Hosen angezogen, saß mit aufgeknöpftem Hemd auf der Bettkante und ließ die Arme hängen.

»Warum hast du mir nie eine Chance gegeben?«

»Ich habe nicht geglaubt … du bist so jung. Immer noch.«

»Aber Håkan ist von *mir*!«, sagte er mit einem Zorn, der sie zusammenzucken ließ, wie sie, nach wie vor nackt, so dasaß. Sie hatte die Arme vor der Brust gekreuzt, als wollte sie sich bedecken, und sah ihn nicht an.

»Verzeih, Margareta«, sagte er und beugte sich vor, um ihr einen Kuss auf die Schulter zu geben, und strich ihr gleichzeitig über die Arme und die Taille. »Aber ich verstehe es immer noch nicht.«

»Ich wusste nicht. Als Hebbe starb«, sagte sie. »Ich wusste nicht, wo du warst. Ich habe deinen Namen in der Zeitung gefunden, die du gebracht hattest.«

Håkan

1966

Wenn doch bloß Kuno nicht gewesen wäre. Kuno mit den Locken, die sich über seinen Hemdkragen ringelten, Kuno, der sich für toll hielt, Kuno, der einen Typ aus Storuman zusammenschlug, weil der mit seinem Mädchen geredet hatte, Kuno, der ihm alles nahm. Mit Kuno und dem Fußballspiel, damit fing alles an.

Das letzte Jahr in der Sekundarstufe verlief zunächst ohne Probleme, nichts brachte ihren Schulalltag durcheinander. Wie gewöhnlich löste ein Tag den anderen ab. Wie gewöhnlich machten sie weiter nichts her. Håkan saß über quadratischen Gleichungen und christlicher Geschichte gebeugt und sehnte sich nach Zeiten ohne Eis und Schnee, nach Fischen und Flößen. Die Unlust des Sommers am Fußball hatte sich gegeben, und er malte sich aus, wie es wäre, ernsthaft in der Herrenmannschaft zu spielen, fast wie ein Erwachsener. Er würde sich mehr hinzulangen trauen, auf dem Spielfeld und in der Umkleide.

An einem Wintertag mitten in seinem letzten Jahr in der Sekundarstufe kamen sie vorbei, als Kuno gerade einen jüngeren Schüler einseifte, Håkan und Rune und Gunnar, wie immer zusammen. Kuno drückte den Jungen – einen Siebtklässler aus Forsnäs mit strubbeligem Haar – in eine Schneewehe vor dem Werkraum. Um Kuno herum hatte sich ein Halbkreis gebildet, der ihn anfeuerte, ein paar standen Schmiere.

»Armer Teufel«, sagte Gunnar, als sie vorbeigingen. Håkan konnte sehen, wie Kuno, die Hand am Hinterkopf des Jungen, drückte, fast so, als wollte er ihn im Schnee ersticken. Der Junge scharrte mit den Händen in der Luft. Nach dem Tauwetter der letzten Tage und dem nächtlichen Kälteeinbruch war der Schnee verharscht. Das musste wehtun. Vor ihnen lag eine Brille mit gebogenen Bügeln auf dem Boden, und Gunnar schob sie mit der Schuhspitze beiseite, damit sie nicht im Weg lag.

»Untersteht euch, was zu sagen«, konnte Håkan jemand ihnen hinterherrufen hören. Håkan drehte sich um und schüttelte den Kopf, wovon aber keiner Notiz zu nehmen schien. Es war wohl nur einfach so dahergesagt. Sie erwarteten nicht, dass jemand protestierte.

»Der Schnee dort war vorher ganz gelb, das habe ich gesehen«, sagte Rune.

»Hör auf, Rune.«

»Es stimmt aber! Die Leute dort« – er zeigte auf ein Haus auf der anderen Straßenseite – »führen ihre Hunde immer hier Gassi. Sie haben zwei Stück.«

»Ach ja.«

»Ich schwöre!« Rune hüpfte vor Eifer fast mit beiden Beinen.

»Schwörst du, dass sie zwei Stück haben?«

»Das ist es nicht, was ich gemeint habe!«

Håkan dreht sich noch einmal nach der Bande um, folgte der Diskussion zwischen Gunnar und Rune nur mit halbem Ohr. Der Junge aus Forsnäs stand auf allen Vieren und tastete auf dem Boden nach seiner Brille. Kuno sah Håkan an, und dann – gerissen, als wäre es eine Verheißung – presste er dem Forsnäsjungen einen harten Schneeball in den Nacken.

Hatte es damit angefangen, hatte Kuno ihn da wahrgenommen? Das fragte Håkan sich manchmal. Aber später dachte er auch, dass mit dem Fußballspiel alles angefangen habe. Ohne dieses Spiel wäre alles gut gewesen. Normal sogar. Dann wäre er vielleicht aufs Gymnasium gegangen. Er hätte vielleicht eine

Familie gehabt, Kinder, Mama hätte ihn gemocht, und Nilas wäre noch am Leben. Er wäre ohne Schuld gewesen. Ohne dieses Spiel wäre niemand von ihnen unglücklich gewesen.

Genau wie Håkan wurde Kuno manchmal für A-Spiele aufgestellt. Einmal am Tag sah man ihn zur Konditorei *Cecil* hetzen, um zu schauen, ob die Mannschaftsaufstellung des kommenden Wochenendes am Schwarzen Brett der Konditorei aushing. Seine Haltung war so sprechend wie der Aushang. War er nicht aufgestellt worden, ging er vorweg, nicht zusammengesunken, wie man hätte meinen können, sondern aufgeblasen und strotzend, seine stumme und schweigsame Meute unmittelbar hinter sich.

Vilgot Partapuoli sagte, es sei wegen Kunos Grätschen und Bolzereien. »Ist nichten gut, nichten als du, Håkan.« Vilgot war unfair. Kuno bewegte sich geschickt mit dem Ball.

Wenn Håkan aufgestellt wurde, dann mit der Nummer zehn, Halblinks, dieselbe Position wie Pelé. Kuno spielte immer Rechtsaußen. Und obwohl Håkan Respekt hatte, oder war es doch Angst, davor, was Kuno in der Schule machen konnte, hatte er keine Angst, Kuno in einem Spiel zu begegnen.

Als sich die Schneewehen weit genug zurückgezogen hatten, trainierten sie im Freien, im Schneematsch und bei feinem Nieselregen. Der Ball wurde so nass und glitschig, dass es spritzte. In diesen Momenten – wenn es nass war und beschissen und sie froren, bis sie sich warmgelaufen hatten, als es noch kaum Frühling war – da war Håkan aufgeräumt, ja, wohl geradezu glücklich.

Er war es nicht lange. Dieses Spiel war das erste und einzige, zu dem Mama und Nilas zum Zuschauen kamen. Das war so großartig, dass Håkan es sich später, wann immer er die Augen schloss, in Erinnerungen rufen konnte: die Schürfwunde am Knie, die er sich zuzog, als er von seinem Gegenspieler in die

Mangel genommen wurde, das Blut, das über das in die Haut getriebene grüne Gras rann, der Geruch des taunassen Spielfelds, die anhaltende Winterkälte, die sie in die Nasenspitze biss, ihr Atem, der sich in der Luft faustgroß bauschte.

Er konnte sich erinnern, dass er schwoll vor Stolz, als er den hellroten Bommel von Nilas' Mütze sah, der zwischen den Zuschauern auf und ab hüpfte. Es sei nur ein Derby, hatte er Mama erklärt, aber sie waren da, und das bedeutete alles in der Welt.

Dass sie ihn sahen, spornte ihn in diesem Spiel an. Er täuschte und dribbelte geschickter denn je. Jede seiner Bewegungen fühlte sich federleicht und spritzig an. Er war so unbezwingbar, wie Kuno sich oft vorkam, Kuno, der diesmal nicht aufgestellt war, sondern mit finsterer Miene auf der Tribüne saß.

Als sie die erste Halbzeit gespielt hatten, löste sich der hellrote Bommel von den Bänken. Nilas rannte zu Håkan, um hochgehoben und umarmt zu werden. Håkan fing den Jungen auf und drehte sich ein paarmal im Kreis mit ihm, bevor er ihn bat, zu Mama zurückzugehen. Da hörte er, und er war sich nicht sicher, ob er richtig gehört hatte, wie jemand *Scheißlappe* murrte. Es konnte Kuno gewesen sein. Es konnte jemand anders gewesen sein. Håkan sah sich um, konnte aber niemanden entdecken, der einen schuldigen Eindruck machte.

»Kümmer dich nichten drum«, sagte Vilgot Partapuoli. »Reden doch von mir. Bins gewohnt.«

Es fielen vier Tore, und zwei davon schoss Håkan. Eine Wahnsinnsabfuhr, schrie Vilgot Partapuoli und klopfte Håkan, als die Nachspielzeit zu Ende war und der Schiedsrichter das Spiel abpfiff, so fest auf den Rücken, dass ihm fast die Luft wegblieb. Kuno saß noch da, schaute zu und wirkte geschlagen. Das Großartigste aber war, zu sehen, wie Mama vor Stolz strahlte, sie leuchtete so grell wie die Frühlingssonne.

Die Zeitung schrieb über das Spiel, über ihn! Es war lediglich eine Notiz ohne Bild, nur ein paar Zeilen lang. Außerdem hatte sie der Lokalreporter geschrieben, der im Nachbarhaus eingezogen war – womöglich hatte er nur deshalb über Håkan geschrieben, weil sie im selben Dorf wohnten, aber das war ihm egal. Er fühlte sich dadurch wie ein König. Ausnahmsweise war er mal jemand. Er war von Bedeutung.

Håkan schnitt die Notiz sorgfältig aus, sodass die Ränder gerade wurden. Er klebte sie in seinem Alkoven an die Wand, neben das Foto von Hebbe, legte sich aufs Bett und betrachtete mal den Ausschnitt, mal Hebbe. Durch den Kälteeinbruch in der voraufgegangenen Woche war es im Alkoven kälter geworden, aber im Innern war Håkan richtig warm, so warm, dass er gar nicht anders konnte, als zu lächeln. Seine Mundwinkel gingen ganz von allein nach oben.

»Siehst du, Papa«, sagte er leise zu der Fotografie, »siehst du! Der findet mich gut. Wärst doch bestimmt auch stolz, Papa? Oder?«

Und so schlief er an diesem Abend ein, mit den Worten der Notiz, die ihm in den Ohren klangen, und Hebbe vor Augen.

Als Håkan am nächsten Morgen in die Schule kam, sah er, dass an seinem Holzspind ein Zettel hing. Maschinengeschrieben. Erst als er nähertrat, sah er, was es war: eine Kopie der Notiz, fast im gleichen Wortlaut, wären da nicht die ausgewechselten Wörter gewesen.

Der Verlierer des Tages war Blattnickseles Pflaume Håkan Larsson, der permanent über seinen Schlappschwanz stolperte und mit Kopfbällen, wie sie einem Idioten zukommen. Håkan riss den Zettel ab, knüllte ihn zusammen und steckte ihn in die Hosentasche. Das Gelächter, das er hinter sich hörte, als er ging, ignorierte er, obwohl es ihn eigentlich nicht kaltließ.

Am nächsten Morgen, als er in die Schule kam, war die Tür seines Spinds ruiniert, durch hässliche Buchstaben, mit hartem Bleistift so unsanft geschrieben, dass das weiche Holz der Spindtür nachgegeben hatte. Sie ließen sich nicht wegradieren, waren dauerhaft in die Tür geritzt. Er wusste nicht, was schlimmer würde, es Lars erzählen zu müssen oder es Mama zu sagen, die sich so ums Geld sorgte. Es war nur Lars zu Hause, sodass er alles erfuhr, samt der Mitteilung über die Sachbeschädigung und die Schadensersatzforderung, die er an diesem Schultag mit nach Hause brachte. Mama sei bei Tante Beda, sagte er.

Lars las also den Brief aus der Schule durch, und er las ihn mehrmals, formte mit dem Mund die Wörter, die er las, während er mit dem Finger den Buchstabenreihen folgte, die er gründlich lesen musste, um sie zu verstehen.

»Håkan. Sieht dir gar nichten gleich«, sagte er schließlich.

»Hab aber doch gar nichten ich gekrakelt«, sagte Håkan. Es kam ärgerlicher heraus als beabsichtigt.

»Wieso hast das denn nichten gesagt in der Schule?«, fragte Lars und sah ihn an. Vielleicht neugierig, oder auch böse und beherrscht, egal wie, Håkan wurde klein. »Dass es nichten warst, mein ich«, fuhr er fort. »Glauben doch, hast du gemacht, den Unfug.«

Håkan seufzte. Nilas spielte mit Nufs, seinem Kaninchen, das er in die Brennholzkiste tat und wieder herausnahm, als handelte es sich um ein Puppenhaus. Mehr war nicht zu hören. Das Ticken der Küchenuhr und das Rumpeln in der Brennholzkiste, und Nilas, der vor sich hinredete.

»Alle glauben, du bist mein Papa«, sagte er.

»Das kann schon sein, aber danach habe ich nicht gefragt, Håkan.«

»Weißt du, Vilgot Partapuoli in meiner Mannschaft, er sagt, dass er das gewohnt ist. Irgendjemand hat zu ihm oder mir oder Nilas …«

»Ich weiß, was sie sagen. *Scheißlappe.*« Lars knallte mit der flachen Hand auf den Tisch. Nilas schaute erschrocken zu ihnen hoch und ließ den Deckel auf die Brennholzkiste fallen. Håkan verschluckte den Rest des Satzes. »Haben sie das geschrieben? Scheißlappe?« Lars lehnte sich auf seinem Stuhl zurück und verschränkte die Arme. Håkan seufzte wieder, und Lars hob die Augenbrauen, wie um anzuzeigen, dass er noch immer wartete.

»Na?«

»Da stand ...«

»Ja?«

»Dass ein toter Lappe ein guter Lappe ist.«

Håkan traute sich nicht, ihn anzusehen. Lars atmete schnell und aufgeregt, er hatte die Hände vor dem Gesicht und ließ die Luft zwischen den Fingern hindurch, es hörte sich an wie ein Blasebalg. Er sagte erst wieder etwas, als seine Atmung ruhiger wurde.

»Diese Scheiße, die wir ausgestanden haben. Mein Bruder wurde erschossen, als wir zum letzten Mal auf Skiern mit den Rentieren gezogen sind, bevor wir dann Autos hatten.« Er schwieg. »Ich weiß, was sie sagen«, sagte er, nachdem er wieder Anlauf genommen hatte, »den ganzen Dreck, an den Küchentischen. Sie haben eins meiner Rentiere totgefahren, meine Leitkuh, trächtig war sie, mit voller Absicht. Das Junge haben sie ihr herausgeschnitten. Was habe ich getan? Nichts. Gar nichts.« Er schwieg erneut, atmete wieder aufgeregt. »Ein Schuss für jeden Lappen, wie sie sagen. Dann gibt es uns nicht mehr. *Ein toter Lappe ist ein guter Lappe.*«

Lars' Gesicht war eingefallen. Um die Augen und Lippen herum war er grau. Seine Worte waren wie eine Frühjahrsflut voller Müll und Gerümpel, alle Kränkungen strömten heran. Håkan hätte sich gern unter der Küchenbank verkrochen, sich versteckt, um erst wieder hervorzukommen, wenn Lars gefahren wäre.

»Håkan«, sagte Lars und legte ihm einen Finger unters Kinn, weil er ihm das Gesicht zuwenden sollte. Lars sah alt aus, älter als Håkan ihn je gesehen hatte. Alle seine Runzeln und Falten, die sonst nach oben zeigten, hingen schlaff herunter. »Ich bin sehr stolz darauf, wer ich bin«, sagte er gedämpft. »Und du sollst stolz darauf sein, wer du bist. Du«, er nahm den Finger von Håkans Kinn und legte ihm die Hand auf den Brustkorb, »machst mich so froh.«

Nilas war hergekommen, hatte sich neben Lars gestellt und zupfte ihn am Hemd.

»Áhttjie«, sagte er, »bist du traurig, *Áhttjie?«*

Lars nahm Nilas auf den Schoß und hielt ihn in den Armen.

»Mein Lars-Nila«, sagte er, den Mund an Nilas' Kopf. »Ja, ich bin traurig, ich bin so traurig.«

Wenn dieser verdammte Kuno doch bloß nicht gewesen wäre! Es ging immer weiter. Sticheleien und Schimpfwörter, eins schlimmer als das andere.

»Dass du das aushältst«, sagte Rune schließlich.

»Ja, was soll ich denn sonst tun«, erwiderte Håkan. Jeden Tag ballte er die Faust in der Tasche. Aushalten war das Einzige, was er tat.

»Dir ist klar, dass du Kuno damit zur Weißglut treibst, oder?«, sagte Gunnar.

»Ja.«

»Verflucht, das wird noch viel schlimmer für dich. Wart's ab«, sagte Rune.

Es wurde aber nicht schlimmer, nicht für Håkan. Vielmehr ging Kuno dazu über, sich zwischen sie zu drängen, zwischen Håkan und seine besten Freunde, seine Vertrauten. Er begriff, dass es mit ihm zu tun hatte, etwas anderes konnte er sich nicht vorstellen, und trotzdem war er froh, dass es für ihn nicht schlimmer geworden war.

Kuno wandte sich zuerst Rune zu.

»Hör mal, Rune«, sagte er einmal, als sie, ganz vertraulich und freundlich, im Flur an die Wand gelehnt saßen. »Wie ist das eigentlich mit deinen Mädchen?«

»Was? Nein, hab so eins nichten«, erwiderte Rune.

»Doch. Weiß doch, dass du eins hast«, sagte Kuno feixend.

Rune sah verdattert drein und zuckte die Achseln. Kuno redete weiter.

»Ists nichten schwierig zu ficken, wenn die Möse quer liegt?«

»Was meinst du damit?«, fragte Rune. Er klang unsicher, ängstlich, so als fürchte er um sein Leben, er schien zu kapieren, dass es jetzt so weit war, dass Kuno nun ihn ins Visier nehmen würde und er bisher er nur Glück gehabt hatte, dass er nicht drangekommen war, er mit seinen runden Backen und seinem dicken Bauch.

»Ja, ists nichten schwierig zu ficken, wenn die Möse quer liegt, wie schon gesagt«, antwortete Kuno. Dabei sah er Håkan an. Sie schauten alle nach oben, zu Kuno, der dort im Gegenlicht stand.

»Bei dir ist die Möse doch quer, Håkan, oder? Ihr fickt doch«, sagte Kuno und zeigte auf ihn, hatte seine ganze Aufmerksamkeit auf Håkan gerichtet, glutheiß und brennend.

»Was, zum Teufel, redest du denn da«, sagte Gunnar gereizt, er stand langsam auf, mit einiger Mühe.

»Lappenmiezen haben die Möse quer. Du kannst Gunnar doch zeigen, wie das aussieht, Håkan, Rune weiß es ja schon. Das Liebespärchen«, sagte er abschließend und schmatzte Küsschen in die Luft.

Keiner sagte etwas. Håkan traute sich nicht, die anderen anzusehen. Er hatte das Gefühl, als würde Kuno ihm ein Loch in den Kopf brennen. Kuno lachte.

»Scheiß Tuntenärsche«, sagte er und ging.

Kuno ließ auch Gunnar nicht in Ruhe, vor allem ihn, und sein Bein, das schmächtiger war und ihm nicht so gehorchte wie das andere. Über die Sticheleien zuckte Gunnar die Achseln. Das schien Kuno zu provozieren, der sich stattdessen nun physisch über Gunnar hermachte. Er streckte ein Bein vor, wenn Gunnar vorbeiging, damit er stolperte, und auch wenn Gunnar meistens stolperte, zuckte er weiterhin die Achseln.

»Dieser Blödmann«, sagte Gunnar. »Es ist mir egal, was er macht.«

Sie saßen auf einer Bank am Rand des Schulhofs und wärmten sich in der Frühsommersonne. Einige Klassen hatten Pause. Etwas entfernt spielten ein paar Schüler Fußball, das Aufprallen des Balls und ihre Rufe drangen gedämpft zu ihnen herüber. Kuno und seine Bande standen hinter einem Anbau und rauchten heimlich.

»Habt ihr nichten Schiss vor ihm?«, fragte Rune, als sie sich gesetzt hatten.

»Was kann er denn schon machen«, erwiderte Gunnar, »er versucht doch nur, andere einzuschüchtern. Solange er jemanden einschüchtert, hat er Macht. Ich will ihm nicht mehr Macht einräumen, als er hat.«

»Ich spiel ja Fußball gegen ihn«, sagte Håkan nach einer Weile. »Macht zwar gern Scherereien, bin aber praktisch besser.«

Rune zeichnete ein Weilchen schweigend mit dem Zeh in dem Fleckchen Erde, wo das Gras abgetragen war.

»Hab eigentlich nichten Angst.«

Du lügst, dachte Håkan, machst dir vor Schiss fast in die Hosen, aber er behielt es für sich. Es klingelte zum ersten Mal. Sie blieben sitzen.

Håkan schloss die Augen und sah, wie das Sonnenlicht durch die Lider alles rot machte.

»Ich will nicht reingehen«, sagte Gunnar.

»Ich auch nicht«, sagte Håkan.

»Hört schon. Müssen doch rein«, flehte Rune, der schon aufgestanden war und ängstlich auf der Stelle trat, den Blick auf den Lehrer im Anzug gerichtet, der an einem der Eingänge stand und zu ihnen herstarrte. Erst als es das zweite Mal klingelte, stand Håkan auf, um hineinzugehen. Rune und Håkan verfielen in Laufschritt, blieben aber stehen, als sie einen Aufprall und einen gedämpften Schrei hinter sich hörten. Gunnar lag auf dem Boden, Kuno hatte das Bein vorgestreckt und zog es mit grinsendem Gesicht zurück. Gunnar spritzte das Blut aus dem Mund. Zwei Schneidezähne waren ausgeschlagen und lagen auf der Erde.

Gunnar sagte nichts, als er und sein Vater aus dem Büro des Rektors kamen. Den Mund geschwollen und blutig, eilte er nur vorbei, obwohl Håkan und Rune ihn mit Fragen bombardierten. Håkan lief ihm nach, bis er neben ihm war, und fasste ihn vorsichtig am Oberarm.

»Der Rektor hat gesagt, ich sei selber schuld«, sagte Gunnar leise. Es hörte sich undeutlich an und so, als fiele es ihm schwer, die Worte herauszubekommen, auch war er atemlos vom Versuch, seinen Vater einzuholen. Als Gunnar redete, blieb sein Vater abrupt stehen und drehte sich um. Beinahe wären sie alle miteinander in ihn hineingerannt.

»Gunnar braucht jetzt seine Ruhe«, sagte er. »Er hat im Moment nichts zu sagen.«

Er legte Gunnar den Arm um die Schultern und schob ihn vor sich her. Die Tür ging auf und knallte vor Rune und Håkan zu, die im Flur zurückblieben. Håkan lehnte sein erhitztes Gesicht an die kühle Scheibe der Außentür und sah, wie Gunnar und sein Vater ins Auto stiegen, zurücksetzten und davonfuhren. Die Zähne hielt er in der Hand, das Blut war mittlerweile getrocknet.

Ganze vier Wochen blieb Gunnar zu Hause. Die Verletzung in seinem Mund hätte schon verheilt sein müssen, und Håkan schwante, dass es noch einen anderen Grund gab, warum er zu Hause blieb, von dem aber niemand etwas sagte.

In der Zeit, als Gunnar nicht in der Schule war, versagten sowohl das Radio als auch Rune. Das Radio gab zuerst auf. Als Håkan an diesem Tag mit dem Schulbus nach Hause kam, war Mama nicht da, was immer öfter vorkam, aber sie hatte nicht mitgeteilt, wo sie war. Lars hatte immerhin erzählt, dass er und Nilas nach Ammarnäs fahren würden. Håkan suchte halbherzig nach einer Nachricht, irgendetwas, was zeigte, dass sie an ihn dachte. Bestimmt war sie bei der Nachbarin.

Er holte das Radio, um sich die Hitparade anzuhören, während er in der Küche belegte Brote zur Milch aß. Er stellte es behutsam auf den Tisch, drückte den Stecker in die Steckdose und schaltete es ein. Es leuchtete auf, aber beide Anzeigen blieben unten. In seinem Innern machte sich hüpfend Nervosität breit, zittrig drehte er an den Reglern und drückte auf die Knöpfe. Es schnarrte nur, wenn er das Frequenzband und die Wellenlänge zu justieren versuchte, gab keine anderen Töne von sich. Keine Andeutung, dass es überhaupt ein Signal empfing. Er steckte das Radio aus und wieder ein. Wieder dasselbe, es war mausetot, so viel er auch drückte. Schließlich schlug er mit der Faust hart von oben auf das Gerät. Einmal. Zweimal. Beim dritten Mal hörte es auf zu leuchten. Er schniefte und versuchte es noch einmal. Nichts.

Gunnar hatte erzählt, was es gekostet hatte, den Plattenspieler richten zu lassen, als er vor einiger Zeit den Geist aufgab. Mit einem Seufzer zog Håkan den Stecker aus der Steckdose und stellte das Radio in einen Schrank. An diesem Dienstag sollte es für ihn keine Hitparade geben, was das anging, auch an keinem anderen Dienstag, falls Lars nicht lange genug zu Hause wäre, um es zu reparieren. Es würde keine Hollies oder Hep Stars geben, und er vermisste sie jetzt schon.

Sein Alkoven war still und leer. Håkan legte sich aufs Bett und starrte auf einen kleinen Streifen an der Pappdecke, wo die Tapetenbahnen auseinanderklafften. Er lag da und spürte, wie sich unter seinen Händen sein Brustkorb hob und senkte. Da drehte er sich lieber auf die Seite, und so lag er, bis er endlich einschlief.

Bei Rune hatte er immerhin geahnt, wohin die Reise ging, Rune war viel zu ängstlich und doof und von Kuno fasziniert, um es lassen zu können. Trotzdem stiegen ihm die Tränen in die Augen, als er den Freund mit ihnen zusammen sah. Kunos gesamte Bande stand einander zugewandt, und Rune, abwägend, wartend, unmittelbar außerhalb des Kreises, den die anderen bildeten. Schließlich wandte Kuno sich Rune zu, legte den Arm um ihn und hieß ihn in dem Kreis willkommen, er hob die Hand, um Jonke, oder vielleicht war es Mackan, der zu reden angefangen hatte, zurückzuhalten. Seine Aufmerksamkeit galt Rune, der recht unsicher wirkte, aber strahlte, als Kuno ihm Platz machte, was die anderen zum Lachen brachte. Alle lachten. Sogar Jonke, der soeben noch Kunos Hand im Gesicht gehabt hatte.

Håkan sprach Rune hinterher nicht darauf an. Er sprach überhaupt nicht sonderlich viel mit Rune. Es verletzte ihn, dass Rune so fröhlich und aufgeräumt war, wenn er auch nicht erzählte, warum er so fröhlich war. Håkan konnte zwei und zwei zusammenzählen. Als sie zum Bus gingen, brummte er, sagte »hm« und nickte, viel mehr aber nicht, und Rune plapperte wie immer drauflos, bis er für einen Moment ernst wurde und sich vor Håkan hinstellte.

»Ich habe das Gefühl, du bist sauer, Håkan. Bist du sauer?« Håkan wollte weitergehen, an Rune vorbei, aber Rune hielt ihn auf.

»Bist du sauer auf mich?«

»Was meinst du selber?«, brachte er schließlich als Antwort hervor. Er befreite sich von Runes Hand und ging weiter.

In den Pausen war Rune nach wie vor mit ihm zusammen und saß auch beim Mittagessen bei ihm. Zu guter Letzt verrauchte seine Wut, obwohl er mitbekam, dass Rune um Kuno kreiste, wenn er glaubte, Håkan würde es nicht sehen. Håkan wunderte sich, dass Kuno, wie es schien, Rune akzeptierte. Rune, der pummelige Bursche, der immer gestrickte, noppige Polohemden trug und dessen Haare aussahen, als wären sie mit der Schafschere geschnitten worden. Vielleicht lag es am Geld, oder am Einfluss, den Runes Familie hatte. Trotzdem konnte er Kuno mit Rune flüstern sehen, wobei er ihm den Arm um die Schultern legte, er konnte sie zusammen feixen sehen, und ihm kam der Gedanke, dass dies womöglich ein Spiel war, eine trickreiche Art Kunos, Rune zuzusetzen, und dass Rune am Ende auf denkbar übelste Weise gedemütigt würde.

Es war aber kein Spiel, um Rune zuzusetzen. Vielmehr war es Håkan, dem zugesetzt wurde.

Als es dann passierte, sah Håkan zum ersten Mal, dass Rune sich nicht mal die Mühe machte, zu verbergen, dass er mit Kuno redete. Er grinste, wie Håkan ihn noch nie hatte grinsen sehen. Håkan zögert und überlegte, ob er wirklich vorbeigehen, sich ihnen zeigen sollte, aber er wollte rechtzeitig zum Unterricht kommen. Er holte Luft, riskierte es und ging.

Ich bin Lappe und hab meine Rene, sang Rune, als Håkan vorbeiging. Håkan ignorierte ihn, ging einfach weiter, aber Rune kam hinterher und schubste ihn in gleichmäßigen Abständen an der Schulter. Schubs, schubs, schubs. Ich bin Lappe und hab meine Rene, sang er weiter. Håkan biss die Zähne zusammen. *Hab den Rhythmus der Trommel im Blut,* fuhr Rune fort und summte dann weiter. Schubs, schubs. Schließlich rief er:

»Scheißlappe!«

Håkan hielt mitten im Schritt inne und drehte sich langsam zu Rune um. Er hatte gute Lust, diesem runden, gutmütigen, fröhlichen Gesicht eins zu verpassen. Sein Freund. Rune stand da und lachte ihn an, und er war verwirrt.

»Das solltest du nicht sagen, Rune.«

»Ach ja. Und was willst du dagegen machen?« Håkan machte Anstalten zu gehen, ohne darauf zu reagieren. »Ich kann wohl Scheißlappe sagen, so oft ich will«, fuhr Rune fort und schubste ihn wieder an der Schulter. »Obwohl«, fuhr er fort, »du bist ja eigentlich gar kein Scheißlappe. Du hast ja keinen Vater.«

Håkan erstarrte, erneut, doch diesmal drehte er sich nicht um. Er hörte, wie Kuno und die anderen feixten.

»Das ist doch so, Håkan? Wir wissen das schon lange, ich und Gunnar. Wir haben sogar darüber geredet. Wie viel dir doch daran liegt! Du wünschst dir so sehr einen Vater, dass du sogar so tust, als wärst du ein Lappe.«

Wussten sie …? Wussten sie alle beide? Auch Gunnar? Hatten sie über ihn geredet? Warum hatte Gunnar nichts gesagt? Er wusste nicht, wohin. Er hatte das Gefühl, den Boden unter den Füßen zu verlieren, als ob er in einer Holzstauung zwischen die Stämme gerutscht wäre und die Lücke über sich zugehen sähe. Er würde ertrinken. Er würde sterben.

Ihm wurde schwarz vor Augen, und er hörte Kuno blöd lachen, und Rune auch, er hörte, wie Rune über ihn lachte, als wären sie nie Freunde gewesen.

Assar

....

1966

Sie trafen sich, sobald sie dazu Gelegenheit hatten. Es wurde immer leichter, sie war nicht mehr so vorsichtig, als ob sie Lars aufgegeben hätte und überhaupt nicht befürchtete, dass er etwas mitbekam.

Manchmal kam sie zu Assar, atemlos, nachdem sie einen Schluck Milch oder ein Knäuel Stopfgarn bei Beda vorbeigebracht hatte, die sie eigentlich nicht sonderlich mochte – sie sei zu tratschig und neugierig, sagte Margareta –, aber niemand wunderte sich, dass ausgerechnet sie miteinander verkehrten. Also schaute sie bei Beda vorbei und kam dann zu Assar.

Es kam vor, dass sie es gar nicht oben im Bett machten. Manchmal schafften sie es gerade bis in den Vorraum, bei hochgehobenem Rock, genau wie damals, als sie zum ersten Mal zusammen gewesen waren, und nachdem er sich in sie entleert hatte, ging sie wieder. Sie hatten keine Angst, dass etwas passieren würde. Wenn es passiert, dann passiert es, sagte sie, dann ist es wohl Gottes Wille. Er wusste nicht, was er hoffen sollte. Auf der einen Seite würde sie Lars vielleicht verlassen, wenn sie was Kleines bekäme. Auf der anderen Seite wollte er sie für sich allein haben, und es war irritierend, dass sie Kinder hatte, die nicht allein zurande kamen.

»Bleib bei mir«, sagte er einmal, sowohl bevor als auch nachdem sie miteinander geschlafen hatten, während er ihr über Brust und Bauch streichelte.

»Was würden wir dann machen«, erwiderte sie. Er erzählte von dem neuen Redakteur bei *Östersunds-Posten*, einem alten

Bekannten, und dass er dort wohl Arbeit bekommen könnte, wenn er wollte. Sie brauchte nicht arbeiten zu gehen, sagte er, er könne sie schon versorgen.

Alles, was sie zu tun hätte, wäre, bei ihm zu sein.

»Ich kann nicht, der Kinder wegen«, sagte sie, und er ließ diese Worte sinken.

»Aber du liebst sie nicht«, sagte er zu ihr, »ich sehe, dass du sie nicht liebst.«

So dachte er. Dass sie sie nicht liebe. Weder sehe noch höre sie das jüngere Kind.

»Und ob ich das tue!«, schrie sie, sie liebe. Assar konnte nicht entscheiden, ob sie auf ihn böse wurde, weil sie tatsächlich meinte, dass er unrecht habe, oder weil sie ein schlechtes Gewissen bekam. Als er nicht darauf reagierte, sagte sie es noch einmal, sanfter.

»Natürlich liebe ich sie. Manchmal weiß ich nur nicht, wie ich Mutter sein soll.«

Er versuchte, ihre Bekümmertheit und Schlaffheit fortzuküssen, aber sie stieß ihn weg.

»Håkan kannst du mitnehmen, wenn du willst. Er ist schließlich mein Sohn. Ich hätte nichts dagegen, ihn großzuziehen.«

So ginge das nicht, sagte sie. Und es schmerzte Assar, als er begriff, dass für Håkan immer Hebbe der Vater wäre. Es schmerzte noch mehr, als sie ihm erklärte, dass für Håkan außer Hebbe niemand eine Rolle spiele, dass er wie Hebbe sein wolle, und es wie Hebbe machen wolle, und dass sie ihm das nicht nehmen könne.

Er fragte nicht noch mal.

Er hatte es aber vorgehabt, als sie einmal einen ganzen Vormittag zusammen hatten, bei ihm zu Hause. In dem Moment, als er fragen wollte, stieg sie aus dem Bett und stellte sich vor ihn hin. Sie sah aus wie eine Heureiterstange, groß und mager. Ihre Hüftbeine standen vor, und der Bauch, in dem die Kinder gelegen hatten, war ein leerer, vernarbter Beutel. Ihm fiel auf, dass sie wieder abgenommen hatte. Sie stand breitbeinig da, der dunkle Fleck über der Spalte zwischen ihren Beinen war wie ein Ausrufezeichen. Er konnte sehen, wie er aus ihr herausfloss. Es kümmerte sie nicht, doch er konnte die Augen nicht von diesem Rinnsal wenden, das ihr am Bein hinunterrann.

»Ist das alles? Ist es das, was wir sein sollen?«, sagte sie und war von oben bis unten wie ein harter Knoten. Da sah er auf. »Was meinst du, Assar? Wozu ist das eigentlich gut? Um ein Jucken zu stillen?«

Assar wollte sich zurückziehen, als er ihren Unmut hörte, wollte sich anziehen und sie aus dem Schlafzimmer vertreiben, oder sie vielleicht ins Bett ziehen und noch einmal nehmen, aber er saß still da und hörte ihr zu, als sie über die Kinder redete, und über die Tiere und den Garten und Lars.

»Wovor hast du Angst«, sagte er schließlich, ohne zu fragen.

»Vielleicht sollten wir aufhören, uns zu treffen«, erwiderte sie, und der feste Boden, ja gar die Erde unter seinen Füßen, fing an zu beben.

Es verging einige Zeit, bis sie wieder zu ihm kam. Als der Winter weggeschmolzen und verschwunden und mit Weidenkätzchen und Straßenstaub der Frühling gekommen war, tauchte sie schließlich auf. Sie kam aber nicht zu ihm nach Hause, sondern in sein verräuchertes Büro in Sorsele, wo er in einem quietschenden Drehstuhl an einem Schreibtisch saß, in dessen Tischplatte jemand mit krakeligen Buchstaben MIST geritzt hatte. Draußen war kein Schild angebracht, und er fühlte sich wohl in der Anonymität, auch wenn er Anrufe bekam, die im Tischtelefon surrten, Gespräche über alles Mögliche.

Sie war noch nie zu ihm ins Büro gekommen. Sie waren sich beide einig, dass das riskant war. Dummes Gerede im Dorf. Aber diesmal kam sie ins Büro, und er schämte sich dafür, wie es dort aussah, für das Gerümpel in den Ecken, das Usambaraveilchen, das er zum Einzug bekommen hatte und das eingegangen war und die Blätter verloren hatte, für das Geschirr, das sich auf dem Schreibtisch stapelte. Er bedeckte ein paar Tassen mit einem Bogen Schreibmaschinenpapier.

Sie sagten zunächst nichts. Standen nur da und lächelten einander an, genau wie damals, als sie sich zum ersten Mal begegnet waren. In diesem staubigen Raum waren die Gemächlichkeit und gute Stimmung zwischen ihnen etwas anderes. Er brach das Schweigen.

»Kriegst doch wohl nichts Kleines.« Es hörte sich an, als fände er das schrecklich, unerwünscht, und er wünschte, er hätte etwas anderes gesagt.

»Ich habe dich bloß vermisst«, erwiderte sie, wieder lächelten sie einander an, und er verschloss die Außentür.

»Komm mit mir«, sagte er. »Ich will es, Margareta. Ich will, dass wir beieinander sind.«

Er versuchte sie zu überzeugen, mit seinen Händen und seinem Mund. Er biss sie in die Brustwarzen und rieb sie auf jene Art, die sie immer laut zum Stöhnen brachte, mit einem Finger. Er tat alles, was sie normalerweise dazu brachte, sich unter ihm zu winden. Als Margareta fertig war, atemlos und am ganzen Körper schlaff, bat er sie erneut. Er sagte, sie müssten. Dass er nicht damit klarkomme, zu wissen, dass sie einem anderen gehöre, wo sie doch eigentlich die seine sei.

»Komm mit mir«, sagte er und küsste sie, und sie lachte. Es fühlte sich in seinem Innern an wie Nadelstiche, es fühlte sich an, als würde sie ihn nicht ernst nehmen. Aber sie streichelte ihm die Wange und hörte auf zu lachen.

»Ich habe mich entschieden«, sagte sie. »Håkan kommt allein zurecht. Das weiß ich jetzt. Er kommt allein zurecht. Und Nilas hat Lars. Ich will mitkommen. Das machen wir. Ich habe mich entschieden.«

Nachruf

Ob er nun nimmt, ob er nun gibt,
der Vater seine Kinder liebt,
und sein Ziel ist stets das eine:
wahres Kindeswohl alleine.

Gesangbuch Sionstoner (1935), Lied 352

Håkan

1966

Es wurde still, als Nilas verschwand. Still und leer. Jedenfalls nach ein paar Wochen, nachdem Mama wieder nach Hause gekommen war, Nilas Bommelmütze in Sandsele am steinigen Ufer unterhalb der Eisenbahnbrücke gefunden worden war und man die Ermittlungen eingestellt hatte. An den allerersten Tagen aber, bevor jemand wusste, wo Mama war, ließ Lars von sich hören. Er schrie und zankte sich durchs Dasein. Rief in einer Tour bei der Polizei an. Trampelte im Erdgeschoss auf und ab, weinte und stöhnte und verfluchte Margareta, alles durcheinander. Er riss alle Schubladen und Schränke auf und die Bücher aus dem Regal.

»Wo bist du! Was hast du mit ihm gemacht!«

Von Lars' verzweifelten Rufen nach ihr drehte sich Håkan der Magen um, noch schlimmer aber war es, wenn Lars am Küchenfenster stand und hinausstarrte, den Kopf vorgeschoben, dass ihm der Halswirbel wie ein Ast unter der Haut vorstand, und mit Haaren, die in alle Richtungen abstanden. Still und geschlagen. Da regte sich wie Fliegenlarven im Misthaufen das Gewissen, knispelte in ihm, bis Håkan kaum noch still sitzen konnte.

So saß Håkan viele Tage auf der Treppe, sah und hörte Lars. Vor langer Zeit einmal, ja es schien schon ein ganzes Leben her zu sein, hatte Håkan sich halb totgeschrien. Jetzt wurde er dagegen still. Seine Zunge war wie gelähmt, als wäre sie geschwollen und hätte keinen Platz mehr im Mund, um sich zu rühren, und seine Stimmbänder erschienen ihm ungebärdig und unzuverlässig. Håkan fürchtete, etwas zu sagen, was er nicht sagen wollte, darum war es am besten, ganz zu schweigen.

Wo bist du, Mama, dachte er mindestens ebenso oft, wie Lars nach ihr schrie, wo bist du, Mama, wo bist du, hilf mir. Wenn der Hunger zu groß wurde, kaute er an einem belegten Knäckebrot herum, konnte sich aber nicht entschließen, etwas Ordentliches zu essen.

Auch Lars aß nicht.

Die Polizei wollte nichts unternehmen in diesen ersten Tagen. Der Wachtmeister, Birger mit der Portweinnase und der kreischenden Stimme, stand im Ruf wegzuschauen, wie dann, wenn die Rentierhirten Geweihe, Häute und Gedärm im Wald fanden, obwohl ihre Rentiere gar nicht hätten geschlachtet werden sollen. Oder wenn Frauen mit geschwollenen Augen und zerfetzten Lippen auf die Wache kamen. Es gebe wohl keinen Grund, etwas anderes anzunehmen, als dass das Kind bei seiner Mutter sei, sagte er, obwohl Lars ihn durchs Haus schleppte und ihm zeigte, dass Nilas' gesamte Kleidung noch da war, sogar eine gepackte Tasche. Ja, alles war da, bis auf das, was er an jenem Tag anhatte.

Als Birger fort war, setzte sich Lars neben Håkan, begrub eine ganze Weile den Kopf in den Händen, bis er sein feuchtes, rotes Gesicht daraus löste und sich an Håkan wandte.

»Was hat sie zu dir gesagt, Håkan? Wo ist sie? Weißt du es?«

Håkan vermochte nichts zu sagen. Er schüttelte den Kopf. Er konnte doch nicht sagen, dass sie ihn gebeten hatte, Nilas mitzunehmen. Lars sah ihn an, unruhig, forschend, sein Gesicht nahe an Håkans Gesicht, und da Håkan einfach nichts sagte, packte Lars ihn an den Schultern und rüttelte ihn, als wollte er die Worte aus ihm herausschütteln. Mal flehte er, mal schrie er.

»Muss was gesagt haben! Sag schon, Håkan, musst erzähln, kannst sie nichten schützn, wo ist sie, tut mir so weh, reißt mirs

Herz ausm Leib«, sagte er und hämmerte sich mit der Faust auf die Brust, »wo ist sie? Hab ja gewusst, dass mich nichten haben wollt, aber mein Kind, hat mirs Kind genommen, wo ist sie?«

Håkan schüttelte nur den Kopf, seine Zunge war so festgefroren wie zuvor.

»Ich weiß nicht«, sagte er schließlich leise, und zumindest das war wahr, er wusste es wirklich nicht. *Mama, wo bist du.* Lars klammerte sich an ihn, hängte sich an ihn, lehnte sich an ihn, und auch er weinte. Sie weinten gemeinsam. Lars glaubte wahrscheinlich, sie weinten aus demselben Grund.

Wenn Lars die Polizei nicht so hartnäckig angerufen hätte, dann hätten sie die Sache vielleicht einfach auf sich beruhen lassen, wenn er keine Aufmerksamkeit erheischt hätte. Wenn Mama nicht so lange fort gewesen wäre und ein anderer als Birger Dienst gehabt hätte. Wenn nicht noch alle Sachen von Nilas dagewesen wären. Vielleicht, vielleicht wäre das Leben für sie alle dann anders verlaufen.

Margareta wurde schließlich als vermisst gemeldet. Niemand wusste, wo sie war, und niemand erwartete noch, dass sie zurückkam. Wer verdächtigt wurde und weswegen, falls überhaupt jemand, das war Håkan nicht klar. Nur so viel, dass niemand ihn verdächtigte. Lars redete mit der Polizei, während Håkan sich zu Hause quälte.

Lars und Håkan saßen mit dem Pastor und seiner Frau in der Missionskapelle, als Mama angeradelt kam. In seiner Brust knispelte es wie ein Specht, pickte hartnäckig an seinem Brustbein. Falls sie ängstlich war, zeigte sie es nicht. Niemand sagte etwas, bis sie ihn in den Arm nahm.

»Mama, ich …«

»Sch«, machte sie und strich ihm mit kühlen Fingern den Pony aus der Stirn. Er schloss die Augen, und sie flüsterte ihm ins Ohr.

»Ich weiß, Håkan. Was immer sie fragen, wir waren allein an dem Morgen. Vergiss das nicht. Nilas war bei Lars. Du und ich, wir waren allein.«

Es gab keinerlei Aufstand, als Margareta auftauchte, ohne einen Nilas dabeizuhaben. Vielmehr war es, als hätten alle den Atem angehalten, während sie auf sie warteten, und erst losgelassen, als sich Sauerstoffmangel bemerkbar machte. Auch um Margareta war es still. Sie weinte nicht. Sie schrie nicht, sie brüllte nicht, sie zeigte keine Trauer. Sie machte nichts so wie Lars. Allmählich kam die Suche in Gang. Polizei, Heimatschutz und eine große Anzahl Freiwilliger durchkämmten die Gegend. Ein paar Tage lang hörte man nichts anderes als Rufe nach Nilas, Hundegebell, zwischen den Flussufern hallendes Hubschraubergeknatter, hin- und herfahrende Boote, die den Fluss absuchten. Lars rief so viel, dass er am Ende die Stimme verlor. Er war der Einzige, der in der Abenddämmerung nicht aufhörte.

Zu guter Letzt wurde Nilas Mütze gefunden, nicht vom Suchtrupp, sondern von einer Frau aus Sandsele, die mit ihren Enkelkindern bei der Eisenbahnbrücke spielte. »War reinster Dusel, dass es nichten die Leich gewesn!«, sagte sie und kicherte, erleichtert, dass es nur eine Mütze war, und ohne zu bedenken, dass es nicht für alle Dusel war.

Die Mütze sah kaum noch so aus, wie sie einmal ausgesehen hatte. Mama hatte sie gekauft, eine klarblaue Karesuandomütze mit rotem Bommel, in einem Souvenirladen irgendwo zwischen Gällivare und Arvidsjaur, als sie das erste und einzige Mal Lars' Schwester und ihre Familie besuchten, vor allem, weil Nilas gar nicht mehr aufhören konnte, an der *cuipi* seines Cousins zu fingern. Lars war dagegen. Es sei nicht die Art, wie seine Familie sich kleide, sagte er, und Nilas habe bereits eine *tjuhppa*, die er aufsetzen solle. Nilas hatte diese Mütze jedoch geliebt, sobald er vor die Tür ging, setzte er sie auf, egal bei welchem Wetter.

Jetzt lag sie schmutzig und durchnässt am Flussufer, Seegras hatte sich in dem roten Garnbommel verheddert, ein Hinweis darauf, dass Nilas ertrunken war. Gleich danach wurden die Suchaktionen eingestellt. Lars saß da, die Mütze behutsam in Händen, und weinte.

Obwohl Nilas' Mütze gefunden worden war und obwohl alle, auch die Polizei, glaubten, dass er ertrunken war, gingen die Ermittlungen weiter. Håkan redete mit einem Wachtmeister mit sanfter Stimme und freundlichem Gesicht, es war wohl eigentlich kein Verhör. Trotzdem antwortete Håkan leise und einsilbig.

Etliches von all dem, was er sagte, war wahr, etwa dass er das Lastenmoped und sein Angelzeug genommen hatte und bei den alten Almen am Måckavan übernachten wollte, und dass er zurückfuhr, weil er seine Angelrute, die alte von Hebbe, verloren hatte. Der Wachtmeister fragte auch nach Nilas und Lars. Warum Nilas' Tasche gepackt gewesen sei, aber noch im Haus gestanden habe. Ob Lars an jenem Morgen zu Hause gewesen sei. Ob Lars die Gewohnheit habe, sich zu betrinken. Ich weiß nicht, das war wohl nicht so wichtig, vielleicht hatte Lars sie vergessen, sagte Håkan. Ja, eine Weile, und ja, manchmal, antwortete Håkan. Als er das sagte, entglitt ihm die Stimme. Es war mühsam, sie wieder aufzusammeln.

»Haben Lars Jonsson und Nilas den Hof gemeinsam verlassen?«

»Ja. Ich und Mama, wir waren allein an dem Morgen.«

Håkan sagte genau das, was er Mama nachsagen sollte. Zeitweise bekam er Lust, zu erzählen, wie sich alles zugetragen hatte, die Sonne hereinzulassen und den Schatten, der sich in sein Leben eingeschlichen hatte, zu verscheuchen. Aber schon der bloße Gedanke machte ihm Angst. Womöglich würde der Schatten sich dadurch nur noch stärker auswachsen. Er sagte nichts, er hatte es beim ersten Verhör nicht getan und auch nicht beim zweiten. Lars und Mama wurden umso öfter verhört. Håkan erfuhr nie, welche Fragen sie gestellt bekamen.

Es dauerte nicht lange, dann wurden die Ermittlungen eingestellt, ein Verbrechen konnte nicht nachgewiesen werden. Nach und nach wurde es in den Lokalzeitungen ruhiger, es gab anderes, worüber sich schreiben ließ, als einen Todesfall durch Ertrinken im Binnenland. Mit dem Dorfklatsch war es etwas anderes. Allein, dass es einen *Verdacht* gegeben hatte, reichte, damit das Gerede in Gang kam, ja ja, der Polizeidirektor, wahrhaftig, das sei doch immer schon suspekt. Und alle wüssten doch, wie die Lappen so seien.

Håkan hörte Lars nie mit Mama zanken. Später sollte er manchmal denken, dass Lars das hätte tun sollen, ihr Fragen stellen, warum sie fort gewesen war, was sie im Verhör gesagt hatte, warum sie über ihn gelogen hatten, sie und Håkan. Aber er tat es nicht. Er schien resigniert zu haben, sich mit allem abzufinden, außer damit, dass Nilas nach wie vor verschwunden war.

Nach Nilas legte sich die Trauer wie eine nasse Wolldecke über den Hof. Die Furchen in Lars' Gesicht wurden tiefer, und auf seinen Schultern schien etwas Unsichtbares zu lasten. Im Dorf wollte er sich auf keinen Fall aufhalten. »Sie tuscheln«, sagte er. »Sie behaupten, ich hätte es getan«, sagte er ebenfalls und sah so gebeugt und niedergedrückt aus wie ein schneebeladener Ast überm Weg. Auch Håkan merkte, wie sich alle zurückhielten, wenn sie bei Sigurd eintraten, die Blicke, die sie einander zuwarfen, wie um zu sagen: *Wie können sie es wagen, sich zu zeigen.* »Wird sich legn«, sagte Sigurd, als er ihre Einkäufe verpackte. Håkan war nicht sicher, dass er recht hatte.

Gunnar zog vor Abschluss der Sekundarstufe weg. Sein Vater habe eine neue Arbeit bekommen, sagte er und lächelte, sodass man die Lücke sah, die die ausgeschlagenen Zähne hinterlassen hatten, sie waren noch nicht ersetzt worden. »Werden ja sehen, wie lange er es als Bürohengst aushält«, sagte er. Er freute sich aber, die Heimspiele von Djurgårdens IF besuchen zu können. »Die sind was anderes als Blattnicksele IF«, fügte er hinzu und hielt den Kopf schräg. Håkan nickte, trotz allem erleichtert, dass der Einzige, dem er womöglich etwas erzählt hätte, verschwand, doch in seinem Innern nagte der Verdacht, dass es mit Nilas zu tun hatte, vielleicht auch alles, was mit Kuno passiert war. Und es wurde leer. Als würde alles verschwinden, woraus er sich etwas machte.

Rune, ja, Rune war Rune, er verkehrte jetzt mit anderen und war ebenfalls nicht mehr da. Håkan schaute weg, wenn er Rune mit Kuno herumstehen und blöd lachen sah.

Håkan schloss die neunte Klasse ab, ohne mit jemand anders als mit Mama zu feiern. Sie gingen in die Konditorei *Cecil*, und er bestellte ein Mokkatörtchen, das normalerweise wie ein schmelzender, luftiger Baisertraum schmeckte, sich jetzt aber dürftig anfühlte im Mund. In der dunklen kleinen Konditorei feierten auch noch andere Familien, sie lachten und schwatzten durcheinander, während er und Mama beide schweigend dasaßen. Nach einer Weile eilte sie davon, um bei *Lunder* zu arbeiten.

Håkan schlenderte anschließend durchs Dorf. Rune stand mit ein paar anderen im Vorraum der Post und rauchte heimlich, und Håkan hoffte, dass sie jemand dabei erwischte, er betete, dass Rune etwas Unangenehmes passieren möge. Hätte doch bloß Gunnar noch hier gewohnt, dann hätten sie wohl etwas zusammen unternommen. Entweder wären sie zu dem Schuppen am Juktån gefahren, wo sie früher einen draufgemacht hatten, oder aber sie wären mit den anderen zum Skibbikkudden gefahren, zum Fest auf den Sandbänken in einem Abendlicht, das kein Ende nehmen wollte. Nur, alles nahm ein Ende, absolut alles, früher oder später. Hätte er es denn gekonnt?

Lars zog fast so unmerklich bei ihnen aus, wie er einst eingezogen war, ja, es war, als wäre er überhaupt nie da gewesen. Håkan bekam gar nicht mit, dass er seine Habe zusammenpackte, als er aber nach Nilas' Lasso suchte, fand er es nicht, und auch noch ein paar andere Sachen, die, außer denen des entlaufenen Hundes, ihm gehörten. Nach einigem Nachdenken war Håkan klar, warum. Lars hatte bei ihnen nie Wurzeln geschlagen, der Wohnung nicht seinen Stempel aufgedrückt, nie etwas Eigenes eingebracht.

Als Håkan Mama fragte, ob sie mehr darüber wüsste, warum Lars gegangen war, außer wegen Nilas, und was er vorhabe, zuckte sie nur die Achseln. »Er macht, was er will«, sagte sie, »so wie immer.«

Håkan hätte es nach dem Gespräch mit Lars nur eine Woche zuvor aber eigentlich klar sein müssen.

»Sie glauben, ich wars, ich hätt meinem Jungen was angetan. Und die Rentiere, die Rentiere, schaff ich auch nichten. Sollte doch Nilas haben«, sagte er. Lars gab ihm einen kleinen, zerknitterten Zettel mit einem Namen und einer Adresse. *Idivuoma*, las Håkan. »Das ist die Familie meiner Schwester«, sagte Lars. »Falls du irgendwann was siehst oder hörst …«, fing er an, verstummte dann aber.

»Håkan«, sagte er. Er sah ernst drein. »Håkan, ich habs nichten getan. Darfst nichten glauben. Auch wenn die glauben, ich hätt Nilas was angetan, darfsts nichten glauben. Glaubst mir doch, Håkan?«

Håkan traute sich nicht, zu Lars hochzusehen. Er starrte unverwandt auf den Tisch, während er Lars atmen hörte, schwere und angestrengte Atemzüge.

Die Entdeckung

Führ' sie, die Wahrheit suchen,
zu ihrem Wohlergehen.

Gesangbuch Sionstoner (1935), Lied 727

Rune

……………………

2008

Es war Rune, der hinter Håkans Geheimnis kam, und es war der Fluss, der ihn dahinterkommen ließ. Zum Fluss kommt nämlich alles. Es tropft und sickert, fließt und rinnt und strömt. Von saugenden Moorböden und flinken kleinen Waldbächen und vom Schmelzwasser in den Fjälls. Zum Fluss fließt alles, auch das Verborgene, das aufgefangen und mitgespült wird: Kleinkram und Geröll, alles, was im Boden versteckt worden war.

Er ist das Wasser, das uns vom Bösen reinigt und uns von den Geheimnissen freitauft, denen, die mit den Füßen in kupferbraunem Moorwasser stehen und wie aufgerissene Hechtmäuler in den stillstehenden Rückwassern lauern. Er nimmt das Adernetz im Boden ringsum auf und alles Unerwünschte. Was Wunder, dass er sich manchmal sträubt, wenn er es nicht mehr tragen kann. Dann vergewaltigt er das trockene Land. Er packt den Wald und die Uferwiesen, die ihn säumen, mit eiskaltem Griff, streicht mit nassen Fingern über die Landschaft, um die Menschen in seiner Nähe daran zu erinnern, dass es ihn gibt. Und er enthüllt alle unsere Geheimnisse, spült sie ans helle Tageslicht, damit alle sie sehen.

Auf diese Weise kam Rune hinter Håkans Geheimnis, ohne zu wissen, dass es Håkans Geheimnis war.

Der Fluss hatte in diesem Frühjahr alle seine Grenzen gesprengt, war oben in den Fjälls schon über die Ufer getreten und schneller gestiegen, als irgendjemand gerechnet hatte. Zuletzt hatten sie an manchen Stellen die Straßen verlegt. Hatten Dämme verstärkt, gefüllt und aufgebaut, doch es schien nicht zu helfen. Wäre die Überschwemmung nicht gewesen, dann hätte Rune seinen Schuppen nicht verloren, den der Fluss hochgehoben und stromabwärts mitgenommen hatte, den Schuppen mitsamt dem Waffenschrank und der Gefriertruhe und dem Generator. Vor allem dem Waffenschrank, und dem Elchstutzen, der ihn bei der Jagd niemals im Stich ließ. Und wäre der Schuppen nicht fortgeschwemmt worden, hätte Rune niemals am Måckavan danach gesucht. Er wäre nie Kilometer um Kilometer umhergelatscht, an den alten Rodungen und Ufern entlang, die von Schuhheu gesäumt waren, was ihn an seinen Großvater denken ließ, und er hätte den Köter nicht dabei gehabt.

Den Köter, der den eingefallenen Fuchsbau fand. Den Köter, der das Grab fand und es aufwühlte.

Der Hund brachte ihm einen kleinen Schuh mit aufgebogener Spitze, der vor Alter und Nässe dunkel geworden war. Während er den Hund wühlen hörte, zwirbelte er die spröden Garnsträhnen, die auf seinen Fingern Spuren hinterließen: rote, blaue und gelbe Punkte. Und wenn Rune jemals in seinem Leben eine übernatürliche Vorahnung gehabt hatte, dann jetzt. Zumindest würde er das später so beschreiben: wie die Erkenntnis ihn ergriff, ein Moment kalter, klarer Deutlichkeit, die den Boden unter seinen Füßen zum Schwanken brachte. Das andere würde er nie erzählen: dass er sich vor Schreck fast in die Hosen gemacht hätte. Dass er am liebsten umgekehrt und zu seinem Auto gepatscht wäre, um nie wieder zum Måckavan zu kommen.

Aber unabhängig davon, was er am liebsten getan hätte, ging er nachsehen. Und bereute es.

Verrotteter Stoff, einst hellrot. Und das Weiße, was da herausragte. Klitzekleine Knochen. Es hätte natürlich auch ein Tier sein können, trotz der Garnsträhnen, vielleicht ein Fuchs, der krank geworden und verendet war. Aber ein toter Fuchs hat ein sanft gebogenes Rückgrat und kräftige Rückenwirbel, nicht solche Knöchelchen wie diese.

Als der Hund wieder zu graben anfing, drückte Rune ihn auf den Boden und brüllte, ordentlich laut.

Es hätte ein Tier sein können, war aber keins. Als er ausreichend Empfang hatte, rief er bei der Polizei an.

Es war Kuno, der kam. Er war als Polizist zuständig für Sachbeschädigungen in der Schule und Tankstelleneinbrüche und für *Leider muss ich mitteilen,* nachdem Bengan sich in ihrem gemeinsamen Vorratslager im Industriegebiet den Kopf vom Hals geschossen hatte, und das unverkennbar, was trotzdem mehr Würde haben sollte, etwas *Würdevolleres* als Kuno, der der Schlimmste von allen gewesen war. Kuno, der mindestens so schütteres Haar hatte wie Rune, der in seiner Scheißuniform aber herumstolzierte wie so ein bescheuerter Birkhahn.

Kuno lachte über ihn und hieß ihn einen Jammerlappen.

Gleichwohl war es nicht das, was Rune vor Augen hatte, als er von dort wegfuhr, sondern das, was er gesehen hatte. Kuno hatte gesagt, es sei nur eine Grube, müsse aber noch näher untersucht werden.

Es hätte ein Tier sein können, war aber keins. Wie sehr er es doch bereute, dass er sich um den Schuppen mitsamt dem Waffenschrank und der Gefriertruhe und dem Generator gekümmert hatte. Wie sehr er es bereute, dass er an diesem Morgen hinausgegangen war, der doch so taunass und frisch war, voll Sonnenschein und zartem Grün.

Wie sehr er es bereute, dass er nachgesehen hatte.

Petra

....

2008

Draußen im Zwinger fing die Hündin zu bellen an. Sie durfte normalerweise nicht ins Haus, wenn Håkan nicht da war, und darum war sie dort draußen, bei Wind und Wetter. Ein Auto. Petra hörte es näherkommen und sich gleich darauf wieder entfernen. Die Hündin bellte weiter diesem Fahrzeug hinterher, das nichts mit ihnen zu tun hatte. Es war nur jemand vorbeigefahren. Vielleicht der Pflegedienst auf dem Weg zu Assar. Hierher, zu ihr und Håkan, kam selten Besuch, sie wohnten so weitab von der E 45, dass normalerweise niemand einfach mal so vorbeikam. Außerdem hatten sie nicht sonderlich viel Umgang.

Es dauerte nicht lange, da war das Auto wieder zu hören. Der Pflegedienst war es also nicht, der blieb sonst erheblich länger da hinten. Als sie einen Keilriemen jaulen hörte, war ihr klar, dass es auf dem Weg zu ihnen war. Sie konnte es nicht sehen. Vor dem Küchenfenster war nichts als Natur. Wasser und Heuwiesen. Es wäre praktischer gewesen, wenn die Küche zur anderen Seite hin gelegen hätte, in Richtung Straße. Das Haus stand aber schon, lange bevor die Straße angelegt wurde.

Petra überlegte, wer das sein könnte. Sie hatte Kontakt mit ein paar ihrer Kolleginnen, wurde aber nicht so richtig warm mit ihnen. Sie waren fast gleich alt, und doch hatten einige von ihnen schon Enkelkinder. Petra hielt es kaum aus mit ihnen. Diesen Großmüttern knapp in den Fünfzigern.

Mit ein paar lange Schritten ging Petra ins Wohnzimmer, um zu sehen, wem der jaulende Keilriemen gehörte. Zu spät.

Mehrmals schnelles Klopfen, dann wurde schon an der Tür gerüttelt. Sie war abgeschlossen, Petra schloss sie immer ab, auch wenn alle in der Gegend gewohnt waren, dass nicht abgeschlossen wurde. Wieder klopfte es. Petra stand auf ihrer Seite der Tür, die Hand auf dem Schlüsselknauf, und überlegte. Schließlich drehte sie ihn herum und drückte die Tür auf. Es war Rune Forslin. Sie kannte ihn nur dem Namen nach und vom Sehen, er war mit einer Kollegin von ihr verheiratet gewesen. Schütteres Haar und dick, rote Flecken auf Nase, Kinn und Brust. Blaue Augen, die hinter dicken konkaven Gläsern blinzelten. Grüne Waldhosen und rot kariertes Hemd, gekleidet für den Wald.

Am Gürtel hatte er ein Messer hängen. Wenn er nicht einen so nervösen Eindruck gemacht hätte, wäre es ihr gar nicht aufgefallen. Er zwinkerte jedes Mal, wenn der Hund bellte, und war insgesamt fahrig und unbeholfen. Petra rief die Hündin zur Ruhe, doch das Gebell ging einfach weiter, der Köter hörte natürlich nicht. Sie hörte nur auf Håkan. Rune wischte sich mit dem Hemdärmel die Stirn ab und knetete die Mütze in seinen Händen. Als stünde er vor der Königin höchstpersönlich.

Sie sagten nichts. Sie begrüßte ihn nicht, er erklärte nicht, was er wollte. Sie öffnete die Tür sperrangelweit und ließ ihn ein. Er drückte sich seitwärts an ihr vorbei, wobei sein Bauch ihre Hüfte berührte. In der Diele zog er die Stiefel aus und legte die Mütze auf die Hutablage. Das hatte sie nicht erwartet, und es freute sie. Manchmal trugen die Leute Dreck und Kies auf ihren Fußboden herein. Ein andermal saßen sie beim Kaffeetrinken in Hut und Mantel da. Sie fand das ungehobelt, aber sie war auch nicht damit aufgewachsen.

»Kaffee?«

»Ja, gerne.«

Rune folgte ihr mit dem Blick, während sie den Kaffeekessel aufsetzte. Den Herd einschaltete, kaltes Wasser aus dem Hahn, und hinein mit dem grob gemahlenen Kaffee, der rings um die braune Insel in der Mitte einen Film auf dem Wasser bildete. Petra nahm eine Tüte mit Zimtschnecken aus dem Gefrierschrank. Sie waren nicht von ihr, sie stammten von einer Schulklasse. Eine Gruppe hatte ihre Schnecken nicht mitnehmen wollen, darum bekam sie sie. Statt den Teig so, wie sie es ihnen gezeigt hatte, aufzurollen und in Scheiben zu schneiden, hatten sie versucht, Teigstreifen zusammenzurollen. Sicherlich machte eine der Mütter die Schnecken immer so. Wenn man es kann, wird das hübsch, aber von ihren Schülerinnen und Schülern konnte das niemand. Sie stellte die Schnecken bei niedriger Temperatur in den Backofen. Sie hatten keine Mikrowelle, und das, obwohl sie doch auch Hauswirtschaftslehrerin war. Manchmal beschämte sie das. Sie stellte die warmen Zimtschnecken auf einer Platte auf den Tisch und nahm den Kaffeekessel vom Herd.

»Er ist noch nicht ganz fertig«, sagte sie und schüttete den geprüften Rest in die Kaffeekanne zurück. Sie setzte sich, die Kanne zwischen ihnen. Sie hatte Tassen mit an den Tisch gebracht und schob ihm eine zu.

»Ich habe keine Milch, es muss also ohne gehen. Zucker steht dort«, sagte sie und zeigte auf eine Schale aus gehämmertem Kupfer. »Håkan muss jeden Augenblick nach Hause kommen.«

Sie tranken ihren Kaffee unter beidseitigem Schweigen.

»Mensch, hat Håkan sich in so eine verguckt?«, ließ Rune sich dann vernehmen. Sie lachte.

»Bitte? Ja, er ist älter als ich, aber nicht so arg viel.«

»Nein, so meinte ich das nicht. Ich dachte mehr an.« Er machte eine Geste ringsum durch die Küche. Die Geste wirkte vorsichtig. Unsicher.

Er schien nicht deutlicher werden zu wollen, jedenfalls sagte er nichts mehr, sondern schaute sich um, betrachtete die Teppichflicken auf dem Fußboden, die unmodernen Fenster und den Holzherd, auf den sie ein paar Kerzen gestellt hatte. Den Zentralheizungsherd und die alten Heizkörper, die mit leisem, stetigem Zischen an ihre Existenz erinnerten. Um einem kombinierten Kühl- und Gefrierschrank Platz zu machen, war ein Wandschrank entfernt worden. Es war nicht sehr ordentlich gemacht, die Wand war stellenweise beschädigt. Auch die Brennholzkiste war weg, da stand jetzt ein normaler Herd, doch obwohl die Kücheneinrichtung so aussah, als wäre sie in den fünfziger Jahren ausgetauscht worden, schien sie nicht funktional zu sein. Zu tief sitzende Arbeitsplatte und zu wenig Stauraum. In einer Ecke standen die großen Töpfe und eine Küchenmaschine, die woanders keinen Platz hatten.

Sie schlürfte ihren Kaffee. Umständlich und langsam. Natürlich konnte sie verstehen, was er meinte. Sie wusste es in Wirklichkeit genau.

Sie war viel zu jung gewesen und Håkan ein alter Junggeselle, als sie sich miteinander einließen. Damals wusste sie natürlich nicht, dass man das so nannte, das hatte sie erst später gelernt, als sie schließlich zusammengezogen waren.

Er war viel älter als sie und obendrein altmodisch, sozusagen ein anderer Schlag. Keiner, mit dem sie sich ein Zusammenleben vorgestellt hatte. Sie hatte sich an und für sich auch nie vorstellen können, zu den Leuten zu gehören, die die Lapplandwoche besuchen, diese große Konferenz der Pfingstbewegung in Husbondliden bei Lycksele. Sie war nie kirchlich gewesen. Definitiv nie freikirchlich und noch weniger Pfingstlerin, und das war heute noch so wahr wie damals, obwohl sie immer noch dorthin fuhren. Wie auch immer, sie hatte ihn dort kennengelernt, und sie fanden damals zueinander.

Sie dachte oft an jenes Wochenende zurück, vor allem wenn sie wie jedes Jahr dorthin fuhren, da war es, als stünde die Zeit still. Stets gleich viele Leute und überall nur Autos, Zelte, Menschen. Sie und ihre Freundin, ihre Studienkollegin Magda, trabten zwischen ihrem muffigen Zelt, dem Kiosk, dem Speisesaal und dem niedrigen Holzbau mit den gelb gestrichenen Toilettenkabinen hin und her.

Håkans Blick war sie begegnet, als sie Magda zur Gebetsversammlung begleitete und alle um sie herum auf die Knie fielen, um in Ekstase zu beten, alle außer ihm. Er betrachtete sie ernst, als könnte er ihr ansehen, dass sie über die Zungenrede und die lautstarken Gebete und Hallelujarufe verwirrt war und eigentlich nicht dorthin gehörte.

Er trug ein weißes Hemd, Hosenträger und gute Hosen, wie die richtig alte Garde, die sie auf dem Gelände da und dort gesehen hatte, sie hielt ihn natürlich für konservativ. Ohne den Blick von ihr gewendet zu haben, schenkte er ihr nach einer Weile ein Lächeln, und er lächelte so, als wäre sie unter diesen Tausenden von Menschen vor Ort die Einzige, die ihn verstehen konnte.

Rune leerte seine Kaffeetasse in einem Zug und schenkte sich nach. Die Zimtschnecke verschwand ebenso schnell wie der Kaffee, und während er kaute, schaute er sich weiter um. Die Teppichflicken, die Fenster, den Zentralheizungsherd, die beschädigte Wand. Vor allem die Wand.

»Håkan möchte nicht, dass wir renovieren. Es ist eigentlich das Haus seiner Mutter«, sagte sie. »Hier sieht es so aus, seit wir uns kennen.«

»Ja, ich weiß«, erwiderter Rune und wirkte wieder so verlegen wie vorhin. »Seit unserer Kindheit hat sich nicht sonderlich viel verändert«, sagte er. »Ich hätte nie gedacht, dass … ja. Dass er.«

Nein, auch sie hatte das nicht gedacht. Und trotzdem konnte sie sich erinnern, dass sie an jenem Vormittag mit ihm mitgekommen war, ohne es sich zweimal zu überlegen.

Sie sagte immer, damals in Husbondliden, da habe sie sich in Håkan verliebt, als sein Blick sich in ihrem festbiss und er ihr eines seiner seltenen und scheuen Lächeln schenkte. Aber eigentlich war es wohl am nächsten Morgen gewesen, als sie aus der Damentoilette kam und er ihr den Weg abschnitt. Er trug dieselben Sachen wie am Abend zuvor, wenngleich das weiße Hemd jetzt zerknittert war und sein Haar ungebändigt, es half auch nicht, dass er mit der Hand durchfuhr.

Willst du mit mir eine Spritztour machen?, fragte er.

Wenn du mich denn zu einem Ort bringst, wo es gut riecht, antwortete sie.

Er habe im Auto geschlafen, nur, um sie noch mal zu treffen, erzählte er später, deshalb habe er so ungepflegt ausgesehen.

Als sie am Vormforsen haltgemacht hatten, verführte sie ihn. So wollte sie es jedenfalls in Erinnerung haben. Auf der Fahrt dorthin hatten sie gesehen, wie die Wolkendecke dunkler und dunkler wurde, und noch bevor sie ankamen, prasselte der Regen so fest auf die Windschutzscheibe, dass die Scheibenwischer gegen das Wasser gar nicht ankamen. Er sang ein Lied im Radio mit, das mit Henrik Åberg, der am *Melodifestivalen* teilgenommen hatte. Heute spielten sie es nur noch selten im Radio. Sie vermisste es, obwohl sie es nicht mochte.

Du bist für immer ein Teil von mir, wie das Licht des Polarsterns des Nachts, sang er, während der Regen niederging und der Gummi über die Windschutzscheibe quietschte. *Ich entzünd eine Kerze als Gruß an dich, als Brücke über dunkle Wasser*, fuhr er fort, und sie genoss seine Stimme. Er sagte, das Lied erinnere ihn an Simon and Garfunkel.

Sie hatte wahrgenommen, dass er sonnenwarm und nach Schweiß roch, als er hinterher halb auf ihr lag, wie immer, wenn er im Sommer draußen arbeitete. Sie hatte an die Tür gelehnt und mit den Beinen auf seinem Schoß auf dem Beifahrersitz gesessen.

»Schämst du dich?«, hatte sie gefragt. Er schüttelte den Kopf.

»Ich müsste wohl. Du bist so jung.«

Er strich ihr übers Schienbein, übers Knie und aufwärts. Sein Arm war sonnenverbrannt, sommersprossig und stark, und die Schwielen an seinen Händen raspelten ihr über den Schenkel.

»Nur deshalb?«

»Gibt es einen anderen Grund?«, hatte er gesagt.

»Ich dachte bloß.«

Damals erzählte er ihr von seinem Vater, einem Vater, um den er immer noch trauerte. Und davon, dass er einmal im Jahr zur Lapplandwoche fuhr und darauf wartete, vom Heiligen Geist erfüllt zu werden.

»Es ist, als wäre es irgendwo stecken geblieben. So nah bin ich schon herangekommen, und trotzdem ist es noch ziemlich weit weg.«

Sie hatte es lustig gefunden, dass er mit einem Mund über sein Seelenheil sprach, der sich soeben zwischen ihren Beinen verlustiert hatte.

»Manchmal geht man Wege, die man nicht gehen sollte«, hatte er gesagt. »Weil es zu einfach ist oder weil es zu verlockend ist.«

»Dann habe ich dich auf Abwege gebracht.«

»Ich kann mir nicht vorstellen, dass es einen richtigeren Weg gibt.«

Jedes Jahr, das sie zusammen waren, hatte er sein weißes Hemd und die Hosenträger seines Vaters angezogen, jedes Jahr fragte sie, ob sie wirklich hinfahren wollten, und jedes Jahr fragte er, was sie sonst tun sollten. Irgendwelche Geistestaufen kamen für ihn nicht dabei heraus. So eifrig er auch betete, und so intensiv sie für ihn hoffte. Und jedes Jahr sagte er das Gleiche, wenn sie nach Hause fuhren:

»Es ist in mir stecken geblieben, Petra.«

Rune nahm eine weitere Schnecke, murmelte, dass sie unverschämt gut seien, danke, sagte sie, noch eine Tasse Kaffee vielleicht, und er hielt ihr die Tasse hin.

»Man merkts, habt keine Kinder. Wären keine Zimtschnecken mehr dagewesen sonst.«

Sie zuckte die Achseln.

»Nä, hätt als alter Junggesell wohl auch keine Kinder wolln«, sagte Rune lachend, er schien zu scherzen. Es tat weher, als sie erwartet hatte.

Es gab viele Keins mit Håkan. Keine Kinder. Keine Reisen, kein Tanz, kein Alkohol, keine Ausschweifungen. Es gab nur den Hof und die Kühe und die Bücher und die Musik. Anfangs hatte sie das nicht so gemerkt, er wohnte in einem Haus wie viele andere, sauber und ordentlich, aber eben älter. Doch das Haus, ja der ganze Hof, gehörte seiner Mutter, wie er deutlich machte, nicht ihm, sodass er Petra damit nach ihrem Gusto hätte verfahren lassen können. Das Einzige, was er getan habe, sagte er nahezu beschämt, war, ihr Milchvieh gegen Fleischvieh auszutauschen.

Petra dachte oft, dass es Håkans Mutter sei, was da stecken geblieben war.

Ja, es gab viele Keins mit Håkan. Manches konnte sie auf eigene Faust regeln. Mit dem Rest war es etwas anderes, wie mit Kindern, und wie sie welche wollte! So sehr, dass sie drauf und dran war, auch das zu regeln. Alles, was dazu nötig gewesen wäre, war ein Tanz auf der Tenne auf Talludden mit Martinez, ein paar Bier, sich von einem Mann auffordern zu lassen, einmal, zweimal, dreimal, und ihn zwischen ihre Beine zu lassen. Aber schließlich hatte es sich bei ihm doch ein bisschen gelockert, was Petra völlig ausreichte. Vielleicht weil Margareta ins Demenzheim zog und Håkans Bindung an sie, wenn schon nicht zerschnitten, so doch zumindest geschwächt wurde.

Zu guter Letzt gab er die Landwirtschaft auf. Petra hatte ihn noch nie so erleichtert gesehen wie da, als er die Papiere verbrannte, die er sonst hatte ausfüllen müssen. Im Sommer arbeitete er beim Roden, da roch er nach Wald, wenn er nach Hause kam und war atemlos glücklich. Irgendwann fuhr er im Winter dann Testautos, und wenn er auch nicht ganz so glücklich war wie im Wald, so war er immerhin zufrieden.

Einmal redete Margareta über Håkans Sinn für Kinder. Und obwohl Petra wusste, dass Margareta krank und vergesslich war und einiges durcheinanderbrachte, hätte sie ihr am liebsten ins Gesicht geschlagen, so fest, dass die runzligen Wangen zitterten, denn Håkan schien vor ihren Augen kaputtzugehen, als würde er alles verlieren.

»Håkan kann nicht auf sie achtgeben, weißt du«, sagte Margareta, und sie knarrte, »weil er … weil er … gnade Gott, wer ihm ein Kind überlässt! Möge Gott mir verzeihen. Möge Gott mir verzeihen, dass ich das nicht eher verstanden habe.«

Mit einem Kind war es noch nichts geworden.

Bald würde Håkan nach Hause kommen und die Hündin hereinlassen, die zu knurren anfing, wenn Petra ihr zu nahekam. Er würde auf dem Küchentisch Milchränder hinterlassen, und sie würde wie üblich alles entfernen mit ihrer Spülbürste und einem Spüllappen, der von den Milchrändern anderer Tage säuerlich roch. Schweigend, sodass die alte Standuhr, die Håkan jeden Abend aufzog, die einzige Stimme wäre. Petra schaute sich um, verletzt von Runes unbedachtem Kommentar, und ihr wurde klar, dass Rune genau das sehen konnte.

»Worauf soll das eigentlich hinauslaufen?«

»Na ja«, sagte er und räusperte sich, »ich meine. Dass man geblieben ist.«

Ja, warum ist sie geblieben? Sie könnte Rune antworten, dass Håkan der einzige Mann war, mit dem sie über Hjalmar Söderberg diskutieren wollte. Sie dachte an den nie versiegenden Bücherstapel, den er auf seinem Nachttisch hatte. Dass er immer das Radio einschaltete, wenn er zu Hause war, und die Augen schloss und im Takt schaukelte, wenn sie ein Lied spielten, das er mochte. Und sie könnte natürlich sagen, dass sie nach wie vor miteinander schliefen, dass es zwar mit Kindern noch nichts geworden ist, sie es aber versuchten, dass er gut roch und aufmerksam war und ihr näherstand, als sie es sich von jemand anders vorstellen konnte. Sie könnte antworten, dass sie schon im Aufbruch gewesen war, es satt gehabt hatte, dass mit ihm und mit ihnen fast nichts passierte, aber sie tat es nicht.

Sie zuckte die Achseln und schlürfte weiter ihren Kaffee.

»Manchmal kommt es wohl einfach so.«

Bevor sich zwischen Petra und Rune Schweigen ausbreiten konnte, hörten sie Håkans Auto auf den Hof fahren. Sie hörten ihn auf der Vortreppe stampfen und spürten einen Hauch frischer Luft hereinwehen, als er die Tür öffnete.

»Was ist das für ein Auto?«

Håkan rief von der Diele herein. Die Pfoten der Hündin klackten über den Fußboden, und sie hechelte ordentlich. Rune und Petra saßen schweigend da. Petra hatte soeben Kaffee nachgeschenkt. Rune zerbröselte eine der trockenen Zimtschnecken zwischen seinen Fingern und hörte nicht damit auf, obwohl Petra sie zusammenwischte und dabei so sauer wie möglich dreinzusehen versuchte.

»Bist du da?«

Håkan war in der Diele zu hören. Er raschelte mit seiner Jacke, stellte die Schuhe ab, redete mit der Hündin, zog kraftvoll die Nase hoch und räusperte sich dann. Gleich würde er in die Küche kommen und das Ergebnis in die Spüle spucken. Petra merkte, dass er aus dem Konzept kam, als er Rune am Küchentisch sitzen sah. Håkan wirkte nicht sonderlich froh, wie man es bei einer Begegnung mit einem alten Freund hätte erwarten können, trotzdem ging er zu Rune, um ihm die Hand zu geben, und Rune stand auf. Sie standen da wie zwei Fremde.

»Ist ja ein Ding.«

»Mhm.«

»So was.«

Petra hätte gelacht, wenn sich die beiden nicht gegenseitig aufgeschaukelt hätten. Wie zwei Hirsche, die sich zum Kampf bereit machten. Guck nur, schienen sie zueinander zu sagen, mein Geweih ist größer als deins. Sie schüttelten sich die Hand, zu lange, und starrten einander unverwandt an. Petra stellte sich vor, dass sie die Hand des anderen ordentlich pressten.

»Mensch, da wohnt man hier und läuft sich kaum mal über den Weg«, sagte Håkan und ließ los. »Was machst du denn jetzt so?«

»Ich gehe wohl in die andere Richtung. Ich arbeite bei Setra. Malå.«

»Da schau her.«

»Und selber?«

»Ich fahre Testautos, so wie alle.«

»Hier oder in Slagnäs?«

»Hier, seit ich die Landwirtschaft aufgegeben habe.«

»Hast mal was von Gunnar gehört? Hab ihn nichten mehr gesehn, seit wir aus der Schule sind, seit dem Suchtrupp nach deinem kleinen Bruder.«

»Ist mal vorbeigekommen, was mögen wir gewesen sein? Fünfundzwanzig? Er hatte eine Braut dabei und wollte ihr zeigen, wo er aufgewachsen ist. War das letzte Mal, dass ich was von ihm gehört hab.«

Rune setzte die Brille ab und rieb sie an seinem Hemd. Er schwitzte immer noch, war rot im Gesicht und trat unschlüssig von einem Fuß auf den anderen.

»Und was führt dich in unsere gottverlassene Gegend?«

»Warte, ich komme gleich dazu«, sagte Rune und verzog das Gesicht. »Lass mich erst Luft holen! Wie gehts denn deiner Mutter?«

»Na ja, rauf und runter. Manchmal erkennt sie uns, manchmal nicht.«

»Hm.«

»Wie gehts deiner Familie?«

»Muttchen ist noch da. Wohnt noch zu Haus. Aber alle andern sind fort. Mein ältester Bruder ist voriges Jahr an Pfingsten gestorben. Das Herz.«

Håkan setzte sich, ohne Rune an den Tisch zu bitten, und schenkte sich ein Glas Milch ein, die er mitgebracht hatte. Er hatte die Lasche zu weit abgerissen. Die Milch schwappte unkontrolliert aus der Packung und landete sowohl in als auch neben dem Glas. Petra holte den Spüllappen und wischte sie seufzend auf. Håkan beachtete sie nicht. Er kippelte mit dem Stuhl und schien Rune mit dem Blick zu messen. Rune sah ihn nicht an, sondern wischte sich unter der Brille wieder mit dem Hemdärmel ab. Er setzte sich, ohne Håkans Einladung, an den Tisch, auf denselben Platz wie vorher.

»Warst wohl nichten hier seit der Sekundarstufe.«

Rune schüttelte den Kopf und schluckte.

»Erinnerst du dich? Wie wir auf Gunnars Tragbarem die Tages spielten. Im Backhaus.«

Sie lächelten einander an.

»Erinnerst du dich, wie du dir fast die Eingeweide aus dem Leib gekotzt hast? Im Schuppen am Juktån?« Håkan klang anders als sonst, ein Störgeräusch, das Petra kaum wahrnehmen konnte. Spitz. Metallisch. »Als du erzählt hast, wie sehr dein Vater mich mochte.«

Nichts war zu hören, außer der Hündin, ihren Krallen, die über den Boden scharrten, und ihren Zähnen, die das Trockenfutter zermalmten. Und jetzt schlabberte sie mit der Zunge im

Wassernapf. Rune wich zunächst aus, sein Unterkiefer ging von einer Seite zur anderen, als überlegte er, ob er etwas sagen oder es sein lassen sollte.

»Du. Dein Vater.«

»Ja?«

»Oder wie man ihn nun nennen soll.«

Håkan sagte nichts.

»Du weißt schon, der Lappe«, fuhr Rune fort.

»Der Same«, sagte Håkan.

»Ist doch zum Kotzen, dass man heutzutage nicht mehr Lappe sagen darf«, sagte Rune.

»Egal. Du meinst Lars«, sagte Håkan.

»Was ist aus dem eigentlich geworden?«

Petra stand an der Spüle und prüfte vorsichtig das Wasser. Es war heiß. Sie drehte sich um und betrachtete die beiden Männer, die einander gegenübersaßen. Håkan stellte sein Glas ab, wischte sich mit dem Handrücken über den Mund und sog durch die Zähne Luft ein.

»Ja, du hör mal. Was willst du wissen?«

»Na ja, was passiert ist.«

»Das weißt du doch. Ist doch allgemein bekannt.«

Håkan und Rune ließen einander nicht aus den Augen, schwiegen aber beide. Håkan nahm sein Glas und trank noch einen Schluck.

»Ja, ja … aber nachher? Als er weg war? Weißt dus?«

»Warum fragst du?«

»Nja … Scheiße, ich weiß nicht. Ich hab viel dran gedacht, wie es früher war. Als wir in der Schule waren.«

Håkan starrte Rune so unverwandt an wie zuvor, während Rune den Blick auf irgendetwas auf der Tischplatte geheftet hatte, sein Gesicht wurde immer röter. Petra schien gar nicht da zu sein. Sie schaute vom einen zum anderen.

»Und, was fällt dir dabei ein?«

»Jaa … wie es dir ergangen ist. Wie es *uns* ergangen ist. Wie es war.«

»Und, was fällt dir dazu ein?«

»Mensch, Håkan. Hättest ein Ralf Edström werdn können.« Er klang flehentlich. »Weißt du, ich hab Kuno getroffen. Er war gut.«

»Damals nicht«, sagte Håkan. »Und du auch nicht.«

»Waren doch noch jung.«

»Man kann es nicht immer darauf schieben.«

»Nein …«, sagte Rune, er klang unsicher, »entschuldige. Es war eine dumme Idee von mir.« Rune schüttelte den Kopf und machte Anstalten aufzustehen. Håkan schlug mit der Faust auf den Tisch. Das Porzellan und die Nippes klirrten.

»Setz dich. Du erzählst jetzt.«

Rune schwieg. Er schaute alles andere an, nur nicht Håkan. Sein Blick flackerte an Petra vorbei. Sie nickte vorsichtig. Rune biss sich auf die Lippe und rieb sich mit der flachen Hand den Hinterkopf, dass es knisterte. Holte Luft. Zögerte.

»Ich habe im Wald was gefunden. Als ich meinen Schuppen gesucht habe, der bei der Überschwemmung verschwunden ist. Deinen kleinen Bruder. Ich glaube, dass er es ist.«

Nachdem Rune gefahren war, gingen Håkan und Petra schlafen, ohne wie sonst noch Tee zu trinken und belegte Brote zu essen.

Seite an Seite, in Stille, putzten sie die Zähne, ohne einander von ihrem Tag zu erzählen und ohne zu lachen, dass ihnen der Zahnpastaschaum aus dem Mund flog. Sie zogen sich aus, jeder in seiner Zimmerecke, ohne dass Håkan zu ihr herkam, die Arme um sie legte und seinen weichen, haarigen Bauch an ihrem glatten rieb. Und sie legten sich nebeneinander, ohne dass Petra die rauen Haare zwischen seinen Beinen kraulte oder die dicken, die sich in seinem Nacken lockten, ein Kosen, das ihn normalerweise dazu brachte, leis zu brummeln und ihre Beine mit den seinen zu spreizen.

Stattdessen lagen sie wach und schweigend nebeneinander. Sie rührten nicht an Runes Besuch oder an das, was er erzählt hatte. Petra konnte nur vermuten, dass Håkan abwartete, auf ihre Fragen wartete, um nicht ohne Not etwas sagen zu müssen. So war er schon immer. Zwar ernst, sicherlich altklug, als er klein war, aber glatt und ausweichend und einfach nicht zu packen. Persönliches musste man ihm meistens aus der Nase ziehen.

Lange lagen sie so da, und Petra hörte Håkans Atem an, dass er ebenso wach war wie sie.

»Hast du einen Bruder?«, fragte sie schließlich. Sie zählte zehn langsame Atemzüge, bis er antwortete.

»Hatte.«

»Was ist passiert?«

Zwanzig Atemzüge diesmal. Ruhige Atemzüge. Man hörte ihnen nicht an, dass er aufgeregt war, wenn er es denn war.

»Du kannst doch wenigstens erzählen, wie er hieß?«, fuhr sie fort. Jetzt seufzte er.

»Er hieß Nilas, und er verschwand. Wir haben alle zusammen gesucht. Wir haben ihn nicht gefunden.«

Håkan drehte sich auf die Seite, kehrte ihr seinen gespannten Rücken zu. Er rollte sich zu einem Ball zusammen, wie ein trauriges Kind. Sein Rücken war stark. Breit. Sie strich gern mit der Hand darüber, und jetzt versuchte sie, die Spannung wegzustreicheln. Håkan rückte ein Stückchen. Nicht viel, aber genug, um sich ihrer Hand zu entziehen.

»Ich vertraue dir«, sagte sie. »Ich vertraue darauf, dass du es mir erzählen wirst, wenn du dazu bereit bist.«

Håkan schlief als Erster ein. Er lag nach wie vor auf der Seite, aber sein Körper entspannte sich, und er schnarchte. Petra fiel es schwerer, sie lag da und grübelte, vermisste die Nähe und die

Schwere im Körper, die sich einstellte, wenn sie sich geliebt hatten.

Zwölf Jahre waren sie zusammen. Unzertrennlich, seit Petra sich in seinen alten Volvo gesetzt hatte und sie einen Ausflug zu einer Stromschnelle gemacht hatten, die nicht zu sehen war. Trotzdem war es, als würde sie ihn nicht kennen. Sein Körper, so vertraut. Da kannte sie jede kleine Falte, Runzel und Schwiele, hatte sie im Gedächtnis ihrer Hände und Augen. Sie konnte ihn wie niemand sonst lesen. Wenn er sich freute, wenn er sich ärgerte, wenn er sich entzog und seine Ruhe haben wollte.

Sie wusste, dass er Geheimnisse hatte, von seiner Kindheit und Jugend hatte er nicht viel erzählt. Sie war neugierig und freimütig, manchmal zu freimütig für ihr eigenes Bestes, und hatte ihn mit Fragen gelöchert, auf die er nachdenklich mit vielen Pausen geantwortet hatte. Er war nach wie vor schweigsam, hatte den Schleier, den sie als dünn und zart und nicht als schwer und dicht wahrgenommen hatte, nicht gelüftet. Aber ihr unbekannt? Nein, das hatte sie nicht vermutet, oder verstanden. Nicht, dass er ihr derart unbekannt wäre. Und ihr schwante allmählich, wo in ihm etwas stecken geblieben war.

Als Kuno schließlich anklopfte, herrschte zwischen Petra und Håkan immer noch Schweigen. Sie hatten wie üblich über Alltäglichkeiten geredet, das schon. Was sollten sie fürs Abendessen aus der Gefriertruhe nehmen? Sollten sie zu Mittag Reste essen oder nicht? Wer würde das Klo im Obergeschoss scheuern, und wann sollte der Hundekäfig umgebaut werden?

Kuno kam mitten in ihren wortlosen Alltagsverrichtungen, mitten in allem, was schief und seltsam und anders war. In seiner Uniform und mit seinen breiten Schultern und seinen Ansprüchen stand er raumgreifend im Vorraum. Håkan ließ die Arme hängen, seine Schultern waren ein Stück gesunken.

Schließlich wies er Kuno mit einer Geste ins Haus. Nicht in die Küche.

»Das ist ein Ding!«, sagte Kuno und lächelte, »ins Wohnzimmer!«

Håkan sagte nichts.

Wieder machte Håkan eine Geste, zu einem Stuhl, der zwischen Büfett und Wand eingeklemmt stand, und setzte sich selbst gegenüber. Kuno hatte noch seine Stiefel an, und bei jedem seiner Schritte auf dem Holzfußboden war Erde von ihnen abgefallen. Petra setzte sich nicht, sondern lehnte sich an die Wand.

Die beiden Männer vor ihr räusperten sich, brummelten und gaben Sätze von sich, ohne miteinander zu reden. Kuno stellte eine Frage, und Håkan antwortete auf etwas ganz anderes. Trotzdem hatte man den Eindruck, als würden sie einander verstehen. Petra verstand gerade genug.

Kuno redete von früher, dass es nicht allemal sonderlich leicht gewesen sei. Und gewaltsame Dinge passiert seien, schreckliche Dinge, Dinge, von denen niemand wüsste oder wissen wollte. Ich habe von meinem Alten ja selber Prügel bezogen, sagte er, senkte die Stimme und beugte sich vor, als würde er Håkan etwas Vertrauliches sagen. Hast du jemals welche gekriegt, fragte er, und Håkan sah verwirrt drein und antwortete mit ja, nein, oder. Kommt darauf an, wie man rechnet. Rune schon, sagte Kuno, und dann war es Petra, als würde sie in seinen Augen den Teufel vorbeiflimmern sehen, sie wurden schwarz und schmal. Er schnalzte mit der Zunge, wartete einen Moment und fuhr fort, als Håkan nicht reagierte:

»Ja, und dann natürlich Nilas. Wir sind ganz sicher, dass er es ist, der mit eingeschlagenem Schädel am Måckavan vergraben liegt.«

Håkan sah noch genauso leer und hohlköpfig aus wie zuvor. Er hob nicht mal den Blick. Alles an ihm hing. Ja, genau so sah er aus, wie ein verletztes Tier, dass nicht mehr fliegen konnte und sich mit seinem Schicksal abgefunden hatte. Er fuhr mit dem Finger an den Stickereien der Tischdecke entlang. Margeriten und Kornblumen und grünschimmernde Ranken aus Seidengarn.

Kuno schien auf eine Reaktion von Håkan zu warten, aber Håkan malte weiterhin mit dem Finger auf dem Garn. Kuno räusperte sich wieder und wartete, bis er eine Antwort bekam.

»Was passiert, wenn er es ist?«

»Nichts. Falls es Nilas ist, dann ist es verjährt.«

Håkan schwieg, und Kuno betrachtete ihn stirnrunzelnd.

»Rune war da, oder?«

»Wie kommst du darauf?«

»Weil du keine Fragen stellst.«

»Tja, weiß nichten, was ich fragn sollt.«

»Was hatte er an?«

»Als er verschwunden ist? Ich weiß nicht.«

»Eine rote Jacke, habt ihr damals gesagt.«

»Das ist über vierzig Jahre her.«

»Ich kann mir vorstellen, dass man so etwas nicht vergisst«, sagte Kuno.

Håkan senkte den Blick wieder auf die Tischdecke und zeichnete mit dem Finger weiterhin Blüten und Blätter nach. Er atmete durch die Zähne, siebte die Luft durch die Zwischenräume im Gebiss. Kuno wandte sich an Petra und lächelte. »Ihr habt ein schönes Haus«, sagte er und schaute sich um. Er stand auf und sah zum Giebelfenster hinaus, das zur Dorfstraße und zu den Straßenlaternen, die immer noch im Gebrauch waren, hinausging. »Es ist ziemlich alt, oder?«

Håkan hob den Blick. Er sah verwirrt drein. Kuno wartete nicht auf eine Antwort, sondern fuhr fort:

»Ich habe auch ein altes Haus, aber das ist Spanschachtel, kein Blockhaus wie das hier.« Er schlug mit der flachen Hand an die Wand. »Mein Alter hat es Anfang der vierziger Jahre gebaut, wir sind dann nach Sorsele gezogen. Vor ein paar Jahren habe ich es geerbt und renoviere es seitdem. Aber ich habe es modernisiert. Ihr seht nicht so aus, als hättet ihr viel getan. Es ist bestimmt löblich«, sagte er und sah, irgendwie schief und herablassend, wieder Petra an, »das Kulturerbe auf diese Weise zu bewahren.«

Kuno trat ans nächste Fenster und sah hinaus, jetzt in Richtung Backhaus und Kuhstall.

»Du bist hier aufgewachsen. Ganz konventionell« – er wies auf den Hof hinaus – »und trotzdem unkonventionell. Sie waren doch nicht verheiratet, oder? Ich erinnere mich noch an deinen Stiefvater. Den Hungerlappen aus Ammarnäs«, sagte er und feixte.

Håkan zuckte zusammen. Er fasste mit beiden Händen um die Tischplatte und hielt sich fest, als würde er sonst vom Stuhl fallen.

Kuno setzte sich nicht mehr, sondern stellte sich zu Håkan und sah auf ihn herab. Er grinste noch immer leicht, als er erzählte, dass er vom Polizeirevier ein Verhörprotokoll bekommen habe, es sei nicht sehr lang oder detailliert, aber dass er eine rote Jacke angehabt habe, das hätten sie alle gesagt.

»Ja«, sagte Håkan und nickte, »ja. Es stimmt, er hatte eine rote Jacke an, jetzt erinnere ich mich wieder.«

»Und alle beide habt ihr gesagt, dass ihr glaubt, er sei nicht nüchtern gewesen. Also Lars. Als Nilas verschwand.«

Håkan reagierte nicht. Petra versuchte zu entspannen, es ging aber nicht, denn Kuno sah sie an, auch dann noch, als er sagte, dass in den Papieren etwas stehe, wovon sein ehemaliger Chef Birger nichts gesagt hatte und worüber im Dorf nicht getratscht worden war. Petra bemerkte, wie verwirrt, womöglich ängstlich Håkan dreinsah, und sie war froh, dass Kuno weiterhin nur sie anstarrte und Håkans Reaktion nicht mitbekam. Sie konnte wieder diesen gleichzeitig wollüstigen und böswilligen Schimmer in Kunos Augen sehen, bevor er fortfuhr. Schleppend und nonchalant sagte er es, musste sich aber bewusst gewesen sein, wie verletzend er war.

»Hast du gewusst, dass deine Mutter euch verlassen wollte? Sie war in Östersund. Deine Alte war dort mit einem anderen Kerl, sie war mit ihm durchgebrannt.«

Das Ende

Weder Not noch ein Entzücken
soll aus seiner Hand sie rücken.
Er, der unser Freund sich nennt,
all seiner Kinder Kummer kennt.

Gesangbuch Sionstoner (1935), Lied 352

Håkan

....

2008

Seit Rune da gewesen war, sah er Nilas, wann immer er die Augen schloss. Nilas mit schweißgelocktem Lichthaar neben ihm im Bett. Nilas, der dasaß und mit seiner kleinen Zunge am Schneidezahn wackelte. Nilas, der Nufs herumtrug, wo immer er hinging, Nilas, der stehen blieb und große Augen machte, wenn im Dorf Traktoren vorbeifuhren, Nilas, der ihm immer eins der Bonbons abgab, die er von Sigurd bekommen hatte, Nilas, der kein R sprechen konnte, aber angefangen hatte, das ABC zu lernen, Nilas mit einem Lachen, das wie Walderdbeeren auf Stroh perlte, Nilas, der sich im Dunkeln fürchtete.

Nilas, der sich im Dunkeln fürchtete und trotzdem darin lag.

An Hebbes Stelle, da hatte er ihn versteckt.

Er war mit dem Lastenmoped so weit wie möglich gefahren. Nilas' Körper hüpfte stumm auf der Ladefläche, während Håkan zwischen Schlaglöchern und Grashuckeln kreuzte und der Fahrtwind ihm in den Augen brannte. Als das Moped nicht mehr wollte, trug er Nilas, stolperte über Baumwurzeln und Unebenheit, während er den Körper dicht an sich hielt. Seine Strickjacke klebte ihm am Rücken. Er kam bis heute nicht damit zurecht, wenn er spürte, dass ihm vom Schweiß Stoff auf der Haut klebte.

Durch den Eingang des Fuchsbaus musste Håkan Nilas drücken und drehen. Schließlich waren nur noch die Schuhe mit der aufgebogenen Spitze zu sehen, und Haut, die bloße, helle Haut über dem Rand der Schuhe.

Er hatte ihm die Hosenbeine nach unten gezogen, obwohl Nilas tot dalag.

»Na dann«, sagte er und knuddelte das Bein, als er fertig war. »Na dann.«

Håkan sollte nie vergessen, wie es war, an diesem Abend nach Hause zu kommen. Mit dem Lastenmoped, das sich mit Benzindämpfen vorwärtsbewegte, und einem blutunterlaufenen Auge. Er sollte nie vergessen, wie er mit schwachem Nacken dastand, den Blick auf den Boden geheftet, und einer Zunge, die sich überhaupt nicht bewegen wollte. Wo ist Margareta, hatte Lars gefragt, zuerst ängstlich. Hat sie mich angelogen, hatte er später gefragt, als er zu schreien angefangen hatte. Und Håkan konnte Lars nicht antworten, er wusste es nicht. Möglicherweise war es so, dass sie sie beide angelogen hatte. Genau wie er.

Und er sollte nie vergessen, wie sie Lars verraten hatten.

Jeden Winter legte sich das Eis dick auf den Fluss, krachte und klagte von der strengen Kälte. In diesen Momenten dachte Håkan an nicht viel. Die Bilder änderten sich nicht, wenngleich die Zeit verging, wenngleich Nilas mittlerweile dreißig geworden wäre, oder vierzig, wenngleich Nilas jetzt eine andere Person gewesen wäre, womöglich sogar eine eigene Familie gehabt hätte.

Eine dünne Frostschicht auf dem Lichthaar und den Wimpern.

Eisblumen auf Nilas' Bauch und Armen und runden Bäckchen.

Seit ihm klar wurde, dass die Straße, die einmal Måckavavägen heißen würde, angelegt werden sollte, war es, als hätte die Kälte sich immer tiefer in ihn gegraben. Zuerst überlegte er natürlich dorthin zu fahren. Womöglich die sterblichen Überreste zu verlegen, oder sogar den Wald niederzubrennen. Oder Sabotage an den Maschinen zu treiben, immer wieder, damit sie aufgeben und abziehen würden. Diese verdammte Staatliche Forstverwaltung, dieser verdammte Wald, was sollte er nur machen?

Die Sabotage ließ er sein.

Er fing sich schließlich. Ja, er gab wohl auf, als sie zu graben anfingen. Er würde geschnappt werden. Wenn sie erst gegraben hätten. Wenn sie es gesehen und kapiert hätten. Er würde irgendwo verfaulen, verdiente wohl nichts anderes, Gott, er hatte solche Angst.

Gott, er hatte solche Angst.

Er war wahrscheinlich nie so voll gewesen wie damals, als die Straße an Hebbes Stelle vorbei gegraben wurde, an Hebbes und Nilas.

Doch die Straße grub sich vorbei, ohne dass etwas passierte. Sie war weit genug entfernt, und doch wieder nicht weit genug. Jeden Sommer fuhr er hin und beseitigte alle Himbeersträucher, die ihm unter die Augen kamen. Einen nach dem anderen. Jeden kleinen Trieb, den er zu sehen glaubte, riss er aus dem Boden, bis er blutige Hände hatte.

Dort gab es früher doch so gute Himbeeren, warum die da wohl nicht mehr wachsen, fragt man sich, hörte er manchmal und war erleichtert.

Im Winter konnte er mit dem Schneemobil hinfahren, was er im Lauf der Jahre, der Jahrzehnte hin und wieder tat. Er folgte dem Måckavan und schlängelte sich tief in den Wald. Es war ein gutes Stück zu fahren. Das war ihm früher nicht aufgefallen, als er mit Hebbe dort gesprungen war.

Sie waren gesprungen.

Er kreuzte zwischen den großen Steinen so weit, wie er kommen konnte. An manchen spätwinterlebhaften und sonnigen Tagen hatte er Gesellschaft von Familien mit Kindern, die sich an einem Sonnenhang am Wasser in den Schnee gegraben hatten und Würstchen grillten. Er sah sie und schauderte. Sie grüßten ihn mit Hallo, er hob die Hand zum Gegengruß, zittrig und verflucht schwach.

Nie zündete er Kerzen an.

Nie fuhr er ganz dorthin.

Aber er fuhr fast ganz dorthin, saß auf dem Schneemobil, und ihm war übel. Manchmal übergab er sich, bloß raus damit! Alles in ihm, was schlecht war, all diese gelbe Galle. Aber es kam wieder, jedes Mal, zusammen mit dem sauren Geschmack und dem Ätzen ganz hinten in der Nase.

Er stand am Rand und schaute hinein, sah die hochgewachsenen Stämme und den nackten Jungwuchs und die Laubbäume, die spitz ihre Finger spreizten, doch bis zum Grab sah er nicht. Trotzdem war es dort. Direkt vor seinen Augen. Der Körper, die Schuhe mit der aufgebogenen Spitze, die vorragenden Beine.

Das im Wasser wehende Haar.

Nie etwas anderes als Nilas.

Wenn es Vergebung gäbe. Dann würde er eine Kerze anzünden.

Wohin fährst du, hatte Petra manchmal gefragt, sie, die sich daran gewöhnt hatte, ihn an ihrer Seite zu haben, die es gewohnt war, dass er ohne sie neben sich nichts unternahm. Erzähl schon, sagte sie ungeduldig, wenn er mit der Antwort auf sich warten ließ. *Nirgendwohin.* Nur ganz ans Ende des Jagens, du weißt schon, das mit der Heuscheuer. Der Heuscheune, wiederholte sie. Ja, die Heuscheuer bei der Wiese, verdeutlichte er, obwohl er dort gar nicht war, Nilas.

Die habe ich noch nie gesehen, sagte sie.

Da gibt es nichts zu sehen, sagte er, oder dachte es nur, enttäuscht war sie wohl ohnehin.

Muss nach dem Wald sehn, sagte er.

Er dachte freilich daran, dass er auch sie anlog, wenn er in Husbondliden kniete und betete. Vergebung würde es wohl nie geben.

Dieser gottverdammte, verfluchte Rune, Rune, der herging und Nilas fand.

Petra

2008

Es saßen noch Leute im Speisesaal, als sie ins Solhem kamen. Einige aßen noch. Die Dame, die ihre beiden Füße durch Diabetes verloren hatte, sah ihn und winkte. Der Herr mit dem schütteren Haar, der am Tisch hinter ihr saß, nahm sein Gebiss heraus und tauchte es ins Wasserglas. Petra ekelte sich und wandte den Blick ab. Margareta war nicht da, und sie gingen durch die Flure zu ihrem Zimmer. Auf den Gängen standen im Moment zusätzliche Wolldecken und Plumeaus, die Wände waren senfgelb.

»Friert ziemlich viel«, erzählte die Schwesternhelferin, die ihnen auf dem Weg ins Zimmer entgegenkam, »und dann schwitzt sie, ist also nie recht zufrieden. Haben die Heizung aufgedreht, wird aber nichten wärmer.«

Håkan beugte steif den Nacken und trat ein, hinter ihm Petra. Auch diesmal schlug ihr der Geruch nach Urin und Desinfektionsmitteln entgegen. Sie warf rasch einen Blick aufs Waschbecken im Badezimmer. Manchmal kam Margareta auf die Idee, dort ihre Unterwäsche mit der Hand zu waschen, die dabei nie richtig sauber wurde. Tatsächlich, in dem Waschbecken lag mehr als ein Schlüpfer im Wasser, weiße Schlüpfer, groß genug, damit eine Windel darin Platz hatte, einer schwamm fast an der Oberfläche. Sie knuffte Håkan und machte ein Zeichen in Richtung Badezimmer, er nickte ihr zu.

Petra seufzte, als sie die übel riechende Wäsche sah. Sie zog aus der Packung mit den Gummihandschuhen in Größe medium, die bei der Toilette lag, ein Paar an, zog den Stöpsel heraus und sah, wie das Wasser immer weniger wurde, bevor sie warmes Wasser aus dem Hahn laufen ließ, brühheiß, und die Schlüpfer darin einweichte.

Margareta war schon leicht dement, als sie sich kennenlernten, und es wurde immer schlimmer, je länger Petra und Håkan zusammenlebten. Manchmal überlegte Petra, ob Margareta in Wirklichkeit nicht mehr wusste, als sie vorgab, ob sie das Alte nicht einfach nur vergessen wollte. Allein dies, dass es keinerlei Fotos gab, weder von Håkan noch seinem Vater, ja überhaupt keine Bilder.

Zuerst hatte sich Petra über den Mangel an Fotos bei Margareta zu Hause in der Wohnung am Strandvägen erregt, es gab keine Bilder von Geschwistern oder Eltern, kein einziges Porträt von Håkan als Dreijährigem, herausgeputzt in Hemd und kurzen Hosen, nicht einmal ein Hochzeitsbild. Petra dachte manchmal an ihre Großmutter, die in Margaretas Alter war und deren Wände mit Fotos von Kindern und Kindeskindern und Weihnachtsfesten in den siebziger Jahren tapeziert waren. Petra fragte einmal nach Fotos von Håkan.

»Ich bin neugierig darauf, ihn als Kind zu sehen«, sagte sie.

»Ach, die habe ich vor langer Zeit ausgemistet, ich möchte nicht in der Vergangenheit leben!«, hatte Margareta gesagt und laut gelacht. »Es gibt eigentlich nichts, woran ich mich erinnern möchte«, fuhr sie dann, leiser, fort, während sie über die papierdünne, runzlige Haut auf ihrem Handrücken strich.

»Sind die Bilder noch irgendwo?«, fragte Petra.

Darauf schüttelte Margareta entschieden den Kopf.

»Nein, ich habe jemanden gebeten, die Kisten mit den Bildern zu verbrennen, Håkan war damals noch klein«, sagte sie.

Håkan machte den Eindruck, als wollte er weg von dort. Anschließend erzählte er, dass er, als er noch klein war, heimlich eine der Kisten versteckt habe, oben auf dem Kuhstallboden.

»Ich konnte sie Hebbe nicht wegwerfen lassen«, sagte er.

Die Schlüpfer spülte Petra ordentlich durch, bevor sie sie am Wäschekorb zum Trocknen aufhängte. Sie warf die Handschuhe weg, wusch sich die Hände und ging zurück in Margaretas Zimmer. Håkan redete mit seiner Mutter leise übers Essen, das sie bekommen hatte. Sie erinnerte sich selbstverständlich nicht mehr daran.

»Frikadellen mit Kartoffeln und brauner Soße, stimmt's, Mama?«, sagte Håkan und rückte ihr die Schultern auf dem Kissen zurecht. Die Rückenstütze war aufgerichtet, sodass sie fast saß.

»Ja, äh, ich glaube, das war gestern …«

»Auf dem Teller sieht es danach aus«, sagte Håkan und zeigte auf die halb aufgegessene Mahlzeit. Die Salzkartoffeln waren kalt geworden und hatten eine Haut bekommen. »Du isst doch ordentlich?«

»Ich mag das Essen nicht. Wenn sie wenigstens ordentliches Essen kochen könnten. Und sie verschlampen ständig meine Wäsche.«

Håkan lächelte nur und tätschelte ihr die Hand, und Petra lief ein unbehaglicher Schauder über den Rücken. Ihr fröstelte, obwohl es in dem Zimmer unerträglich warm war. Unwillkürlich warf sie einen Blick über die Schulter, nur um sich zu vergewissern, dass dort niemand war. Petra fächelte an ihrer Bluse, damit Luft darunter kam, und machte dann die beiden obersten Knöpfe auf. An der Tür war ein diskretes Klopfen zu vernehmen, und Håkan nickte ihr zu. Sie öffnete die Tür einen Spalt weit. Es war Kuno.

»Warte einen Augenblick«, sagte Petra zu ihm, »Håkan hat es noch nicht erzählt. Sie versteht es wahrscheinlich nicht, aber er will es so haben. Wir sagen Bescheid, wenn du hereinkommen kannst.«

Sie schloss die Tür und drehte sich wieder ins Zimmer um. Håkan rückte seinen Stuhl noch ein bisschen näher an Margareta heran, schrappte damit über den Fußboden.

»Ja, du verstehst, Mama.«

»Ja, was denn?«, trieb sie ihn nach einigem Schweigen an.

»Erinnerst du dich an Nilas, Mama? Der verschwunden ist?«

Ihre Augenbrauen zogen sich zu einem dünnen Band zusammen, ihr Blick ging hin und her. Sie schien nach etwas suchen, ein Erinnerungsbild, einen Geruch, etwas zum Festhalten.

»Ne-ein?«

»Weißt du, wer ich bin, Mama?«

Ihr Gesicht erhellte sich, und sie legte ihre Hand auf die seine.

»Du bist mein Lieblingsjunge. Mein Kind der Liebe, du bist aus Liebe entstanden«, sagte sie. Das ist wieder eine ihrer Phrasen, dachte Petra, sie hatte sie schon öfter gehört, auch diese.

»Mhm, Mama, aber erinnerst du dich an meinen kleinen Bruder?«

»Ja … äh … nein. Vielleicht sollte ich das?«, sagte sie und sah zu ihnen hoch.

»Man hat ihn jedenfalls gefunden, Mama, sie haben ihn jetzt gefunden.«

Margareta presste die Fingerspitzen aufeinander, ihr Nacken war gebeugt. Sie wandte den Blick nicht von ihren Händen und redete leise, vor allem für sich selbst.

»Hatte ich mehrere Kinder? Er ist doch mein Lieblingsjunge, mein Kind der Liebe. Immer schon.«

Håkan betrachtete sie. Er sah nicht böse drein, oder verbissen, oder auch nur unruhig, er war einfach nur. Petra sah, dass Margaretas Blick weiter umherschweifte, sah, wie sie die Hand an die Stirn hob und sie rieb, als sollte diese ihr helfen, sich zu erinnern, bevor sie die Fingerspitzen wieder aufeinanderpresste.

»Bei wem, zum Teufel, warst du«, hörte Petra Håkan leise murmeln, bestimmt sollte Margareta es nicht hören, aber Margaretas Nacken zuckte und verriet, dass sie auf irgendetwas reagierte. »Macht nichts, Mama«, sagte Håkan ein bisschen lauter. »Es kommt jemand, ein Polizist, der wird eine Probe aus deinem Mund nehmen.«

Håkan hatte den Platz gewechselt, vom Stuhl beim Bett auf ihr Bett, wo er mit einer Hinterbacke saß und sich mit dem anderen Bein abstützte, um nicht herunterzurutschen, und dann hatte er ihr seine Hand auf den Schenkel gelegt, der sich unter dem Oberbett und der Wolldecke abzeichnete. Petra stand auf, um Kuno zu holen, als Margareta ihre Hände ruhig hinlegte, und Petra konnte darin flüchtig Margareta wahrnehmen, die gesunde Margareta aufblitzen sehen, und Margareta knuffte Håkan mit solcher Wucht in die Brust, dass er das Gleichgewicht verlor.

»Du«, sagte sie. »Was hast du getan? Damals. Irgendwas hast du getan. Was hast du eigentlich getan?«

Dann sank sie an die Rückenstütze zurück. Ihr Gesicht entspannte sich, die Runzeln schienen noch tiefer geworden zu sein. Sie zog nun an der Bettdecke, die unter Håkan klemmte.

»Mich friert«, sagte sie knurrig. »Es ist kalt hier drin. Wann kommt das Essen?«

Irgendwo versteht Margareta wohl doch, was passiert ist, dachte Petra. Vielleicht hatte sie im Gemeinschaftsraum bei den Nachrichten etwas aufgeschnappt, denn es waren ein paar Beiträge über den Fund gesendet worden, der letzte, als sie Bescheid bekommen hatten, dass es Nilas war. Der Polizist im Bild, einer aus Umeå, erklärte, dass der Fall verjährt sei und nicht weiter verfolgt würde. Kuno stattete ihnen noch einmal einen persönlichen Besuch ab, nur um zu berichten.

»Wenn ihr wollt, kann er gleich ins Krematorium gebracht werden. Falls nicht, wird er zum Bestattungsinstitut gebracht.« Kuno zögerte einen kurzen Moment, bevor er fortfuhr: »Ich würde Ersteres empfehlen, falls ihr mich fragt.«

»Nä, haben dich aber gar nichten gefragt«, erwiderte Håkan.

»Håkan, Hand aufs Herz, er sieht brutal aus. Tut mir leid.«

»Nein. Nein, wir wollen nix sehen«, sagte Håkan und schüttelte dann den Kopf, als wollte er richtiggehend unterstreichen, wie sehr er nichts sehen wollte.

»Okay. Ja, dann. Passt auf euch auf«, sagte Kuno. Er klang verschnupft.

Aber falls Margareta es verstand, so zeigte sie es nicht, nicht anders, als dass sie nichts mehr aß. Sie presste die Lippen zusammen und wandte das Gesicht ab, als sie versuchten, sie zu füttern. Ihr Gebiss lag unberührt und trocken auf dem Nachttisch. Als sie nicht aß, legte ihr das Personal einen Tropf an, der dann tropfte und tropfte, bis eine Ärztin, die sie besuchte, sagte, dass sie drauf und dran sei, an der Zuckerlösung, die ihr in die Adern geflößt wurde, zu ertrinken, sie würde ihr die Lungen füllen und sie umbringen. Der Tropf wurde entfernt. Sie starb auch so innerhalb weniger Tage. Sie wachten die ganze Zeit über bei Margareta, sie und Håkan, und es ging schneller als gedacht. Es war, als wollte sie sterben.

Håkan trauerte erheblich mehr, als Petra erwartete hatte. Es ist meine Schuld, sagte er und weinte, dass es den ganzen Kerl durchschüttelte. Sie hielt ihn fest und versuchte ihm zu sagen, dass es nicht so sei, aber Håkan wiederholte nur:

»Es ist meine Schuld. Es ist meine Schuld, dass Mama gestorben ist.«

Mit der Einäscherung wurde es so gemacht, wie Kuno vorgeschlagen hatte, wenngleich Petra befürchtete, dass Håkan sich allein aus diesem Grund widersetzen würde. Jedenfalls wurden beide eingeäschert und standen jetzt in ihren Urnen da vorn am Altar, und auf den Bauch der einen Urne war ein knubbeliger Engel gemalt. Weil Petra sich geweigert hatte, eine Urne für Nilas auszuwählen, hatte Håkan es dem Bestattungsinstitut überlassen, doch als er sie zu Gesicht bekam, sah er schier angeekelt drein und hielt sich den Bauch.

Sie sangen *Sicherer Kahn*, wie der Pfarrer es nannte. Das war unwürdig. Petra hatte ihn bei der Planung gefragt, ob diese Musikauswahl nicht ein bisschen zu starker Tobak sei, wo es sich doch immerhin um ein Kind handelte, das nach Einschätzung der Polizei erschlagen wurde, und um eine Mutter, die sich zu Tode getrauert hatte, wie um alles in der Welt wolle man da singen, dass nichts sicherer sein könnte als die Kinder Gottes. Håkan saß blass und verbissen daneben. Der Pfarrer sah sie über den Rand seiner Brille an und sagte sanft, Jesus sei bei dem armen Kinde gewesen, damals wie heute, und es sei nicht alleine gewesen, ebenso wenig wie Margareta. Außerdem sei es eines von Margaretas Lieblingsliedern gewesen, sagte er, woraufhin Håkan in Tränen ausbrach.

Håkan schaffte es kaum zu singen. Hin und wieder versagte ihm die Stimme und verebbte zu einem Flüstern. In der großen Kirche klang der Gesang durchweg dünn. Sie waren zu wenige. Petra konnte hören, dass sich die Kantorin, die oben auf der Empore an der Orgel saß, zum Ausgleich extra ins Zeug legte. Sie sang jedenfalls schön, die Kantorin. Das war mehr, als sie von den Übrigen behaupten konnte.

Rune war da, wirkte nervös wie immer und hatte sich in einen dunklen, unmodernen Anzug gezwängt, vermutlich zu seiner Hochzeit angeschafft und mindestens zwanzig Kilo früher. Petra bemerkte, dass Kuno sich ganz hinten in die Kirche gesetzt hatte. Er trug Jeans und ein Hemd, keine Uniform, und er sang nicht. Hingegen Frau Lunder, bei der Margareta gearbeitet hatte in der Zeit, als sie noch putzte, sie sang, und ihre spröde und leicht zittrige Altweiberstimme kitzelte Petra in den Ohren.

Aus dem Dorf kam Beda Nyström, die Margareta kannte, seit sie da war, und mit der sie sich immer wieder mal getroffen hatte, wahrscheinlich vor allem, nachdem sie beide nach Sorsele gezogen waren, und Assar Sjögren vom Nachbarhof, der mit einem Fahrdiensttaxi bei der Kirche eintraf. Das verwunderte Petra. Sie wusste nicht, dass sie einander kannten, und Petra hatte ihn kaum mal getroffen, obwohl sie so nahe beieinander wohnten. Er saß vorgebeugt und klammerte sich an die Rückenlehne vor sich. Auch jemand vom Personal von Margaretas Station im Solhem war da, und diese Frau, die arme Frau, die nichts anderes zu tun schien, als auf allen Beerdigungen, Taufen und Hochzeiten aufzutauchen, die sie erreichen konnte.

Die Kirchenälteste sprach ein Gebet. Der Pfarrer stand neben ihr, die Hände auf dem Rücken und wippte auf den Füßen, während er aufmerksam zuhörte. Amen, sagte Petra leise, Håkan schwieg. Die Kantorin stimmte ein Lied an, das Håkan extra ausgewählt hatte, das Einzige, das er eigentlich selbst aussuchen wollte. Er schloss die Augen dabei, und Petra konnte sehen, wie er die Lippen bewegte, vorsichtig, kaum, dass sie es merkte, *jetzt ist deine wache Stund', das Leben, von dem du träumst.* Er brauchte wohl eine eigene Brücke über dunkle Wasser, Håkan. Sie wollte ihn berühren, ließ es aber sein, wollte nicht stören. Er stand auf und hörte zu, der Einzige, der stand, und während des ganzen Lieds hielt er die Augen geschlossen.

Die Trauerrede war nicht sehr persönlich. Das meiste stammte aus einem In memoriam, das Petra geschrieben hatte, einer Zusammenstellung von Margaretas Verdiensten und ihrem Lebensschicksal, all dem, was Håkan wusste. Doch dann erzählte der Pfarrer von seiner eigenen Erinnerung an Margareta. Er habe sie ab und zu in der Kirche angetroffen, erzählte er, am Klavier, beharrlich übend. Sie habe gewöhnlich den Kirchenchor begleitet, erzählte er, bis ihr Gedächtnis und die Finger zu widerspenstig geworden seien. Aber solange sie habe kommen können, erzählte er, habe sie gespielt. Petra war überrascht. Und wie sie mit Blick auf Håkan feststellte, war auch er überrascht.

Die Urnenbeisetzung erfolgte direkt nach dem Trauergottesdienst, Håkan fand es gut, bei gewöhnlichen Beerdigungen werde das ja auch so gemacht, sagte er. Frau Lunder kam nicht mit. Sie tätschelte Håkan die Wange und kondolierte, bevor sie ging.

»Ich schaffe heute nicht mehr so viel, und draußen ists so frostelig!«, sagte sie und zog den Mantel dichter um sich. Kuno entfernte sich ebenfalls, ohne etwas zu sagen. Håkan ging mit der Urne seiner Mutter auf dem Arm zum Grab. Der Pfarrer trug Nilas. Sie hatte vorgeschlagen, dass sie das machen könne, aber Håkan wollte es so haben.

Draußen am offenen Grab wehte es, die Kleider flatterten im Wind, und die Augen tränten. Der Pfarrer sang *Breite deine Schwingen aus* und legte sich ins Zeug, sodass seine Stimme trotz des Windes trug. Hätte er in der Kirche doch bloß auch so gesungen, dachte Petra. Diesmal konnte sie Håkan hören, er sang sanft und leise, aber immerhin sang er. Ein Stück von der Grabstelle entfernt lehnte Assar Sjögren mit verschränkten Armen an einer Birke. Er wirkte nicht sonderlich trauernd, wie er mit halb geschlossenen Augen und das Kinn trotzig in die Luft gereckt dort stand, aber seine Augen waren rot gerändert und seine Wangen trauernass.

Was man bei Petra und Håkan zu Hause am meisten hörte, war die Küchenuhr. Der Kondensator des Kühlschranks, der in regelmäßigen Abständen aufschluckste und zu brummen anfing. Und ihre Atemzüge, so gleichmäßig wie notwendig. Manchmal raschelte eine Waldmaus in der Wand, manchmal drangen Geräusche von draußen zu ihnen herein, was aber ihr Dasein prägte, war die Alltagsstille. Auch die Standuhr, zumindest wenn Håkan sie jeden Tag aufzog, aber das war keine Selbstverständlichkeit mehr in seinem täglichen Trott. Auch essen und schlafen nicht.

Petra wachte oft auf, weil sie fror. Die Wärme neben ihr war verschwunden, die Geborgenheit in Håkans Körper war fort. Dann ging sie ihn suchen. Meistens saß er im Erdgeschoss grübelnd am Küchentisch oder auf dem Wohnzimmersofa. Immer war es still und dunkel um ihn herum. Manchmal fand sie ihn nicht und musste annehmen, dass er irgendwo draußen unterwegs war.

Nie war er angezogen, seine Überkleider hingen noch am Haken neben der Außentür. Sie steckte die Nase hinein, sog den Geruch nach Traktor und Motorsäge und Winter ein und fragte sich, ob sie ihn am nächsten Morgen tot auffinden würde oder ob sie sich, warm und schwer, wieder neben ihn ins Bett legen könnte.

Petra hatte gedacht, es würde besser, wenn erst mal die Beerdigung vorüber wäre, dass sie dann alles hinter sich lassen könnten, aber dem war nicht so. Håkan verschwand vor ihren Augen. Er magerte ab und verkümmerte. Wenn sie sich vorgestellt hätte, dass er schon vorher weit weg sein könnte! Sie hätte es einfach wissen müssen.

Manchmal konnte sie sehen, wie ihn die Gedanken an Nilas überfielen, wenn er am wenigsten darauf gefasst war, wie mitten in einem Lachen, wenn sie ihm etwas Lustiges erzählt hatte, oder wenn er Essen in den Mund schieben wollte und mit der Gabel auf halbem Weg erstarrte, sodass der Bissen wieder auf dem Teller landete.

»Ich habe mir ihre Kühe vom Hals geschafft«, sagte er, als sie ihn einmal bei so strenger Kälte, dass sie Wände knackten und sie von dem Geräusch aufgewacht war und ihn vermisste, nackt und blau gefroren auf dem Fußboden in der Diele fand.

»Du hattest keine andere Wahl, Håkan. Was hättest du denn machen sollen? Untergehen?«, erwiderte sie, und strich ihm über die Arme. Sie waren kalt, und er hatte eine Gänsehaut.

»Ich hatte es ihr versprochen. Ich hätte sie behalten sollen.«

»Sie hat bestimmt auch Sachen versprochen, die sie nicht gehalten hat.«

»Bist du sicher?«, sagte er. »Ich mir nämlich nicht.«

Sie versuchten, so gut sie konnten, ein normales Leben zu leben. Petra bereitete ihre Stunden vor und unterrichtete ihre Schülerinnen und Schüler, hatte aber den Verdacht, dass sie keine sonderlich engagierte Lehrerin war, nicht so, wie sie es mal gewesen war. Håkan arbeitete seine Schichten ab, ohne zu murren. Spät abends und früh morgens in Autos von Volkswagen. Auf dem Weg zur Arbeit kam sie manchmal dort vorbei. Es gab Tage, an denen sie sich verpassten und einander lange Zeit nicht sahen. Er kam nach Hause und musste wieder fahren, bevor sie aus der Arbeit kam, und sie fragte sich manchmal, ob er jemals schlief oder ob er nur arbeitete und grübelte und sonst nichts. Sie hatte zumindest den Eindruck: der dunkle Schatten unter seinen Wangenknochen, die Haut, die ihm müde im Gesicht hing, seine Art, sich das Gesicht zu reiben und zu klopfen, damit wieder Blut und Leben hineinkam, so wie es ihre Schüler immer machten, bevor sie zugaben, in der vorangegangenen Nacht nicht viel Schlaf bekommen zu haben.

Es war Kuno, der ihr die Nachricht brachte, und es schmerzte sie, dass er es war und kein anderer. Er schlug an ihre Tür, bis sie wach war, und sagte, Håkan habe das Funkgerät ausgeschaltet und sei auf die falsche Straßenseite gefahren. Er sei übel dran, aber immerhin lebe er noch.

»Wir wissen nicht, warum«, sagte Kuno und legte die Arme um sie und zog sie näher heran. »Vielleicht ist er eingeschlafen. Er konnte keine Fragen beantworten. Ich habe aber den Verdacht, dass es Absicht war.«

Sie fand, er hörte sich triumphierend an, ja, Kuno hörte sich an, als hätte er endlich gewonnen.

Kunos Sorge für Petra war schmeichlerisch und schmierig. Ich denke an dich, sagte er mehrmals, und er besuchte sie öfter, als es ihr angenehm war. Du solltest ihn verlassen, sagte er auch, obwohl Håkan voller blauer Flecken und ohne Bewusstsein in einem Krankenhausbett lag und an ein Gewirr von Schläuchen und Kabeln angeschlossen war.

»Wir kümmern uns hier umeinander, verstehst du, Petra«, als wäre das ein Trost dafür, dass er ihr in den Ohren lag. »Das war der Vater, der hat es getan, und der, mit dem du zusammenlebst, schützt ihn, kapierst du das nicht?«, sagte er und hielt sie fest, bis es wehtat.

»Davon steht aber nichts in deinen Unterlagen, das hast du doch selbst gesagt«, erwiderte sie, und er ließ sie los. Er setzte sich auf einen Stuhl und seufzte.

»Weißt du. Als ich hier zu arbeiten anfing, waren da mehrere Aktenordner mit Material. Verhörprotokolle, Berichte von Haustürbefragungen … Hinweise aus der Bevölkerung, solche Dinge. Vier, fünf Ordner waren es. Es war nicht nur einer der Meinung, dass der Vater irgendwas getan hatte, und ich sehe keinen Grund, jetzt etwas anderes anzunehmen. Außerdem hatten sie ja beide gesagt, dass er gesoffen hat.«

»Was ist mit den Ordnern passiert?« Wie soll ich wissen, ob du die Wahrheit sagst, dachte sie. Möglicherweise sah er ihr an, was sie dachte. Kuno straffte sich, der Rücken wurde gerader, das Gesicht härter.

»Ich glaube, er hat sie mitgenommen, als er in Pension ging. Also Birger, mein Vorgänger. Und seine Kinder haben keine Ahnung, wo sie hingekommen sein können, ich hab gefragt. Sie sind in keinem Archiv.«

Statt etwas zu erwidern, stand sie schweigend da, und es sah aus, als ob der Stock in seinem Rückgrat bräche. Gebrochen. Kuno war ein gebrochener Mann.

»Irgendwas ist doch passiert. Die Leiche war versteckt worden, kapierst du? Mit Verletzungen am Kopf. Vergiss das nicht, Petra.« Er schwieg lange und sah dabei aus dem Fenster. »Dieser Lars war sein Ein und Alles, als wir noch in die Schule gingen«, fuhr er fort. »Versprich mir, Petra. Versprich mir, dass du ihn verlässt. So was vererbt sich.«

Kuno kroch ihr unter die Haut. Sie versuchte an etwas anderes zu denken als an das, was er über Håkan gesagt hatte und ob daran etwas Wahres sein konnte. Sie wollte auch nicht an Håkan denken, bewusstlos im Krankenhausbett, ferner denn je. Sie musste verstehen, was ihn so verschlossen gemacht hatte, warum er umgeben von Pfeifen und Zischen und Lärm und seinem eigenen Schweigen in einem Zimmer im Krankenhaus lag. Sie wusste, wo sie *nicht* zu suchen brauchte, denn in Håkans Besitz kannte sie jedes Ding, konnte jeden Ordner in- und auswendig. Alle Rechnungen und Quittungen, die er aufgehoben hatte, alle Journale, alle Forststatistiken und Ausgaben von *Evangelii Härold* aus den vierziger Jahren, Fünf-Jahre-Tagebücher, in denen er das Aufbrechen des Eises und die Ankunft der Schwalben festhielt, alle Stapel mit Bibliotheksbüchern und Notizblöcken und Reinschriften. Sie hatte fast alles durchgeblättert, da war nichts, das wusste sie. Stattdessen ging sie nun ins Backhaus. Dort hatten sie Margaretas Habe zusammengetragen. Ein ganzes Leben in ein paar wenige Kartons verpackt.

Im Backhaus wurde Petras warmer Atem zu weißem Rauch. Ihre Hände fuhren durch Margaretas Sachen, die so frostkalt waren, dass ihr die Finger wehtaten, wenn sie sie anfasste. Es waren hauptsächlich Kleider und Nippes. Die Kerzenständer und Glasfigürchen, die Zuckerschale aus Birkenmaserknolle, eine Karaffe mit eingetrocknetem Rotwein in einer Ecke. Da war die verschlissene Bettwäsche mit Monogramm, säuberlich gemangelt und fest zusammengerollt. Die fadenscheinigen Küchenhandtücher aus Leinen, der scheppernde Wecker und die

Gardinen, die so hässlich waren, dass sie sie gleich hätten wegwerfen sollen.

Ihr eigenes Leben wollte sie auf diese Weise nicht gestaltet sehen. Früher wurde man mit dem Allerwertvollsten begraben, jetzt war nur Dinge übrig, die sie und Håkan jederzeit zur Müllhalde bringen konnten. Sie hatte sie ausgewählt, aber hatten sie denn irgendeine Bedeutung? Petras Großmutter hatte selbst genähte Tischdecken und gestickte Wandteppiche und Zeitungsausschnitte von Geburts- und Todesanzeigen, die sie an der Kühlschranktür befestigte. All solche Dinge fehlten hier. Nur die Notenhefte machten einen menschlichen Eindruck, *Klavier für Anfänger* und *Geistliche Lieder Teil 2* mit kleinen, von Margareta einst hingekritzelten Krakeln am Rand.

Petra atmete den Staub und das Waschmittelparfüm und den fauligen Mief in all den Sachen ein, und ihr wurde schwindlig davon: Lampen und Porzellan und Bonbonschalen und Frauenzeitschriften und Kleider aus Synthetik, die sich bei bloßer Berührung aufluden, Wollplaids und Tabletts und Taschentücher und Lockenwickler und Kämme, denen Zähne fehlten, gesammelte Wandkalender und ein vergilbtes Gebiss, das in der Mitte gesprungen war. Ihr wurde schwindlig vom Leben dieser alten Frau, von dem sie nicht die geringste Ahnung hatte, und sie setzte sich hin und ließ den Blick über all die Sachen schweifen, die im ganzen Backhaus verstreut lagen. Und da begriff sie, was das Bedeutungsvolle war, das, was eigentlich fehlte: alle Fotos. Sie hatte kein einziges gesehen. Alle Fotos, von denen Margareta geglaubt hatte, dass sie verbrannt worden seien, Håkan aber behauptete, sie gerettet zu haben.

Nur die Schwalben und Mäuse wussten es, und Håkan. Die Schwalben, die über die Kiste gesegelt waren, und die Mäuse, die darüber geklettert waren in all diesen Jahren, seit Håkan klein gewesen war. Es würde sich nichts Seltsames darin finden.

Es würde nichts Interessantes geben, dessen er sich nicht angenommen hätte. *Aber warum hast du sie dann versteckt. Warum hast du sie eigentlich versteckt, Håkan?*

Sie hatte keinerlei Vorstellung davon, wie eine Antwort aussehen könnte. Sie wusste nur, dass sie unbedingt nach einer suchen musste, denn von Håkan würde sie keine bekommen. Er lag still und kaputt und eingeschlossen im Krankenhaus. Wie ein Fieber begann die Suche in ihr zu brennen: Hier war der einzige Ort, wo sie sich vorstellen konnte, Antworten in physischer Form zu finden. Beiseitegeschobene Erinnerungen und Geheimnisse, die sich wie kleine übernatürliche Wesen zwischen Vögeln und Ungeziefer in den Ecken und Winkeln des Kuhstalls versteckten. *Ich habe sie versteckt, weil es nötig war. Weil sie Hebbe komplett loswerden wollte.*

Dass ein Viehstalldach ein Boden sein konnte. Sie hätte das Dachraum genannt, aber es hieß nun mal Kuhstallboden. Dort sollte nach Möglichkeit Heu gelagert werden. *Der war schon damals instabil, wir hatten das Heu stattdessen in der Scheune.* Mitten im Kuhstall. Links die Tenne, rechts die Holzwand, an der die Leiter lehnte, und die Viehstalltür, die permanent in halb offenem Zustand verkeilt war. Die Leiter nach oben war wackelig und instabil. Petra wusste, dass das Viehstalldach, der Kuhstallboden, was immer es nun war, in der hinteren Ecke eingestürzt war. Nach jedem neuen Tritt machte sie eine Pause und atmete so tief Spreu und Staub ein, dass sie husten musste. Als sie schließlich oben angekommen und auf den Boden gekrochen war, wurde es nicht viel besser. Der Boden schwankte, und wenn sie sich bewegte, konnte sie es im Viehstall unter sich rasseln hören. Es sei ein heimtückischer Platz, hatte Håkan gesagt. *Er kann jederzeit nachgeben.*

Früher war der Kuhstallboden mal ein geräumiger Ort gewesen. Sie leuchtete mit der Taschenlampe über die winterschummrigen und schattendunklen Flächen. In spärlichen

Häufchen lag noch Heu über den Fußboden verstreut. In einer Ecke standen ein verrosteter Zinkeimer und ein alter Backtrog. Sie hatte den Eindruck, dass eine Maus durch den Raum purzelte, und schauderte, aber es konnte genauso gut eine Einbildung oder ein Schatten ihrer Taschenlampe gewesen sein. Von den Schwalben waren außer weißen Kotflecken an den Wänden und auf den Dielenbrettern nichts zu sehen. Petra war die Pelzmütze über die Augen gerutscht, und sie schob sie wieder in die Stirn, um ordentlich sehen zu können. Hier gab es nichts als Gerümpel. Nichts rechts, nichts links, nichts ganz hinten. Vielleicht hatte Margareta ja doch recht damit, dass es verbrannt worden war. *Ich möchte nicht in der Vergangenheit leben.* Noch wollte Petra nicht aufgeben.

Die Einsturzstelle in der hinteren Ecke schluckte alles Licht der Taschenlampe. Dort war es dunkler als an anderen Stellen. Sie zögerte, bevor sie entschied, dass es genau dort sein musste, falls es überhaupt etwas gab. Es knackte und rasselte, als Petra sich vorwärtsbewegte, auch wenn sie noch so vorsichtig war. Ein langsamer Schritt nach dem anderen, jeweils ein kleiner Schritt näher zur Wahrheit.

Sie sah die Kiste ungefähr im selben Moment, in dem sie einsah, dass sie zu nahe an der Einsturzstelle stand. Eine unansehnliche Kiste, die neben einem Sparren verstaut war. Ihr war klar, warum, man konnte sie beim Heraufsteigen nicht sehen. Man musste sie schon suchen. *Sie wollte Hebbe komplett loswerden.* Petra leuchtete von der Einsturzstelle zur Kiste und zurück. Ja, die Suche war wie ein Fieber in ihr. Sie konnte es nicht lassen.

Nur die Schwalben und die Mäuse wussten, dass der Boden sie nicht tragen würde, auch wenn sie es aufgrund der Geräusche und der Instabilität unter ihren Stiefeln ahnen konnte, es war, als wollte sich der Viehstall gerade aus seiner undichten Holztracht winden. Vor allem die Mäuse. Die eine oder andere brachte sich in Sicherheit, während Petra sich so lang wie möglich machte und sich nach der Kiste streckte. Im selben Moment, in dem sie mit den Fingerspitzen die Schmalseite der Kiste zu fassen bekam und daran zu ziehen begann, verlor sie die Taschenlampe und gab der Boden unter ihr nach. Statt schwer ins Heu auf dem Kuhstallboden zu fallen, fiel sie in einer Wolke aus Staub und Gerümpel und hörte erst auf zu fallen, als sie auf dem Rücken landete. Wie sieht eine Antwort aus? Sie wusste es nicht. Sie war jetzt genauso weit von einer entfernt wie am Anfang. *Ich habe sie versteckt, weil es nötig war.*

Sie lag da und blinzelte sich den Staub und Dreck aus den Augen und versuchte, den Blick zu fokussieren. Sie lag in einer Box, das Hinterteil in der Kotrinne und den Oberkörper im gefrorenen, aber dennoch weichen Torf, der Unterlage, die immer noch in der Box lag und die wegzuschaufeln sich niemand hatte aufraffen können, seit die Tiere verkauft waren. Staubig wie sie waren, ließen die Fenster kein Licht durch, außerdem war es draußen dunkel geworden. Die Taschenlampe, dachte sie als Erstes, sie brauchte die Taschenlampe. Und dann dachte sie an die Kiste, für die sie so viel Mühe aufgewandt hatte, um sie fassen zu bekommen. Sie lachte. Es war lange her, dass hier im Viehstall jemand gelacht hatte.

Sie wackelte erst mit den Fingern, dann mit den Zehen, einem nach dem anderen. Sie spannte die Muskeln in den Fußsohlen an, in den Waden und Schenkeln. Sie tastete sich über die Hüften und die Rippen und die Schultern. Sie würde morgen empfindlich sein, aber sie war nicht verletzt, und ihr war auch nicht schwindlig, als sie sich schließlich aufsetzte. In den Augen scheuerten immer noch Staub und Schmutz.

Sie versuchte zu sehen, ob die Kiste noch da oben war, konnte sie aber nicht entdecken. Ihr Fuß tat weh, als sie sich auf ihn zu stützen versuchte. Derselbe Fuß, den sie sich öfter mal verstauchte. Sie schaute zu dem Loch hinauf, aber jetzt gab es nicht mal so viel Licht, dass die Einsturzstelle es schlucken konnte.

Petra hatte die Hoffnung aufgegeben und wollte schon ins Haus gehen, als sie die Umrisse der Kiste entdeckte, gleich vor der Kuhbox, nahe bei ihr. Womöglich hatte sich der gesamte Inhalt über den Viehstall verbreitet, womöglich war sie schon vorher leer gewesen. Jedenfalls war da nichts, obwohl sie extra noch einmal darin herumtastete.

Als sie sich schließlich zurücklehnte, vielleicht um ganz aufzugeben oder womöglich auch nur um zu weinen, da spürte sie etwas unter der Hand. Die Verzweiflung verlor sich. Petra tastete mit den Fingern umher und bekam schließlich zu fassen, was zwischen Holzsplittern und Heustaub lag: ein dünnes Bündel Briefe. Säuberlich mit einem Gummiband zusammengehalten, das so spröde war, dass es kaputtging, als sie es entfernen wollte. Die Briefe waren dick, aber ungeöffnet und ohne Adressaten. Petra wischte sich mit dem Ärmel unter der Nase ab, schob die Pelzmütze in die Stirn und humpelte ins Haus.

So hatte sie die Briefe gefunden, staubig und schmutzig und ohne Adressaten außen, aber mit einem besonderen Namen innen. Dieser Briefe wegen war sie sich sicher, dass sie recht gehabt hatte. Sie war überzeugt gewesen, dass Margareta Geheimnisse gehabt hatte, mindestens ebenso viele wie Håkan, und so war es auch. Es gab keinen verborgenen Schatz. Es war nur eine verborgene und staubige Kiste mit Margaretas Heimlichkeit, die mit Petra durch die Viehstalldecke gefallen war.

* * *

In Olsele hatte es noch nie vor Leuten gewimmelt. Aber damals, als Margareta ihre Briefe schrieb, musste alles anders gewesen sein. Ein Licht nach dem anderen war erloschen im Dorf, auch seit Petra eingezogen war. Auch die Bäume waren dezimiert worden, seit sie dorthin gezogen war. Der dichte Wald zwischen Olsele und Saxnäs war mittlerweile nicht mehr als eine Verjüngungsfläche mit vereinzelten mageren Kiefern, die aus dem Boden aufschossen und sich zum Himmel spreizten, abgebrochene Baumstümpfe und zurückgelassenes Langholz. Petra hatte im Frühjahr dort Morcheln gesammelt, sie getrocknet und dann weggeworfen, ohne davon zu essen, zu irgendetwas müsse der Kahlschlag doch wenigstens nützlich sein, dachte sie. Jetzt war der wunde Erdboden in Schnee gebettet und verborgen. Nach dem Räumungshieb war nicht sehr viel Zeit vergangen, da schoben sich schon die kleinen Kiefern durch die Schneedecke.

Ein einziges Mal fuhren sie nach Saxnäs, nämlich als es beim Dorfgemeinschaftsverein im Anschluss an den Faschingsdienstag Elchsuppe und Fastensemmeln gab. In Saxnäs sah es genauso aus, nur gab es dort noch mehr aufgelassene Höfe als in Olsele. Keinen Laden. Ein marodes Bethaus und ein Dorfgemeinschaftsverein, der in der alten Schule zusammenkam. Es sei nicht mehr das, was es mal war, sagte Håkan, jedes Mal aber saß er still und verbissen da, und jedes Mal fuhr er mit Kopfschmerzen von dort weg. »Ich habe mich dort nie wohlgefühlt«, hatte sie ihn viele Male erklären hören.

Weit hinter ihr, auf der Dorfstraße von Saxnäs zur E 45, fuhren vier Autos in wohlgeordneter Reihe und gebührendem Abstand voneinander vorbei. Testautos. Womöglich hätte Håkan den Lamborghini gefahren, wenn er denn gearbeitet und nicht im Krankenhaus gelegen hätte. Sie lachten immer darüber, dass er in einer Umgebung, die nicht dafür geschaffen war, solche Luxuskarossen fahren durfte.

Die Autos verschwanden über dem Hügelkamm, und sie setzte ihren Spaziergang fort, obwohl ihr beim Auftreten das Fußgelenk wehtat. Auf der anderen Seite des Dorfes stand der

Wald noch, schwarz und dicht, zwischen Annersudden und Smalagga. Sie war mit dem Briefbündel in der Brusttasche nach Smalagga unterwegs, zu Assar Sjögrens Hof. Sie dachte an Assar und daran, wie er auf Margaretas Beerdigung dagestanden und geweint hatte. Sie hatte gedacht, dass er über die unerbittlich dahinschreitende Zeit trauerte. Die einen nach dem anderen, Freunde und Nachbarn und Bekannte, holte. Dass er über die Zeit trauerte, als im Dorf noch Lampen brannten und mehr Leben und Bewegung war. Wie sehr sie sich doch geirrt hatte!

Assar war verwundert, er hatte zunächst die Hand auf der Türklinke und füllte mit seinem Körper die ganze Türöffnung. Es sah zunächst nicht so aus, als wollte er sie einlassen. Aber schließlich tat er es doch und stand im Vorraum, ohne den Blick von ihr zu wenden, als sie ihre Stiefel aufschnürte und ihre Daunenjacke aufhängte. Als sie fertig war und sich umdrehte, war er verschwunden. Sie wusste nicht, ob sie ihm folgen sollte oder nicht, aber er kam wieder in den Vorraum geschlurft, eine ordentliche Lage Haushaltspapier in der Hand. Er beugte sich zum Fußboden, wobei er sich krampfhaft an einer Türklinke festhielt und laut stöhnte. Der Schnee, den sie an den Stiefeln hereingetragen hatte, war zu kleinen Pfützen geschmolzen. Die wischte er auf. Er wedelte, fast gereizt, in Richtung Küchentür, um sie dorthin zu treiben.

Sie wusste nicht, was sie eigentlich erwartet hatte. Ja, sicherlich hatte sie gedacht, dass es verkehrt sein konnte. In all den Jahren, die sie im Dorf wohnte, hatte er kaum gegrüßt, und sie hatte angenommen, dass er nicht ohne Grund allein lebte, dass er von Natur aus einzelgängerisch war, einem Beisammensein abgeneigt.

Sie setzte sich an den Tisch, an den Platz, der nicht der seine zu sein schien, nicht dort, wo ein Plastiktischset lag, ein Löffel, von dem sie annahm, dass er abgeleckt war, und ein Glas mit eingetrockneten Milchresten, sondern gegenüber. Zwischen den beiden Plätzen stand ein kleiner Blumentopf mit einem Usambaraveilchen aus plastikbeschichtetem Stoff. Er sagte nichts, als er in die Küche kam, ging nur langsam zur Spüle, warf die Papiertücher sorgfältig in den Abfall und steckte ein Kabel in einen Perkolator, der daneben stand. An die Spüle gelehnt wartete er, bis der Perkolator zu spratzeln und zu zischen anfing. Erst dann sagte er etwas, nach wie vor von ihr abgewandt.

»Ja, war sowieso Zeit fürn Kaffee«, sagte er. »Reicht auch für dich.«

Als er die dünnen Tassen auftrug, klapperten sie auf ihren Untertassen.

»Ich bin auf meine alten Tage wohl zittrig geworden, oder aber ich bin nervös, weil eine junge, hübsche Dame mich besucht«, sagte er und gluckste und holte den Perkolator, der aufgehört hatte zu blubbern. Petra lächelte, weil sie höflich sein wollte, verspürte aber nicht die geringste Lust zu lachen. Er sah älter aus, als er eigentlich war, Assar.

Sie nippte vorsichtig an ihrer Kaffeetasse. Er rührte seine nicht an, sondern heftete den Blick auf Petra. Es war ganz so, als säßen sie beide da und schätzten einander ab.

»Hast du schon mal darauf geachtet, dass wir auf diese Weise miteinander verkehren?«, sagte er. »Manchmal in der Küche. Manchmal draußen in der Natur an einem Feuer. Aber immer mit einer Tasse Kaffee.«

Während sie über ihren Kaffee pustete, goss er sich einen Schluck auf die Untertasse und begann, ihn daraus zu schlürfen. »Ich bin wohl der Letzte, der Kaffee aus der Untertasse trinkt«, fügte er hinzu. »Hab leider nix anzubieten. Ja, Mandelkekse natürlich. Aber die sind zu trocken.«

Sie schwiegen beide eine Weile, bevor er wieder das Wort ergriff.

»In meiner Jugend habe ich eine Zeit lang in Stockholm gelebt. Als ich als Journalist zu arbeiten anfing. Da haben wir einander nicht zu Hause besucht, nicht ohne Einladung oder Vorwarnung. Hier spricht man von Vorhörung. Hattest du das schon mal? Vor-hö-rung«, sagte er und betonte jede Silbe. »Vorher zu hören.« Sie schüttelte den Kopf.

»Ich weiß nicht, was das ist.«

»Wie lange lebst du schon hier?«

»Gut zehn Jahre.«

»Und du hast noch nie was von Vorhörung gehört? Das ist, wenn man, ein paar Minuten bevor tatsächlich jemand kommt, auf der Vortreppe Schritte hört. Oder auf dem Kiesweg, oder ein Auto, das näher kommt. So ist es doch, wenn man hier lebt, oder? Das ist es, was wir erwarten können. Wir rufen nicht vorher an, wir verlassen uns stattdessen auf die Vorhörung. Aber«, sagte er und machte eine Pause. »Wir haben viel an Charakter verloren, weißt du das? Wir hatten mal *Charakter*. Heute sind wir bestenfalls Karikaturen.«

Petra wusste weder, was sie darauf sagen, noch, wie sie reagieren sollte, er schien aber auch gar nicht zu erwarten, dass sie darauf einging. Er streckte sich vor und nahm ein Stück Zucker aus einer Schale, die mitten auf dem Tisch stand, tunkte es in den Kaffee und kaute darauf. Er sah nachdenklich drein. »Man hat den Zucker weicher gemacht. Es ist nicht mehr möglich, ein Stück in den Mund zu nehmen und den Kaffee darüber zu trinken.«

Assar hatte freundliche Augen. Manchmal schimmerte der graue Star darin auf, wie helle Spiegel am Grund des Auges, ansonsten aber waren sie dunkel, warm und intelligent, so wie Håkans Augen. Vielleicht wie die Augen des Kindes, das sie und Håkan gehabt hätten, wenn sie denn eins bekommen hätten. Sie konnte verstehen, dass Margareta Assar einst verfallen war. Ihre Jacke hatte sie im Vorraum aufgehängt, und sie musste sich zurückhalten, damit sie nicht hinauslief, um zu prüfen, ob die Briefe noch da waren. Er ist erstaunlich gesprächig, dachte sie. Vielleicht lag es ja an seinem journalistischen Hintergrund.

»Wann willst du denn erzählen, was du auf dem Herzen hast?«

Sie hatte das Gefühl, als würde er geradewegs durch sie hindurchschauen. Sie wischte sich die Handflächen an der Jeans ab und leckte sich die Lippen, damit sie weniger trocken waren.

»Ich habe dich auf der Beerdigung gesehen.«

Jetzt waren da nur er und sie, sonst nichts. Keine Küchenuhr. Kein knackender Herd oder brummender Kühlschrank. Kein tropfender Wasserhahn. Keine Zweige, die gegen die Fensterscheiben wehten, kein tropfendes Dach, kein Vogelgesang, nichts. Von irgendwoher roch es nach Schweiß. Es kam wohl von ihr selbst.

»Hätte ich nicht dort sein sollen?«

»Doch, so habe ich das nicht gemeint. Ich habe gesehen, dass du traurig warst.«

Er verzog einen Mundwinkel zu einem halben Lächeln. Es ließ ihn müde aussehen.

»Hätte ich nicht traurig sein sollen?«

Verdammt. Ihre Hand flog zur Brust.

»Ich hole mal eben …«

Auf dem Weg in den Vorraum stolperte sie über die Schwelle. Ihre Hände zitterten mehr, als seine es getan hatten. Sie bekam den Reißverschluss nicht zu fassen. Petra holte tief Luft, spürte, wie sich die Lungen vom Bauch bis zum Schlüsselbein füllten. Noch einmal. Betrachtete ihre Hände. Sie zitterten jetzt weniger.

»Hast du gefunden, was du gesucht hast?«, sagte Assar. Es klang brummig. Während sie draußen war, hatte er einen halben Mandelkeks gegessen. Die andere Hälfte lag noch vor ihm, und im Schnurrbart hingen ihm Brösel. Petra legte die Briefe vor sich hin und hielt mit gespreizten Fingern die Hand darauf. Sie sah ihn nicht an, als sie zu erklären anhob.

»Die habe ich gestern gefunden. Es sind Briefe, die Margareta geschrieben hat. Sie hatte mal gedacht, dass sie verbrannt würden, aber daraus wurde nichts. Sie sind nicht datiert, aber den einen hat sie geschrieben, als Håkan, also ihr Sohn, mein Mann, gerade geboren war, und den anderen hat sie geschrieben … ja, das kann ich natürlich nur vermuten, aber …«

»Red weiter.«

»Als sie vorhatte durchzubrennen.«

Sie starrten einander jetzt an, sie und Assar. Er hatte seine buschigen Augenbrauen zusammengezogen. Es ließ ihn böse aussehen. Er hatte aber nach wie vor die Hände vor sich gefaltet und hörte zu, mit geradem Rücken und Mund.

»Ich habe sie geöffnet und gelesen. Verzeihung.«

»Muss man dafür um Verzeihung bitten?«

»Sie waren an dich gerichtet.«

Assar schnurrte zusammen wie ein alter Ballon, aus dem die Luft entwich. Er saß noch ein Weilchen auf dem Stuhl, schlaff und weich, bevor er sich auf den Tisch stützte, um aufzustehen – Petras Kaffee schwappte dabei über –, und in einen anderen Raum zu gehen. Sie betrachtete die Tasse und den verschütteten Kaffee und fragte sich, ob sie ihn aufwischen sollte, bevor sie ging.

»Kommst du?«, hörte sie ihn rufen, als sie gerade den abgenutzten Wettexlappen holen wollte, der schlapp überm Wasserhahn hing. Sie folgte seiner Stimme in einen Raum, der sich an die Küche anschloss. Das Wohnzimmer. Er hatte allerdings nur ein paar Sessel, kein Sofa, und einen alten Zwölf-Zoll-Fernseher – aber einen kleinen Schreibtisch und mehrere Bücherregale voller Bücher. Mitten im Wohnzimmer war auf einem beige und rot gemusterten Röllakan-Teppich das Bett platziert. Die Briefe in ihrer Hand waren allmählich warm geworden.

»Ich musste mich hinlegen. Ein alter Mann wird manchmal müde«, sagte er und verzog den Mund zu einem Lächeln, obwohl er traurig dreinsah. »Du kannst dich dort hinsetzen«, sagte er und zeigte auf einen braunen Cordsessel, »zieh ihn her und setz dich neben mich.« Sie tat, was er sagte. Sank unangenehm tief in den Sessel und verschränkte die Beine unter sich, um ein bisschen höher zu sitzen. Petra hatte gute Lust, sich vorzubeugen und ihm die Hand zu tätscheln, oder die Wange, ließ es aber sein.

»Na denn. Lass hören.«

»Willst du sie nicht selber lesen?« Petra hielt ihm die Briefe hin. Statt sie entgegenzunehmen, zog er die Hand zurück.

»Nein, ich möchte, dass du liest. Ich weiß auch nicht, ob ich alles hören möchte. Das darfst du selbst beurteilen. Denk nur daran …« Assar machte eine Pause, hustete, dass es schallte, und räusperte sich. Vielleicht sind die Worte auf ihrem Weg nach draußen stecken geblieben, dachte sie. »Denk nur daran …«, sagte er noch einmal, so leise, dass sie es kaum verstehen konnte. »Denk daran, dass ich Margareta sehr liebe.«

Assar schloss allmählich die Augen, als sie halb durch den ersten Brief war, und er hielt sie noch lange geschlossen, nachdem sie damit fertig war. Sie konnte sehen, wie sich sein Brustkorb hob und senkte, er war also nicht gestorben, und um zu schlafen, atmete er zu schnell.

»Ich hatte nie vor, mit jemandem darüber zu reden. Nie«, sagte er.

»Ich wollte nur ein paar Fragen stellen.«

»Aber wie gesagt, ich *hatte* nie vor, darüber zu reden. Es kommt nicht immer so, wie man denkt, oder? Das solltest du auch wissen«, sagte er. Er erwartete keine Antwort. »Ich wusste nicht, dass sie sich derart für Hebbe einsetzte«, fuhr er fort.

»Ich verstehe es so, dass sie auch für dich nichts kaputtmachen wollte.«

»Ich war sehr jung, es lag wohl daran. Aber sie hat es trotzdem getan. Sie hat es mir praktisch nie gesagt. Allerdings hat sie nie protestiert, wenn ich gesagt habe, dass er von mir ist, doch direkt ausgesprochen hat sie es nie. Aber ich konnte es ja sehen.«

»Das kann ich auch, jetzt, wo ich es weiß.«

»Glaubst du, dass er es begriffen hat?«

»Für Håkan gibt es nur Hebbe. Soweit ich ihn verstanden habe.«

Er strich sich über Stirn und Augen.

»Vielleicht hat sie den Brief deshalb nicht abgeschickt, weil sie eigentlich nicht wollte, dass zwischen euch Schluss wäre.«

»Soll das ein Trost sein?«

»Vielleicht nicht.«

»Ich war so sauer auf ihn. Also auf Hebbe.« Es hörte sich an, als würde er mit sich selber reden und gar nicht mehr daran denken, dass sie im Zimmer war. »Und wenn man sich vorstellt, dass er einen Bengel großgezogen hat, den er nicht gezeugt hatte! Sie brauchte keine Angst zu haben.«

»Sie hatte vor ziemlich vielem Angst.«

»Ja, das ist wahr. Aber sie war auch stark, stärker als ich. Sie hat es nur selber nicht gesehen.«

»Soll ich den anderen Brief noch vorlesen?«

Er nickte und schloss wieder die Augen. Sie las den Brief ganz vor. Ab und zu schnitt Assar eine Grimasse beim Zuhören, wie ein schlafender Säugling mit jähen Krämpfen vor Bauchweh. Da unterbrach sie, wartete, bis er mit der Hand wedelte, um sie aufzufordern weiterzulesen. Aus ihr sprach Margaretas Stimme, ängstlich und unsicher. Über ihr eigenes Unvermögen. Darüber, dass sie Lars und Nilas im Weg stehe. Über ihre Besorgtheit um Håkans Zukunft. Über die Musik, die verstummte, als Hebbe starb. *Viele Jahre war ich nicht frei, vielleicht auch nie. Und ich hoffe, mit dir zusammen frei sein zu können,* las Petra.

»Das war alles«, schloss sie. Assar lag still da, jetzt aber mit offenen Augen, den Blick zur Decke gerichtet.

»Das hat sie gesagt, als sie beschloss, zurückzukehren.«

»Über die Musik?«

»Sie sagte, sie sei nicht frei mit mir, und sie habe begriffen, dass sie es auch nicht sein könnte.«

»Was ist eigentlich passiert?«

»Ich weiß es nicht. Ihr Sohn verschwand. Wir wussten ja nichts.«

»Du weißt, ich habe bei der Zeitung gearbeitet, bei *Inlandskurren.* Wie habe ich es bereut, dass ich denen erzählt habe, wo ich wohne! Sie wollten, dass ich über das verschwundene Kind schreibe. Ich habe damit gewartet, es Margareta zu erzählen. Ich dachte, das sei besser so.«

Petra schlief allmählich das Bein ein, auf dem sie saß. Sie bewegte die Zehen, um Leben in die Nerven zu bekommen, wollte aber ihre Position nicht verändern, um Assar nicht zu stören. Er schien tief in seine Erinnerungen versunken zu sein.

»Das war es wohl, was passiert ist. Eigentlich war geplant, dass ich, wenn wir uns eingerichtet hätten, zurückfahren sollte. Ich hatte Vollmacht, ihr Vieh zu verkaufen – das Geld sollte an Håkan gehen, hatte sie entschieden, er sollte es zum Examen geschenkt bekommen – und dann wollte ich diesen Hof verkaufen. Wir haben eigentlich nur auf unsere Wohnung gewartet.«

»Stattdessen ist dann sie gefahren.«

»Sie war mir böse. Ich bin ihr nachgefahren. Es war praktisch noch nicht Schluss zwischen uns. Sie ist auch hinterher noch mehrmals zu mir gekommen. Dann hat sie eine Wohnung in Sorsele bekommen und ist dorthin gezogen. Sie sagte, sie habe das getan, um davonzukommen. Aber das war es nicht.« Er klang müde und resigniert. Assar hustete wieder so schallend wie schon zuvor. »Könntest du mir bitte ein Glas Wasser bringen? Ich habe einen ganz trockenen Mund.«

Petra ging in die Küche. Das eingeschlafene Bein stach und kribbelte. Es war dasselbe, das sie sich verstaucht hatte, und sie humpelte noch mehr. Etliche von Assars Trinkgläsern waren Gläser von gekauftem Gelee. Sie füllte eines mit Wasser, das nicht richtig kalt werden wollte und ging zurück. Er trank es in einem Zug.

»Du hast gesagt, sie sei nicht deshalb nach Sorsele gezogen, um davonzukommen. Warum hat sie es denn deiner Meinung nach getan?«

Assar setzte sich auf, mühevoll und langsam, als würde ihm der ganze Körper wehtun. Petra versuchte ihm zu helfen, und er lehnte sich an ihre Schulter. Sie saßen jetzt einander gegenüber, sie hatte ihre Knie zwischen den seinen. Er starrte sie unverwandt an, als er antwortete.

»Strafe, zum Teil. Selbstständigkeit, vor allem. Ich glaube, sie war glücklich.«

»Glaubst du?«

»Ja, ich glaube schon. Du hast doch den Pfarrer gehört? Sie hatte letztendlich ja die Musik. Spielte sogar selber. Das war alles, was sie haben wollte. Soweit ich weiß.«

In der Gefriertruhe hatte er seine Vorratsdosen, und Petra fand etwas, was appetitlich aussah – Hühnertopf mit Reis – und erhitzte ihn in der Mikrowelle. Sie teilten ihn sich. Assar drängte ihr Butter auf, die sie mit der Gabel im Reis zerdrücken sollte, und als sie aßen, legte sich wie eine schnurrende Katze ein angenehmes Schweigen zwischen sie. Zum Nachtisch aß Assar die andere Hälfte des Mandelkekses, und wieder blieben ihm Brösel im Schnurrbart hängen, weiß und dunkelgrau durcheinander. Er wischte sie mit der Hand weg, und sie lachten. Petra aber, ihr war bange. In ihr sprudelte es nicht wie sonst, wenn sie lachen wollte, bis sie es im Bauch spürte. Die strubbeligen Haarbüschel, die ihm aus den Ohren standen, hätten sie ganz kicherig werden lassen müssen, aber auch das Kichern blieb ihr stecken. Und als er ihren Blick festzuhalten versuchte, mit diesen warmen Augen, in die zu schauen sie eigentlich nichts dagegen hatte, wich sie aus.

»Ich hätte Håkan gern als meinen Sohn gehabt«, sagte er schließlich. »Das wollte ich immer.«

»Ja, das verstehe ich.«

»Aber es war ihre Bitte.«

Jetzt sah Petra ihn direkt an.

»Ich möchte das gleiche tun und dich bitten, Håkan nichts zu erzählen«, sagte sie. »Ich wünschte, es wäre anders.«

»Kommst du morgen wieder? Ich kann den Pflegedienst bitten, was Gutes zum Kaffee zu kaufen«, sagte er, als sie schließlich, eine Weile nachdem der Kaffee ihr den Magen gesäuert hatte, in ihre Jacke schlüpfte. Es hörte sich ängstlich an. Er war hinter ihr hergeschlurft und stand etwas zu nahe, etwas zu eifrig, in dem engen Vorraum.

»Ich weiß, es ist, wie es ist«, fuhr er fort, als sie nicht reagierte. »Lassen wir es also dabei.«

Jetzt senkte sich das Schweigen zwischen sie, und Petra wartete, bis es sich zurechtgelegt hatte. Dann lächelte sie.

»Ja. Ich komme morgen wieder her. Versprochen.«

Håkan

2008

Sie sagten, er habe zwei volle Tage in Narkose gelegen. Petra erzählte, dass sie nicht die ganze Zeit da gewesen sei, aber sie sei immerhin da, wenn er aufwache, das sei doch die Hauptsache. Es zischte und pfiff um ihn herum, eine Symphonie aus Krankenhausgeräuschen. Sie redeten nicht. Sein Mund war trocken und pelzig, es wollten keine Worte herauskommen. Und auch keine Scham.

»Warum hast du das getan?«, sagte sie schließlich. Er fand nicht, dass sie fragen sollte. Es war zu viel Zeit vergangen. Seine Hände zitterten, und ihm war schwummerig. Und er überlegte, etwas zu erzählen, alles zu erzählen, über alles, was er getan hatte, bis er sähe, dass sie sich vor Irritation wand.

»Was meinst du?«

»Ja, warum hast du das getan?«

»Ich hab doch nichts getan.«

»Doch, schon. Ich weiß es doch.«

Petra schwamm in seinem Blickfeld aus und ein. Diese lähmende Müdigkeit. Er wollte das Bett absenken und schlafen. Er tastete nach dem Steuerungsgerät des Betts, fand es aber nicht.

»Was hat Kuno gesagt?«, sagte er, eher als Behauptung denn als Frage. Es war nicht mehr als ein Flüstern. Die Mattigkeit hatte sich auch auf seine Stimmbänder gelegt.

»Das tut nichts zur Sache.«

»Doch, schon. Kuno will mir übel.«

Sie reagierte, als hätte er ihr einen Schlag versetzt. Sie wich zurück. Ihre Hände schnellten an die Brust hoch.

»Das ist jetzt nicht freundlich von dir«, sagte sie.

»Er war es auch nicht.«

Schweigen. Dann war es, als schluchzte sie auf.

»Du bist auf die Gegenfahrbahn gefahren«, sagte sie. Petras Stimme tat ihm in den Ohren weh. Er wollte sie zum Schweigen bringen. Håkan wollte einfach nur ruhen, sich hinlegen und einschlafen und schlafen, bis alles vergessen wäre. Er hätte alles Mögliche sagen können, nur um sie zum Schweigen und zum Gehen zu bringen.

»Es war keine Absicht. Sie haben im Radio über Nilas geredet. Ich habe es nicht mehr ausgehalten, mir das anzuhören. Ich würde nie … Du glaubst doch nicht, dass ich versuchen würde, mir das Leben zu nehmen?«

»Was haben sie denn gesagt?«

»Alles Mögliche.«

»Über dich? Über Margareta?«

»Über Nilas.«

Er schloss die Augen und hörte sie neben sich atmen. Seufzen. Mit dem Stuhl scharren. Als er wieder zu ihr hochschaute, sah er die Enttäuschung in ihrem Gesicht. Sie saß ihr in den Augen, in den Armen, die an ihr herunterhingen, den hängenden Schultern.

»Du sollst wissen, dass ich mich für dich entschieden habe. Ich habe mich entschieden, bei dir zu bleiben. Aber ich weiß nicht, ob ich noch länger warten kann, Håkan.«

Sie hätte genauso gut einen Eimer Flusswasser über ihm ausschütten können, der bewirkte, dass ihm das Herz ein oder zwei Schläge lang stockte. Bloß das nicht, was auch immer sonst, bloß das nicht, das durfte nicht passieren. Håkan schloss wieder die Augen. Nahm Anlauf.

»Ich muss jemanden treffen, mit dem ich über Lars reden kann. Nilas Vater. Ich muss mit jemandem reden, der weiß, was mit ihm passiert ist. Kannst du so lange warten?«

***

Petra hatte zu Håkan gesagt, dass sie zum Nachbarn fahren würden, als er entlassen wurde. Zu Assar Sjögren, um den sie sich neuerdings kümmerte, aus einem Grund, den sie ihm nicht deutlicher machte, als dass er allein sei und es brauche. Sie wolle nicht, dass Håkan zu Hause sitze, ohne Gesellschaft, sagte sie, das mache sie nervös. Als er schließlich nach Hause durfte, als er äußerlich so weit wiederhergestellt war, dass er keiner Pflege mehr bedurfte, dirigierte sie das Taxi deshalb zu Assar.

Assar hatte nach und nach modernisiert, wie Håkan sah. Ihre Häuser waren ungefähr gleich alt, aber bei Håkan war die Zeit stehen geblieben, zumindest bis Petra in sein Leben getreten war, während Assar mit seinem weitergegangen war: mit gilbendem Kiefernholz und Linoleumfliesen auf dem Fußboden, die nach jahrzehntelangem Gebrauch jetzt abgetreten waren. Ja, sagte Assar, als er fragte, das habe er gemacht, als er beschloss, hierzubleiben. Anfang der siebziger Jahre.

»Ich habe gehört, dass du die Kühe doch noch abgestoßen hast«, sagte Assar zu ihm, und Håkan nickte stumm. Zu guter Letzt, also.

Bevor er im Krankenhaus gelandet war, hatten die Leute im Ort, seit Nilas' sterbliche Überreste gefunden worden waren, immer danach gefragt. Und wenn sie nicht fragten, dann standen sie da und wanden sich und kommentierten das Wetter oder die neuesten Nachrichten, geschwätzig und ungebärdig, als sollte er nicht merken, worüber sie *eigentlich* reden wollten. Falls sie überhaupt mit ihm redeten, diese Variante gab es auch. Köpfe, die sich senkten, auf den Boden geheftete Blicke, die Leute konnten so tun, als würden sie ihn nicht sehen. Und wenn er grüßte, schauten sie hoch, langsam und widerwillig, und begegneten ihm mit schwer erkämpftem Enthusiasmus: Ach, hallo, ich habe dich gar nicht gesehen! Und obwohl er gern mal unsichtbar gewesen wäre, hatte er allmählich Gefallen daran gefunden, nicht da zu sein, und das war das Schlimmste. Umherzugehen und wieder unsichtbar zu sein, genau wie damals, als Nilas verschwand.

Håkan war erleichtert, dass Assar keine Fragen stellte und ihn seine bloße Gegenwart nicht zu stören schien. Seine Schultern sanken ein wenig, und er war nicht mehr so zittrig angespannt wie während der Taxifahrt. Er lächelte darüber, dass die Kühe das Einzige waren, was Assar kommentiert hatte.

Und dann wurde es still zwischen ihnen. Reden ging in stille Übereinkünfte über. Håkan bekam einen Platz im Plüschsessel zugewiesen, und Assar legte sich ein Stück entfernt aufs Bett. Keiner von ihnen schlief.

Assar wirkte entspannt, betrachtete nur von Zeit zu Zeit seine Hand, legte sie über die Augen, und anschließend durfte sie auf dem Bauch ruhen. Außerdem nahm Håkan an, dass Assar einer war, der schnarchte, genau wie er selbst, und im Zimmer waren nur Geräusche von draußen zu hören, und das waren nicht viele. Wintergeräusche. Ab und zu aufheulende Windböen, fernes Hundegebell, ein Schneemobil, das auf der Piste unten auf dem Fluss vorbeifuhr. Håkan sehnte sich nach dem tropfenden Dach. Der Wärme und dem Licht, das er brauchte, es war noch viel zu dunkel draußen. Sie lagen da und atmeten, jeder für sich, und Håkan fühlte sich auf eine Weise angenehm und entspannt wie schon lange nicht mehr. Es ist wie mit den Kühen, dachte er, niemand, der es weiß, und niemand, den es juckt.

»Warum haben wir das eigentlich nicht schon früher gemacht?«, sagte Håkan, als er angekleidet im Vorraum stand und darauf wartete, dass Petra bis zur Vortreppe gefahren kam, um ihn abzuholen. Assar lächelte, dass seine Augen verschwanden, sie blinzelten aus allen munteren Falten und Runzeln, strahlend und lausbübisch.

»Du weißt«, sagte er mit einem Glucksen in der Stimme. »Ich bin doch einer von den Sjögrens. Das waren noch nie Freunde von den Larssons.«

* * *

Auf halbem Weg wurde es langsam hell. Der Himmel sah aus wie Milch mit Preiselbeeren und erinnerte ihn an längst vergessene Sommermittagessen. Es war ein paar Tage nach seiner Rückkehr aus dem Krankenhaus. Petra fuhr. Seine Petra. Håkan legte seine Hand auf ihren Schenkel, der am Schalthebel ruhte. Ihre Wärme war durch den Jeansstoff zu spüren. Nahezu unmerklich zog sie das Bein zurück. Er fragte sich, ob sie sich dessen bewusst war.

Lars gab es nicht mehr, auch seine Schwester nicht. Aber Lars-Mikael, den Sohn der Schwester, und Håkan hoffte, dass er das Gedächtnis an Lars verwaltete, dass er ausreichend viel wusste, um erzählen zu können, wie Lars gelebt hatte und wie er gestorben war. Die Unruhe zupfte und fuhr in ihm herum, mal hierhin, mal dorthin, durch den Leib und in die Finger und in die flatternden Augenlider. Am liebsten würde er nicht an Lars denken. Aber er musste.

Als Håkan Lars-Mikael zuletzt getroffen hatte, war er noch ein kleiner Junge mit einem Messer am Gürtel und einer Selbstverständlichkeit an sich, die Neid erregte. Heute hatte er einen Namen bei *Eniro*, zwei Wohnsitze – einen für den Winter und einen für den Sommer, wie er erklärt hatte, als Petra anrief. Und ja, das wäre wohl durchaus möglich, wenn sie und Håkan kommen wollten, auch wenn er nicht recht wisse, womit er behilflich sein könne, weil Petra ja nicht sagen konnte, worüber Håkan reden wollte.

Das wusste nur Håkan.

Die leise Röte am Himmel wurde allmählich blau. Sie fuhren an einem Windpark vorbei, selbstleuchtende und lange, nackte

Stromleitungsschneisen bildeten weiße Streifen in der Landschaft. Er vermisste seine Bäume zu Hause. Birkenwogen und Kiefernäste, die sich über die Straße neigten, bärtig und krumm vom Schnee. Hier kam ihm die Landschaft platt und unsicher vor.

Petra setzte ihn an der richtigen Adresse ab. Ich möchte das allein erledigen, sagte er zu ihr, woraufhin sie dreinsah, als hätte er sie geschlagen. Ich werde dir hinterher alles erzählen, sagte er zum Trost. Es sah nicht gerade so aus, als würde sie sich davon beruhigen.

Das Treppenhaus war höchst gewöhnlich und erinnerte an das bei Margareta. Eine ausgetretene Steintreppe mit im Kalkstein eingeschlossenen fossilen Tieren und ein Treppengeländer, das dumpf wummerte, als er es anfasste. Die Wohnung lag anstrengend weit oben. Håkan holte Atem, bevor er an der Tür klingelte. *Idivuoma*. Lars-Mikael war auf dem Türschild mit L-M abgekürzt, einem altmodischen Schild mit Plastikbuchstaben.

Der Junge, der kein Junge mehr war. Das Haar von einer Farbe wie spätsommertrockenes Gras, blaue Augen, umgeben von Krähenfüßen vom Lächeln, Erhebungen und Täler in seinem Gesicht. Er sah aus wie Lars. Es war ein Schlag in die Magengrube, ein Schwanken unter den Füßen. Håkan lehnte sich an den Türpfosten, um Atem zu holen. Lars-Mikael sagte *bures*, machte Håkan Platz, damit er in die Wohnung kam und keine andere Wahl hatte, als dorthin zu gehen, wo es nach Kaffee und Zimtschnecken roch.

Der Küchentisch, wie immer. Die Zimtschnecken in einem Teller auf der Ripstischdecke. Er war kein hoher Besuch, Håkan, aber unbekannt genug, dass man Kaffee und Gebäck bereitstellen musste. Er, der wie Lars aussah und wie Lars hieß, aß schweigend eine Zimtschnecke, den Blick auf sein Handy geheftet. Håkan pfriemelte die Zuckerkügelchen ab, eins nach dem anderen, hielt sie zwischen den Lippen und ließ den Kaffee durchrieseln. Er konnte sich nicht dazu überwinden, die Zimtschnecke in den Mund zu schieben.

»Wir haben die Rentiere mit Peilgeräten ausgestattet«, sagte Lars-Mikael, nachdem sie eine Weile geschwiegen hatten, und zeigte auf das Handy. »Das ist neu dieses Jahr. Es ist spannend, zu beobachten, wie sie sich bewegen, man wusste zwar auch früher Bescheid, aber nicht so detailliert wie heute. Ich bin immer verdammt nervös, wenn sie sich in der Nähe einer Straße bewegen. Ich krieg noch ein Magengeschwür davon.« Lars-Mikael schlürfte den Kaffee in sich hinein. »Man sollte meinen, dass es schon genug gegeben hat, worüber man sich Sorgen machen musste. Es gab viel Schnee dieses Jahr, und da sind sie zu den Straßen gezogen. Und wenn sie im Wald sind, gehen sie in verschiedene Richtungen. Dann werden die Kälber von den Renkühen getrennt.

Aber du, wie auch immer. Ich erkenne dich wieder. Ich kann nicht sehr alt gewesen sein, als ich dich zuletzt getroffen habe, aber ich erinnere mich an dich. Ich weiß, was passiert ist, ich habe von Nilas in der Zeitung gelesen. Wolltest du mich deswegen treffen?«

Ein kurzes Zögern, dann nickte Håkan.

»Ich weiß nicht, ob ich da besonders behilflich sein kann. Aber ich habe unser altes Fotoalbum hervorgeholt, als sie angerufen hat. Deine Frau, meine ich.« Er streckte die Hand nach einem braun gesprenkelten Band aus, der in der Fensternische lag, rückte dann seinen Stuhl neben Håkans und begann zu blättern.

Es war ein dünnes Album. Nicht viele Bilder, die meisten schwarz-weiß. Frauen und Kinder im Kolt.

»Urgroßmutter Ende der zwanziger Jahre in der Siedlung in Norwegen«, sagte Lars-Mikael und zeigte auf eine Frau mit einer zuckerhutförmigen Mütze. Auf dem nächsten Bild waren an die zehn Kinder, die vor einer Kote standen, und ein paar herausgeputzte Erwachsene, die keine Sami waren. Ein Bild von der Nomadenschule auf Dårånjuoná. Da ist *eanu*, sagte Lars-Mikael und zeigte auf einen Jungen mit weißen Haaren, genauso weiß wie die von Nilas. Aus einem Impuls heraus strich Håkan mit den Fingerspitzen über das Bild, über den Jungen, der Nilas mal derart ähnlich gewesen war. Diese Ähnlichkeit hatte er früher nie gesehen.

Zwischen den Bildern gab es auch ein Jagdbild, die meisten aber waren förmliche Porträts, von in Kolts herausgeputzten Personen, zumindest bis sie von Schwarz-Weiß zu verblassten Technicolorfarben übergingen. Lars-Mikael blätterte über Hochzeiten und Begräbnisse hinweg, er zeigte und erzählte, Namen und unbekannte Gesichter flatterten vorüber: Anund, Aslat, Anne-Maret, Heaika und Helena. Freunde und Verwandte. Ein Bild von Lars, breit lächelnd, die Hemdärmel hochgekrempelt und mit dem Lasso um das Geweih eines Rentiers. Lars-Mikael hielt im Blättern inne.

»Ich kenne niemanden, der so mit Leib und Seele Rentierhirte war wie Lars. Er war eigentlich nicht reich, hatte also nicht sonderlich viele Rentiere, aber es war ihm wichtig.«

»Er hat sie aber seinem Bruder überlassen. Als Nilas verschwand.«

»Ja, das stimmt«, sagte Lars-Mikael und blätterte weiter. »Mutter glaubte, er würde vor Trauer sterben. Da bist du und Lars und *eadni*«, sagte Lars-Mikael und zeigte auf einen mürrischen Jungen, der in die Kamera blinzelte. Neben ihm stand Lars mit einem Messer in der Hand. Er sah glücklich drein und hatte den Arm um Håkan gelegt. Ein Stück entfernt saß Nilas zu ihren Füßen, nicht älter als zwei Jahre, neben einer Frau.

»Ich erinnere mich, dass ich mich verloren gefühlt habe«, sagte Håkan. »All die Kinder, die jünger waren als ich und trotzdem mehr bei allem dabei.«

Lars-Mikael lächelte, während er die Frau auf dem Bild betrachtete.

»Ja, ich fand das so seltsam! Auf der anderen Seite hat Lars es dir gezeigt und erklärt. Wir dagegen mussten uns immer alles abschauen. Mutter mochte dich, weißt du. Sie hätte es gern gesehen, wenn ihr zu Lars gezogen wärt.«

»Das wäre nie geschehen. Mama wollte den Hof nicht verlassen.«

»Daran erinnere ich mich auch. *Eadni* war sehr böse auf Lars.«

»Weil er mit einer schwedischen Frau zusammen war?«

»Nein, ganz und gar nicht. Aber sie war vielleicht nicht die richtige Frau für ihn? Ich weiß es nicht, ich war damals noch so jung. Mutter sagte immer, dass er beides wollte: den Kuchen essen und ihn behalten. Die Familie und die Rentiere waren für ihn das Wichtigste auf der Welt.«

»Meine Mama fand auch, dass er sich entscheiden müsse, aber er hat es nie getan.«

»Mhm. Und dann hat er alles verloren.«

Schweigend betrachteten sie das Bild.

»Es ist traurig. Er hat so viel aufgegeben für seine Familie, und alle haben ihn beschuldigt, weil ‚der Lappe säuft'. Das hat ihm den Rest gegeben.« Lars-Mikael ließ den Kopf und die Schultern hängen. Hätte er Håkan angeschaut, dann hätte er gesehen, wie der sich auf die Lippen biss und fortwährend schluckte, er schluckte so viel, dass ihm der Hals weh tat.

»Ich habe gehört, dass er sich totgesoffen hat.«

»Wie bitte?« Lars-Mikael hob den Blick und sah Håkan an. Er wirkte sowohl erstaunt als auch irritiert. Håkan flatterte das Herz, aber er zuckte die Achseln.

»Das ist das, was ich gehört habe.«

»Nur weil du es von anderen gehört hast, soll es wahr sein? Ihr habt verdammt noch mal mit ihm *gelebt!* Seine Familie.«

Håkan hielt sich am Tisch fest, um nicht aufzustehen und zu gehen. Er konnte seinen eigenen Geruch wahrnehmen, er roch sauer, Lars-Mikael würde merken, dass er nach Angst roch.

»Ich weiß nicht. Aber …

»Aber es ist das, was die Leute gesagt haben? Das ist doch die Scheiße, dass man es von allen Seiten zu hören kriegt.« Lars-Mikael schlug mit einem Knall das Fotoalbum zu und schob es auf dem Tisch von sich. »Das war es doch, was ihm den Rest gegeben hat. Hat nichten getrunken, *eanu,* nichten vor Nilas und nichten danach. Er war schließlich religiös und Abstinenzler!«

Das schlechte Gewissen, das er doch loswerden wollte, heftete sich in ihn fest. In Håkans Stimme gab es nichts mehr, was noch tragen wollte. Stattdessen wisperte er.

»War er böse auf uns, auf mich und Mama?«

Lars-Mikael sah verwundert drein.

»Hätte er das sein sollen? Nein, ich glaube nicht. Ihr wart das Wichtigste für ihn. Nichts sonst war so wichtig, nicht mal die Rentiere.«

»Aber er ist weg von uns. Er hat uns verlassen. Ich habe gedacht, weil er böse war auf uns.« Håkan schwieg eine Weile. »Er hat mich verlassen.«

»Ehrlich gesagt. Ich glaube nicht, dass er es überlebt hätte, wenn er geblieben wäre. Er ist ja von allem fortgezogen. Nicht, weil er auf euch böse war. Er hat euch vermisst, und er hat die Rentiere vermisst, er hat viel von euch geredet, und mit Freuden. Aber …«, sagte Lars-Mikael und sackte wieder zusammen, »am meisten hat er Nilas vermisst.«

Er trommelte mit den Fingern auf den Tisch und nahm Anlauf. »Und er musste unbedingt dieses Vermissen hinter sich lassen.«

Petra

2008

Als Håkan anrief, um abgeholt zu werden, hatte sie etwas ausfindig gemacht, wo sie Kaffee trinken konnte – eine Tanke am Rand eines schäbigen Industriegebiets, die in ihrem Automaten immerhin Latte, Macchiato und Espresso anbot, wozu immer das nun gut sein sollte, wo es doch ohnehin nur Automatenkaffee war – und eine Grillwurst mit Kartoffelbrei und Krabbensalat gegessen hatte, was sie womöglich mit einer Lebensmittelvergiftung zu bezahlen hätte. Ich bin jetzt so weit, sagte er und beendete das Gespräch, und sie wischte sich den Krabbensalat aus den Mundwinkeln, warf den Abfall weg und während sie zum Auto ging, dachte sie sich, dass sie ein Feuchttuch hätte brauchen können.

Håkan hatte entschieden geklungen, als sie gefragt hatte. Es ging nicht darum, ob er etwas erzählen würde, sondern darum, was er erzählen würde. Petra war sich unsicher, ob die lauten Proteste ihres Magens von Nervosität herrührten oder vom Krabbensalat, es nahm jedenfalls zu, je näher sie dem Mietshaus aus Ziegeln kam.

Lars-Mikael und Håkan standen auf dem Parkplatz und warteten auf sie. Lars-Mikael hatte die Hände in die Seiten gestützt, unerschrocken und bereit. Håkan wirkte wie ein verletztes Tier, scheu und vorsichtig, die Jacke aufgeknöpft und die Mütze in der Hand. Unter ihren Füßen knarzte es, als Petra auf sie zuging.

»Lars-Mikael«, sagte er, streckte die Hand aus und machte dann seine Jacke fester zu. »Hat mich gefreut. Entschuldigt bitte, aber ich muss jetzt reingehen. Danke für deinen Besuch, Håkan.«

Håkan nickte. Er lächelte, kaum merklich, aber er lächelte. Erleichterung durchfuhr Petra.

»Na, dann macht's gut, und viel Glück bei allem«, sagte Lars-Mikael, bevor er in das Mietshaus ging.

»Alles gut?«, fragte sie schließlich, als Håkan nichts sagte.

»Ja«, sagte er und lächelte. Er sah alt aus, das war ihr vorher nicht aufgefallen. Er war so gealtert, als wäre er schon zehn Jahre älter. Seine Haare waren grau geworden, die Runzeln auf seiner Stirn zu tiefen Furchen. Sie wollte sie fortwischen.

»Ja, alles gut. Wir können doch in Lycksele vielleicht Essen gehen? Was hältst du davon?«

»Das können wir machen.«

Sie schaffte es, fast bis nach Hause zu fahren, während Håkan still neben ihr saß. Mal leuchtete sein Gesicht in einem Lächeln auf. Mal huschte etwas Panisches durch seinen Blick. Mal sah er traurig drein, unendlich bekümmert. Sie wollte auf ihn einschlagen. Auf Håkan eindreschen. Ihm drohen, ihn zu verlassen. Schreien, spucken, fluchen, ihn auf bloßen Knien anflehen, irgendetwas, um ihm dazu zu bewegen, mit ihr zu reden, anstatt sich in seiner eigenen Welt einzuschließen.

Schließlich fing sie am Steuer zu weinen an. Es ließ sich nicht zurückhalten. Es jaulte ihr durch die Kehle und floss ihr aus den Augen, nicht weil sie bekümmert war, sondern weil sie stinkig war auf diesen Scheißkerl neben sich, der sie nicht einließ.

»Du kannst nicht fahren«, sagte er ruhig, »fahr in eine Parklücke und heul dich aus.«

Sie hielt am Vormforsen an. Der Schnee stob auf, als sie bremste und parkte. Sie drehte den Zündschlüssel herum, und es wurde dunkel, dunkel und still, anders als in jener Sommernacht vor zwanzig Jahren.

»Mensch, wie kannst du nur so unsensibel sein«, sagte sie, als ihre Tränen versiegt waren. Håkan seufzte laut. Ihre Nase war angeschwollen. Sie streckte sich nach ihrer Handtasche und kramte nach einem Taschentuch.

»Petra«, sagte er, er klang sanft und traurig.

Die Finger, die ihre ergriffen. Die Wärme seiner Hand auf ihrer Wange, der Blick, der ihrem auswich.

»Lars hat sich nicht totgesoffen«, sagte er so, dass sie es kaum hörte.

»Was?«

»Ich hatte geglaubt, dass er sich totgesoffen hat. Dass es meine Schuld war.«

»Aber warum denn?«

Er sah sie nach wie vor nicht an. Sie versuchte durch ihre geschwollene Nase zu atmen, während er ihre Hand presste, bis es wehtat.

»Ich habe es einfach geglaubt«, sagte er wieder. »Aber es war nicht meine Schuld, dass Lars gestorben ist.«

»Warum sollte das deine Schuld gewesen sein?«

Sie horchte auf seine Atemzüge.

»Du musst jetzt erzählen, Håkan. So geht das nicht.«

»Wir haben das gesagt. Ich und Mama. Dass es seine Schuld gewesen sei, dass Nilas verschwand. Ich dachte, Lars sei wegen mir gestorben, weil ich gelogen hatte. Aber er war gar nicht böse auf mich, und er ist eines ganz natürlichen Todes gestorben.« Die Atemzüge. Petra zählte sie wieder. Eins, zwei, drei, vier. Zehn Stück zählte sie. Der Motor tickte nicht mehr. Die Kälte war ins Auto und ihr unter die Jacke gekrochen.

»Mama wusste es. Sie wusste, dass ich es war. Darum hat sie gelogen.«

Er würde das Geräusch nie vergessen, sagte er.

Er konnte das Geräusch hören, wenn er gerade einschlafen wollte, wenn die Gedanken mal hierhin, mal dorthin schweiften und der Körper sich entspannte, an der fragilen Grenze zwischen Schlafen und Wachen. Das wusste sie ja. Sie wusste, dass sein Körper zusammenzucken konnte, so heftig, dass sie erschrocken hellwach wurde, wenn sie schläfrig und verschwitzt und befriedigt waren. Letzten Endes hatte sie sich daran gewöhnt. Sie hatte sich nie etwas anderes vorstellen können, als dass er eben so war. Jedenfalls nichts Derartiges.

Nicht, dass es schlecht gelaufen wäre, in all der Zeit.

»Verzeih, verzeih, verzeih«, sagte Håkan leise, ob nun zu ihr oder zu Nilas oder Margareta oder Lars, wusste sie nicht, vielleicht zu ihnen allen.

»Håkan, mein Håkan«, sagte sie und versuchte die Trauer in ihm fortzuwischen.

Rückwasser

Mama lief umher und sang leise vor sich hin. Sie ging dahin und dorthin, öffnete Schränke und Kisten, sammelte Stapel und Kleider zusammen, legte manches beiseite, packte anderes. Sie legte sie in einen dünnen Koffer, den Håkan noch nie gesehen hatte. Håkan bemerkte den Eifer in ihren Bewegungen, das Quecksilber in ihren Augen. Sie wirkte berauscht, so wie man sich im Frühling fühlen kann, wenn sich die erste Bachstelze zeigt.

»Lars kommt spät abends nach Hause. Er wird Nilas nach Ammarnäs mitnehmen, das haben wir vereinbart. Du wirst ja morgen vielleicht zur Alm fahren«, sagte sie und strich ihm über die Wange. »Dir geht es doch immer so gut dort.«

Wie er sich danach sehnte, wenn er daran dachte! Die Ruhe. Allein mit seinen Gedanken und der Angel. Jetzt ließen sich im Bach gut Äschen fangen. Er könnte dort stehen, auswerfen, spüren, wie Gunnar und Rune aus ihm herausfließen würden. Sie würden keine Rolle spielen. Er brauchte sich nicht darum zu kümmern, dass Rune sich gegen ihn gewandt hatte und dass Gunnar noch nicht wieder in die Schule gekommen war.

Sie packten jeweils für sich.

Håkan packte seinen Schlafsack und den Spirituskocher und legte ein Bündel trockenes Holz zum Feuermachen bereit. Er holte die Angel hervor, Hebbes Angel, die er in seinem Schrank in Sicherheit gebracht hatte. Sie sah fast selbstleuchtend aus, weich und goldbraun. Hebbe war besonders stolz darauf gewesen: hergestellt als Gespließte und bei *Leidesdorff* von der teureren, aber nicht der teuersten Sorte bestellt. Håkan montierte sie zusammen und wog sie in der Hand. Der Lack glänzte. Er konnte Hebbe vor sich sehen, seine weichen Rückwürfe, die Pause, der perfekte Bogen der Schnur. Vielleicht bildete er sich das nur ein, aber der Korkgriff fühlte sich besonders weich und passend an, dort, wo er in Hebbes Hand geruht hatte. Es war, als wäre Hebbe selbst in dieser Angelrute zugegen.

Er war jetzt bereit dazu.

Håkan prüfte die Rolle und die Schnur, öffnete dann die Schachtel mit den Fliegen. Trockenfliegen. Hebbes feinste, die er für sich selbst behalten hatte. Er strich mit den Fingerspitzen über die abstehenden Federn und Elchhaare, sie sahen aus wie geflügelte und allerlei andere Insekten. Die er mit weit aufgerissenen Augen und bewundernd betrachtet hatte, als Hebbe sie am Küchentisch band.

An diesem Abend kam kein Lars, obwohl Mama es gesagt hatte.

Am nächsten Morgen war es, als wäre das Leben aus dem Raum gesogen worden, als hätte sich alle Freude und Erwartung bei erstbester Gelegenheit davongemacht. Mama lief planlos umher und schien nichts als zu klappern. Mit dem Holzherd, mit dem Porzellan, mit den Schranktüren, die sie offenbar wahllos auf- und zumachte. Sie sah keinen von ihnen an. Ihr Rücken war hart und gespannt, ihr Nacken hatte eine zornige Krümmung. Sogar die Haare schienen sich wütend zu spreizen.

Sie sagte nichts. Das war auch nicht nötig. Håkan war klar, dass sie sauer war auf Lars, und Nilas wohl auch. Er saß auf der Küchenbank und hing kleinlaut über einem Glas Milch. Das weiche Fladenbrot mit Wurst, das sonst seine Leibspeise war, lag unberührt vor ihm. Håkan sehnte sich sehr danach, das Lastenmoped starten und losfahren zu können. Seine Sachen warteten im Vorraum, alles war fertig, außer dem einen. Dem Startzeichen.

Schließlich entspannte sich ihr Körper, und sie setzte sich auf den Stuhl ihnen gegenüber.

»Du musst dich um deinen kleinen Bruder kümmern«, sagte sie an Håkan gewandt. Leise klang es, resigniert, nicht wütend. Er wollte sich weigern, erklären, dass er wirklich unbedingt zum Fischen fahren müsse. Als er den Mund aufmachte, hob Mama die Hand, um ihm das Wort abzuschneiden.

»Ich möchte kein Aber hören. Du hast keine Wahl, Håkan.«

»Er ist nicht mein Balg!«, sagte er und schlug mit der Faust auf den Tisch. Sowohl Nilas als auch Mama zuckte zusammen. Nilas starrte auf sein Wurstbrot, statt jemand von den anderen anzusehen, und biss sich auf die Lippe.

»Kümmere dich bitte für mich um Nilas, bis Lars nach Hause kommt. Bitte, Håkan«, sagte sie flehentlich. »Mein Lieber. Bitte, Håkan. Tu's mir zuliebe.« Sie machte eine Pause, und sagte dann, ganz leise: »Er ist doch dein kleiner Bruder.«

Also ließ er sich schließlich doch darauf ein.

Nilas sollte mitkommen. Er könnte Håkans alte Angel benutzen, er selbst würde Hebbes nehmen, und sein kleiner Bruder war erleichterter, als Håkan ihn jemals gesehen hatte. Nilas lief los, um sich anzuziehen.

Als Håkan sich umdrehte, um sich von seiner Mutter zu verabschieden, saß sie am Tisch, die Hände über den Augen und die Ellbogen aufgestützt. Er konnte nicht sehen, ob sie weinte oder nicht.

Als Nilas mit seinem Wurstbrot in der Hand und in die Stirn gezogener Bommelmütze zum Moped kam, lachte Håkan. Er schnippte leicht an die Ohren, die unter dem Mützenrand hervorlugten.

»Was für Affenohren!«

Nilas zog sich am Ohr und streckte die Zunge heraus. »Komm, setz dich schon«, sagte Håkan, nachdem er auf dem Lastenmoped für Nilas Platz gemacht hatte. Es klang gereizter als beabsichtigt. Nilas ließ wieder den Kopf hängen.

»Verzeih, Håkan.« Es war kaum zu hören.

»Musst nichten um Verzeihung bitten. Setz dich einfach, damit wir endlich fahren können.«

Nilas kletterte auf die Ladefläche, setzte sich auf den lockeren Boden und streckte die Hände aus, um sich am Aufbau festzuhalten. Als Håkan den Motor anließ, kam Mama zu ihnen herausgelaufen.

»Wartet!«

Keuchend griff sie nach dem Aufbau. Nach einem Weilchen gab sie jedem einen Kuss auf die Wange.

»Jetzt passt auf euch auf, und machts gut. Ich werde euch vermissen.« Sie sah trauriger drein als sonst.

»Mama!«, rief Nilas und streckte die Arme aus. »Mama, umarm mich!«

Sie umarmte ihn und küsste ihn mehrmals auf den Scheitel.

»Mein lieber Nilas«, sagte sie, »ich hab dich lieb. Für immer.«

Håkan versetzte es unverhofft einen Stich. Er ließ den Motor an und gab Gas. Als er zurückschaute, stand Mama nicht mehr da.

Die Luft war schwer vor Feuchtigkeit. Um den Olsberget hingen die Wolken so tief, dass der Gipfel ganz in nasse Baumwolle gebettet war und Håkan im Fahrtwind Spritzer im Gesicht hängenblieben. Seine innere Unruhe hatte sich bis auf ein leises Gemurmel gelegt, stattdessen genoss er die frische Luft und die zarten Frühlingsfarben. Nilas' Jacke wehte wie ein Umhang hinter ihm.

»Musst die Jacke zumachn«, rief er über den Lärm des Motors hinweg. »Du erkältest dich sonst noch«, fuhr er fort. Nilas konnte nur mit Mühen das Gleichgewicht halten, während er den Reißverschluss seiner Jacke zuzog, aber Håkan wurde nicht langsamer. Er hörte Nilas lachen, wie er da auf der Ladefläche herumkrängte, und gab nur noch mehr Gas.

Alles war so vertraut. Der Himmel und der Wald und die Wege. Die Steine und das Kleingetier. Er sah Hebbe im frischen Laub an den Bäumen und in den gut gefüllten Gräben. Er genoss den Fahrtwind im Gesicht. Er konnte sich nichts Besseres vorstellen, obwohl es ein bisschen arg früh war und obwohl er Nilas dabei hatte. Auch geisterten ihm die anderen, Gunnar und Rune und Kuno, kaum durch den Kopf.

Da war Luspeavan, da war die alte Kuhüberfahrt. Da war der Wald und das Dickicht, und da waren die Pfade, und da war Nilas auf der Ladefläche, der mit ihm um die Wette lachte, genau so wie er es mit Hebbe gemacht hatte. Da öffnete sich die Lichtung zum Måckavan, auf Höhe der Mündung des Garsebäcken am anderen Ufer, der Bach, wo sie fischen würden.

Er stellte das Lastenmoped ab.

»Brauchen nichten besonders viel mitnehmen, werden nichten übernachten«, sagte er zu Nilas, der sich immer noch am Aufbau festhielt, dass die Fingerknöchel weiß wurden.

»Ich will weiterfahren.«

»Aber Nilas. Wir bleiben hier. Wir wollen auf die andere Seite rüber und fischen.«

»Ich will aber weiter!«

»Nilas. Ich war einverstanden, dich mitzunehmen, also komm schon, es ist Zeit, dass wir gehen.«

»Ich *will* aber!«, schrie Nilas. Und verjagte mit seinem Schrei eine Hohltaube.

»Du hast aber keine Wahl!«, schrie Håkan ebenso laut und schubste ihn von der Ladefläche. Nilas sah aus, als würde er jeden Moment in Tränen ausbrechen. Håkan reichte ihm die Schachtel mit Hebbes Fliegen, die Nilas, wie er wusste, bewunderte. »Wir können zurückgehen und noch mehr holen. Komm jetzt.«

Der Pfad war zugewachsen. Nilas klagte über Nadeln im Schuh und Spinnweben im Gesicht. Håkan hörte ihn zwischen seinen Wortschwallen hinter sich schniefen, und ging schneller, um es nicht hören zu müssen. Ein Birkenstämmchen, das an Håkan hängen geblieben war, schnellte Nilas ins Gesicht, und er fing zu heulen an. Er ließ die Schachtel mit den Fliegen fallen, Hebbes schöne Schachtel, und hielt sich die Wangen. Die Fliegen purzelten auf die Erde, kleine bunte Tupfer zwischen Nadeln und Moos verstreut.

»Verdammt, was machst du da!«

Nilas zuckte zusammen von dem Schrei. Håkan bückte sich und sammelte die Fliegen ein, versuchte den Schmutz davon abzublasen. Nilas hörte er ein Stück entfernt laut schluchzen.

»Ich will nicht mehr, Håkan. Ich friere, ich will nach Hause!«

»Ich hab doch gesagt, du sollst die Jacke zumachen! Ich hab nicht vor, nach Hause zu fahren. Ich werde fischen. Wenn du nicht mitkommen willst, musst du eben hier warten.«

Da stand er, Nilas. Mit verschwitzten weißen Haaren und abgehacktem Weinen, Ohren wie dünne Fledermausflügel unter der Mütze, zitterndem Mund und verquollenen Augen, einem feuerroten Zweighieb auf der Wange und bebender Brust. Da stand Nilas mit seinem leisen Wimmern und trostlosen Pfeifen, als wäre er eines der blinden Kätzchen im Kuhstall, den Augen und der Miene, die entwischte, als Håkan zu ihm hochsah. Håkan biss die Zähne zusammen und sagte nichts. Als alle Fliegen wieder in der Schachtel waren, legte Håkan den Arm um Nilas und drückte ihn.

»Du, ist doch alles okay mit dir, oder? Gehen wir weiter.«

Es saß wie ein Wesen in ihm, diese Angst, die sagte, dass Nilas alles zerstören würde. Ein Wesen, das in ihm riss und zerrte, das abwechselnd schrie und murmelte und wuchs und schrumpelte. Er fürchtete, aufgeben zu müssen. Nilas zurücklassen zu müssen. Dass es nichts anderes gäbe als Heulen und Zähneklappern.

Vor ihnen öffnete sich der Måckavan. Auf der anderen Seite erhob sich der Wald, dicht und dunkel, und dort im Wasser, das von der Schneeschmelze noch immer hoch war, bekamen die urzeitlichen Steine nasse Füße. Vor ihnen stand das Rückwasser, rostbraun, still und geheimnisvoll, und dort wimmelte es von frisch geschlüpften Mückenlarven und Lichtflecken und Leben. Håkan durchlief ein Freudenschauer, als er das sah. Hebbe! Ach ja, als sie beide da gewesen waren. Papa, ja, er wagte es an Hebbe als an Papa zu denken, und er presste die Hand um die Angelrute, diejenige, die sorgfältig in Segeltuch eingewickelt lag.

»Siehst du, Nilas.«

Nilas sagte nichts.

»Da, schau«, sagte Håkan und zeigte zur Mündung des Baches. »Da wollen wir rüber. Dann müssen wir noch ein Stückchen am Bach entlanggehen, bis wir an der richtigen Stelle sind.«

»Wie meinst du das, Håkan? Da ist doch eine Unmenge Wasser.«

»Wir hüpfen von Stein zu Stein. Das ist der einzige Weg hinüber, falls es nicht den ganzen Tag dauern soll. Mein Papa wollte nie hier rüber, er wollte außenrum gehen. Wir klettern hier rauf« – Håkan klopfte auf den nächsten Stein, der so groß war wie Nilas – »und springen auf den nächsten hinüber. Und immer so weiter.«

»Aber …«

»Das ist ungefähr so, wie wenn du in der Küche von Teppich zu Teppich springst. Schwieriger ist das auch nicht. Ich hab das sogar gemacht, als ich noch jünger war als du.«

Håkan kletterte auf den Stein und streckte Nilas die Hand entgegen. Die Angst flatterte wie Schmetterlinge.

»Ich helfe dir. Gib mir als Erstes die Sachen.«

Nilas reichte ihm die Angeln, dann die Schachtel mit den Fliegen, und danach seine Hand. Er war nicht der beste Kletterer. Mit seinen Schuhen mit der aufgebogenen Spitze rutschte er auf den Flechten auf dem Stein ab, sein Gesicht wurde rot vor Anstrengung.

»Du und deine Affenohren«, sagte Håkan und lachte, als Nilas neben ihm saß.

»Das ist nicht lustig.«

»Nein, nein, entschuldige. Du hast recht.«

Håkan beugte sich vor und schaute ins Wasser hinunter. Wegen der Schneeschmelze stand das Wasser hoch und strömte schneller als sonst, es schäumte sogar. Die Oberfläche würde er nicht erreichen, selbst wenn er sich danach streckte. Nilas kroch näher neben ihn und reckte den Hals, um zu sehen, worauf Håkan schaute. Håkan hörte ihn tief Luft holen, in ihm krümmte sich die Angst.

»Komm jetzt.« Er stand auf und wischte sich den Dreck ab. Nilas klammerte sich an ihn und wimmerte, als er aufstand. Nilas zwickte ihn, bis es wehtat.

»Wir sind so hoch oben, Håkan!«

»Das ist nicht schlimm, Nilas. Ich springe zuerst, ich zeig dir, wie du's machen musst.« Håkan befreite sich aus Nilas' Griff um seinen Arm, machte einen Satz, bevor Nilas wieder nach ihm greifen konnte und flog hinüber auf den nächsten Stein. Er lachte, als er aufkam. Bald würde er frei sein.

»Hast du gesehen, Nilas? Das war doch kinderleicht!«

Aber Nilas stand da und schaute ihn wütend an.

»Ich will nicht, Håkan, ich will nach Hause fahren.«

»Bitte, Nilas, versuch es. Bitte. Tu's mir zuliebe.«

Die Angst zerrte ungeduldig in Håkan.

»Entweder bleibst du dort sitzen, bis ich mit dem Fischen fertig bin, oder aber du springst rüber.«

Nilas hatte sich hingesetzt, statt sich auf den Sprung vorzubereiten. Er sah mürrisch drein. Seine Augenbrauen hatten sich zwischen den Augen zusammengezogen.

»Na, dann lass es.«

Håkan griff nach der Fliegenschachtel, die er sich in den Hosenbund gesteckt hatte, um sich zu vergewissern, dass sie sicher saß. Die Angst knurrte und grunzte, und Nilas saß immer noch dort, störrisch, wie er nun mal sein konnte.

»Kommst du, Nilas?«, rief er. Nilas, die Fäuste auf den Augen, schüttelte den Kopf.

»Ich will nach Hause fahren!«

»Kommt nicht infrage, Nilas. Komm jetzt.«

»Ich *will* aber nach Hause fahren!«

»Nilas.«

Sie hörten das Wasser brausen.

»Wir sind extra den ganzen Weg hierhergekommen«, sagte Håkan schließlich, »du kannst jetzt nicht aufgeben. Ich weigere mich, nach Hause zu fahren.«

Sie würden es nicht schaffen, zu fischen, bevor es dunkel wurde. Er würde Hebbes Angel nicht benutzen können, er würde nicht zur Ruhe kommen, er würde nicht mit Hebbe reden können, er würde mit zuckenden Augenlidern und unruhigen Beinen nach Hause zurückkehren.

»Nilas!«

Nilas schaute nicht mal zu ihm her. Er saß jetzt im Schneidersitz auf dem Stein und hatte Håkan den Rücken zugekehrt. Er fingerte an irgendetwas. Håkan stand eine Weile da und schaute zu ihm hinüber, unschlüssig, ob er weitergehen sollte oder nicht.

»Weißt du was«, sagte er schließlich, »ich werde weitergehen. Ich lasse dich hier, nur damit du es weißt.«

Nilas saß mit geradem Rücken da. Schließlich stand er auf, drehte sich zu Håkan um und trat von einem Bein aufs andere. Er schaute Håkan immer noch nicht an.

Das Wesen in ihm fing zu ziehen an. Nilas würde wirklich alles zerstören. Ja, er hatte mit seinem Gejammer und seinen Ansprüchen wohl schon alles zerstört, warum sollte das nun anders sein? Håkan legte die Angeln auf den Stein und rieb sich das Gesicht, versuchte die Angst zum Schrumpfen und Verschwinden zu bringen, aber sie wuchs stattdessen nur. Die Angst lachte wie Kuno. Sie sah aus wie Hebbe, als er mit der Hand um seinen Arm auf der Erde lag und still war. Sie klang wie Mama, als sie ihn bat, sich um Nilas zu kümmern. Und die Angst wurde immer größer, bis auf dem Stein nichts anderes mehr Platz hatte.

Hebbes Angel stürzte in den Wasserschaum. Durch die Tränen sah Håkan es kaum, hörte aber den Plumps und tastete über den Stein. Außer ihm war da nichts mehr.

Hebbe war fort. Und Nilas sagte immer noch nichts.

Da wurde die Angst ein Teufel. Sie holte alle Einsamkeit hervor und all die Male, die er vergessen wurde. Sie holte das Unbehagen in der Schule hervor, alle Sticheleien und Schimpfwörter, die ihm unter die Haut gekrochen waren. Sie wisperte davon, dass Mama sich nicht um Nilas kümmern konnte und Lars sich auch diesmal nicht ausreichend Mühe gab, nach Hause zu kommen. Er wurde stinksauer auf die beiden, die sich nicht vorstellen konnten, wie das für einen von ihnen war.

Und am schlimmsten von allem war Nilas, der teilnahmslos dahing, glänzenden Rotz auf der Oberlippe und Ohren, die unter der Mütze hervorlugten, er, der Schuld hatte, dass Hebbes Angel fort war.

Håkan ballte die Fäuste.

»Mensch. Spring. Schon. Scheißlappe!«

Nilas ballte die Fäuste und schloss die Augen. Und Nilas sprang.

Helena von Zweigbergk

Totalschaden

Aus dem Schwedischen von Hedwig M. Binder

Aus Versehen setzt Agneta das Haus in Brand, in dem sie mit ihrem Mann Xavier lebt. Als das Paar plötzlich vor den Trümmern seines langen gemeinsamen Lebens steht, muss es sich mit seinen verdrängten Problemen auseinandersetzen. Wird es ihnen gelingen, sich ein neues Leben aufzubauen?
Werden sie Schuld, Groll und Ängste überwinden?
Mit leichter Hand, scharfem Blick und feiner Ironie erzählt Helena von Zweigbergk von den heiteren, aber auch gefährlichen Doppelbödigkeiten einer Ehe.

Erschienen am 17.02.2020
ISBN 978-3-312-01163-6

NAGEL & KIMCHE

Golnaz Hashemzadeh Bonde

Was bleibt von uns

Aus dem Schwedischen von Sigrid C. Engeler

Nahid ist 60 und hat nicht mehr lange zu leben. Nun will sie endlich ihrer Tochter ihre Geschichte erzählen: Wie sie 1980 in Teheran Medizin studierte, zum Stolz der Familie, wie sie sich in Masood verliebte, im Überschwang einer Demo ihre Schwester mitnahm und dann im Stich ließ. Als Nahid und Masood ein Kind erwarten, fliehen sie nach Schweden, ihre Tochter Aram soll in einem freien Land aufwachsen. Nun wird Aram selbst Mutter. Nahid will ihr zur Seite stehen, aber es fällt ihr schwer, sich der Tochter wirklich zuzuwenden. Ein aufwühlendes Drama um eine Mutter und ihre Tochter, über Sprachlosigkeit und die lebenslangen seelischen Wunden, die politische Umstürze und erzwungene Emigration schlagen können.

Golnaz Hashemzadeh Bonde, 1983 im Iran geboren, kam als Flüchtlingskind nach Schweden. Sie studierte an der Stockholm School of Economics und wurde eine der 50 Goldman Sachs Global Leaders. Sie gründete und leitet Inkludera Invest, eine NPO zur Unterstützung von Unternehmen mit sozialen Anliegen.

Erschienen am 20.08.2018
ISBN 978-3-312-01089-9

NAGEL & KIMCHE

Kate Grenville

Ein Raum aus Blättern

Aus dem Englischen von Anne Emmert

»Ich wurde zu einer Person, die, wenn sie sich nicht vollständig von sich abgewandt hatte, so doch auch nicht zur Gänze sie selbst war. Ich war verbindlicher, liebenswürdiger, eine, die sich klein zusammengefaltet und sorgfältig versteckt hatte, dort, wo niemand sie sehen konnte.«

1788. Die 21-jährige Elizabeth hat nicht viele Optionen in ihrem Leben. Als Halbwaise, ohne große Mitgift in einer Zeit, in der für Frauen das Wichtigste war, einen Ehemann zu finden, muss sie denjenigen zum Ehemann nehmen, der sie als erstes fragt. John McArthur ist rücksichtslos und getrieben von einer dunklen Wut auf die Welt. Er soll eine Stelle als Leutnant in einer Strafkolonie in New South Wales antreten, und Elizabeth als seine Ehefrau hat keine andere Wahl, als mit ihm zu gehen. Die Ehe mit einem rücksichtslosen Tyrannen, ihre eigenen Sehnsüchte, die Suche nach Macht in einer Gesellschaft, die den Frauen keine gab: Elizabeths Memoiren lassen uns hören, was eine dieser scheinbar sittsamen Frauen aus der Geschichte wirklich gedacht haben mag.

Erschienen am 26.07.2021
ISBN 978-3-312-01234-3

NAGEL & KIMCHE